선물로 온 사람들

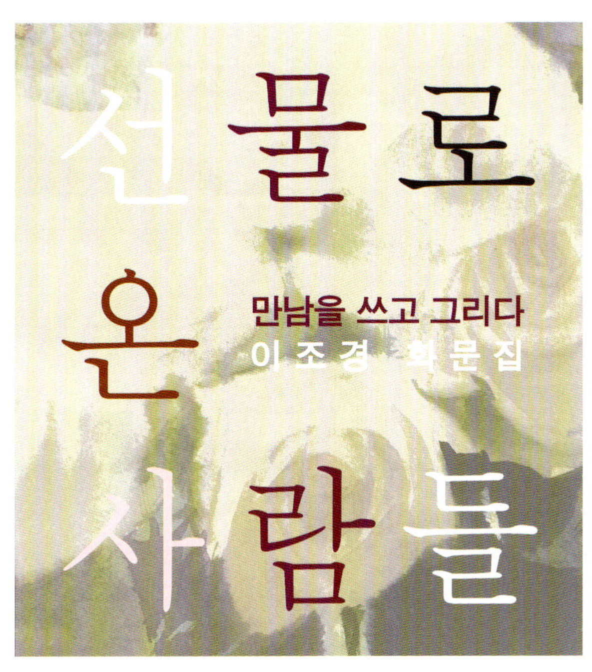

선물로 온 사람들

만남을 쓰고 그리다

이 조 경 화 문 집

저자 이조경은

서울에서 나고 자라
숙명 여중·고, 서울 문리대 영문과를 졸업 후
십여 년 중·고 교사 및 대학 강사를 했고
2013년 〈군자란을 보며〉로 에세이스트 수필 신인상을 수상했습니다.

자화상 ㅣ 45.5 x 53 ㅣ 종이에 수채

사위의 사촌 카트린네 집 정원에서

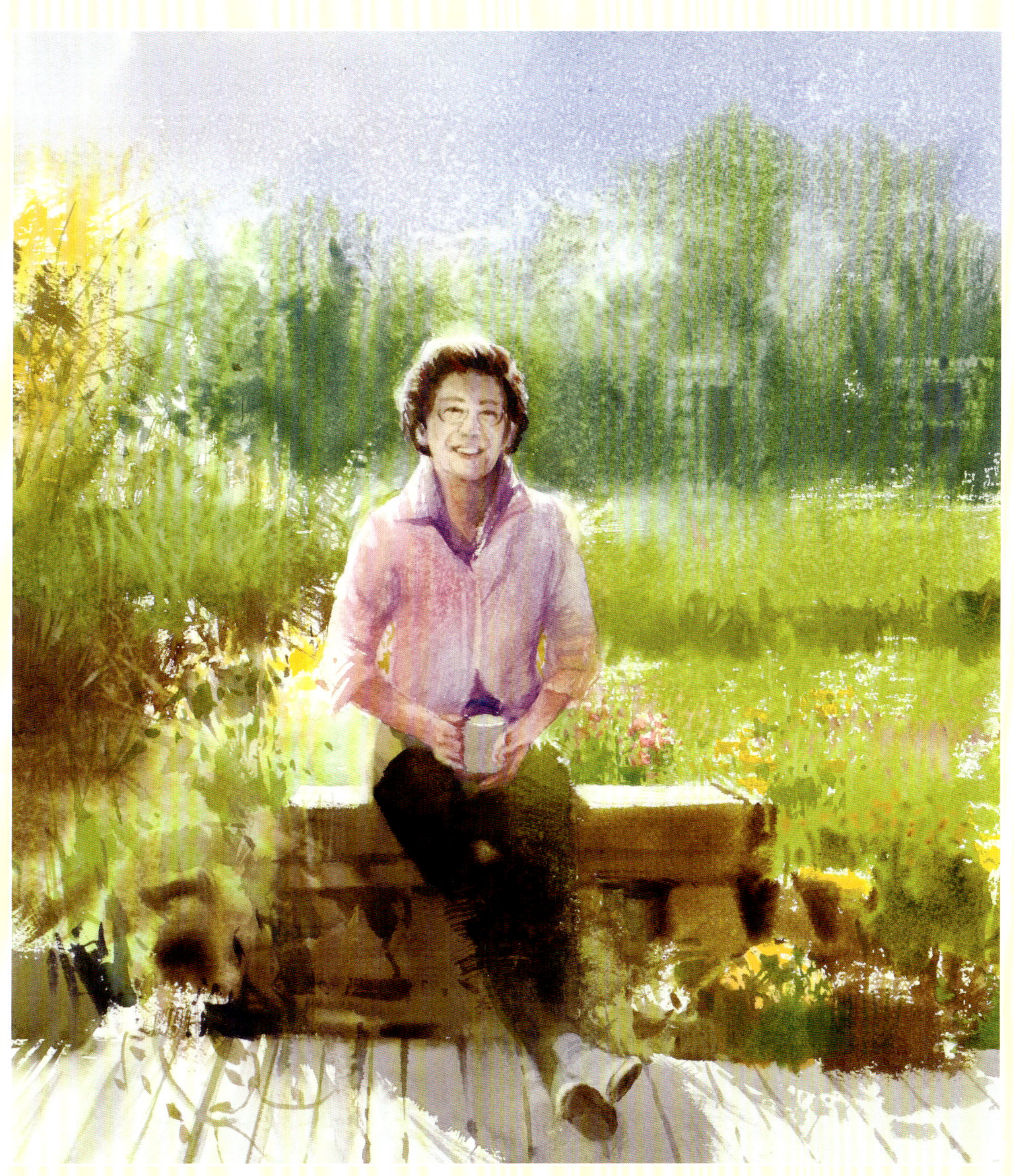

화문집畫文集을 펴내며

 학창시절부터 그림 그리기가 좋아 화가 되기를 꿈꾸기도 했습니다.
 이 나이가 되도록 아직도 제 안에 그림에의 열망이 살아 있음에 반가워 뒤늦게나마 그 씨앗에 물을 주고 있습니다.
 그림을 그리는 것이 기쁘다가도, 그림 그리기에 앞서 인품이 되어야 한다는 회사후소繪事後素라는 말이 떠오르면 주눅이 듭니다. 이제까지 그 무엇도 되지 못한 것이 민망하고 마음만 바빠집니다.

 우리는 아름다운 장면 앞에서, '한 폭의 수채화 같다!' 고 탄성을 냅니다.
 물이 바탕이 되는 수채화가 저는 좋습니다. 사랑이 번지고 스미어 들어야 사람살이가 정겹듯이, 물과 색이 번지고 스미어들면 조화롭고 서정적인 수채화가 되더군요.
 천상병 시인은 인생을 '소풍' 이라 했고 어느 소설가는 인생은 '꽃 구경' 이라 했습니다. 제게 묻는다면, 인생은 '사람과의 만남' 이라 하고 싶습니다. 제가 만나온 사람들 중에서 '꽃보다 아름답다' 고 느껴지는 분들이 많았습니다. 어떤 인연이었든 지나오고 보니 사람들 모두가 저의 스승이고 소중한 저의 재산입니다. 저의 삶에 '선물로 온 사람들' 이라 여겨져, 책의 제목으로 삼았습니다.

 저는 정물보다, 풍경보다, 사람 그리기를 좋아합니다. 사람은 저마다 특별하고 유일무이합니다. 또 그 외모의 다름만큼이나 내면의 정서 또한 천태만상이니, 그림의 소재가 한없이 많은 것도 즐거움입니다. 예전에는 주변 인물만 소재로 삼았으나 정보가 많은 요즈음에는 인물 사진의 거장이라는, 유섭 카쉬Usurp Karsh의 결정적 표정의 사진들, 또 브레쏭Bresson의 휴머니즘 가득한 장면 속 인물들을 그려봅니다. 덕분에 소재도 풍부해지고 새로운 시각이 열린 듯도 합니다.

　제가 그리는 그림은 사람들의 한 순간의 장면이지만, 그 속에는 수십 년 쌓인 다양한 이야깃거리가 들어 있습니다. 그래서 그림으로 미처 다하지 못한 이야기를 글로 곁들여 쓰다 보니, 그림과 글을 한데 묶어 화문집으로 펴내고 싶었습니다.
　과숙체락瓜熟締落이라는 말이 있지요. 열매가 다 익으면 꼭지가 저절로 떨어질 것을, 저는 지금 성급한 마음에 채 익지 않은 열매를 억지로 따고 있는 것은 아닌지 망설이기도 했습니다. 그러나 완숙을 기다리려니 시간이 지름길로 와 버린 나이에 이르렀습니다.
　공자는 칠십을 '마음 가는 대로 해도 법도에 어긋나지 않는 나이' 라 했지만, 그것은 성인의 경지에서나 가능한 일인 듯 합니다. 평범하기 그지없는 아낙인 제가 언제나 그런 경지에 이를런지요.

　갤러리Gallery 샘터는 저에게 특별한 의미가 있는 곳입니다. 수채화같이 맑고 순수한 잡지 『샘터』는 젊은 시절부터 애독해왔고, 또 여기 대학로는 저의 청춘이 서려 있는 문리대가 있던 곳이며, 그 이웃에 제가 꿈꾸며 바라만 보던 미술대가 있던 곳입니다.

 오십 년이 지난 지금 이곳에 다시 와서, 이 동네 바람결에 전하려고 합니다.

 좋은 줄도 모르고 흘려보낸 젊은 시절, 그래도 그때 품었던 씨앗 하나 이제야 틔워, 글과 그림으로 이 자리에 서고 보니 모든 것이 그저 고마울 뿐입니다.

2013년 10월 31일 이조경 모심

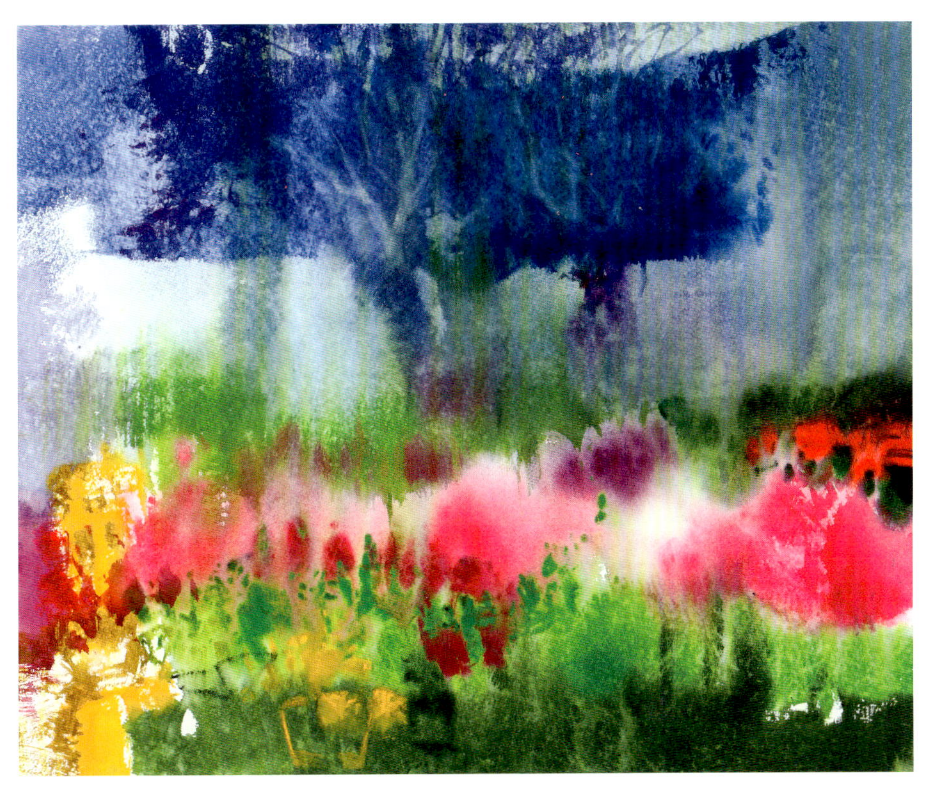

풍경 I 65.2 x 53 I 종이에 수채

시간 가는 줄 모르고 바라보는 내 거실로부터의 전경

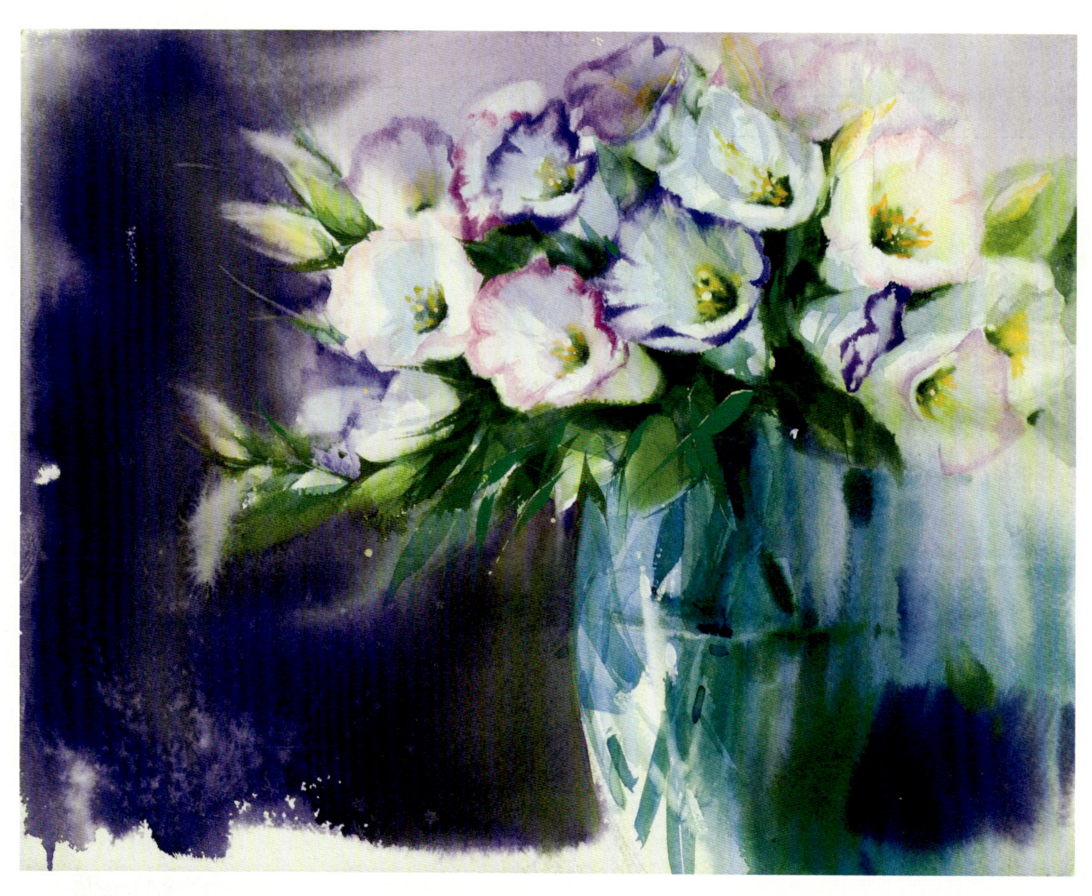

꽃 ㅣ 41 x 31.8 ㅣ 종이에 수채

니시안사스

존재의 빛

방혜자

이조경 선생님의 글에는 사랑과 지혜의 빛이 넘쳐 흐르고,
마음의 빛으로 그린 그분의 아름다운 그림들은
우리에게 미소와 기쁨을 주고 있습니다.
또한 우리의 영혼을 맑게 비춰주는 위로와 치유에까지 이르게 합니다.

삶과 예술이 하나임을 지극한 사랑으로 드러내며 생명의 신비와
관계의 소중함을 일깨워주고 계십니다.

아름다운 삶, 헌신적인 삶을 살아가는 사람들과의 만남을 통해
자신의 내면을 비춰보면서 깊은 성찰의 힘을 키워가고 계십니다.

이제 오랜 인고의 세월을 내려놓고 초월적 존재의 빛을 찾아 가시는
그분의 새 길에 자유의 날개와 축복이 가득하시길 빕니다.

I

아무 걱정하지 마라

—

II

어둠에서 나온 빛

—

III

도착했다, 지금 여기에

—

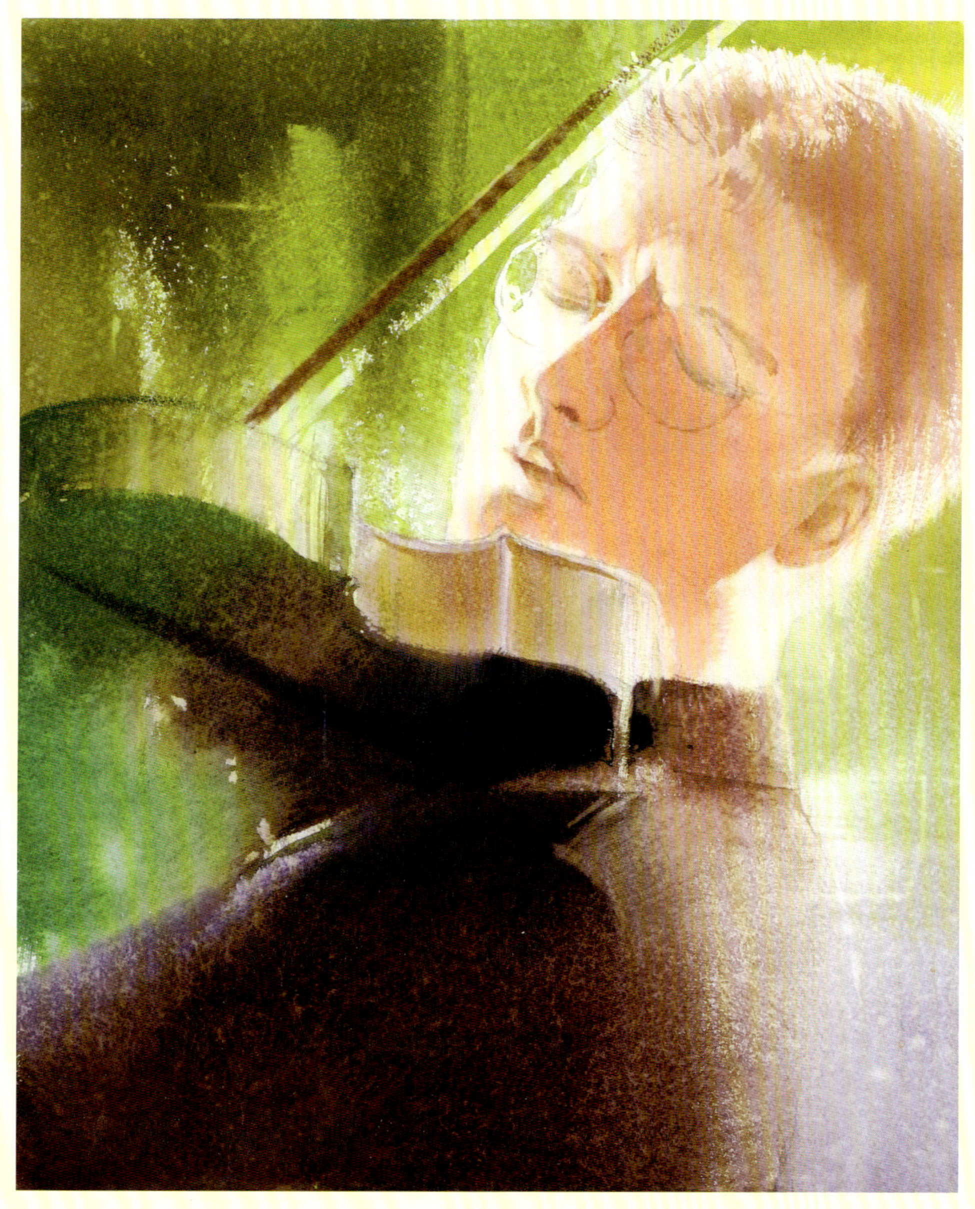

바이올린의 기도　|　38 x 45.5　|　종이에 수채

이렇게 무아경이고 싶다.
바이올리니스트 크리스티안 테츨라프(Tetzlaff)의 연주 모습을 그리다.

I

아무 걱정하지 마라

그냥 그대로 두거라
Let it be, let it be
반드시 답이 있을거야

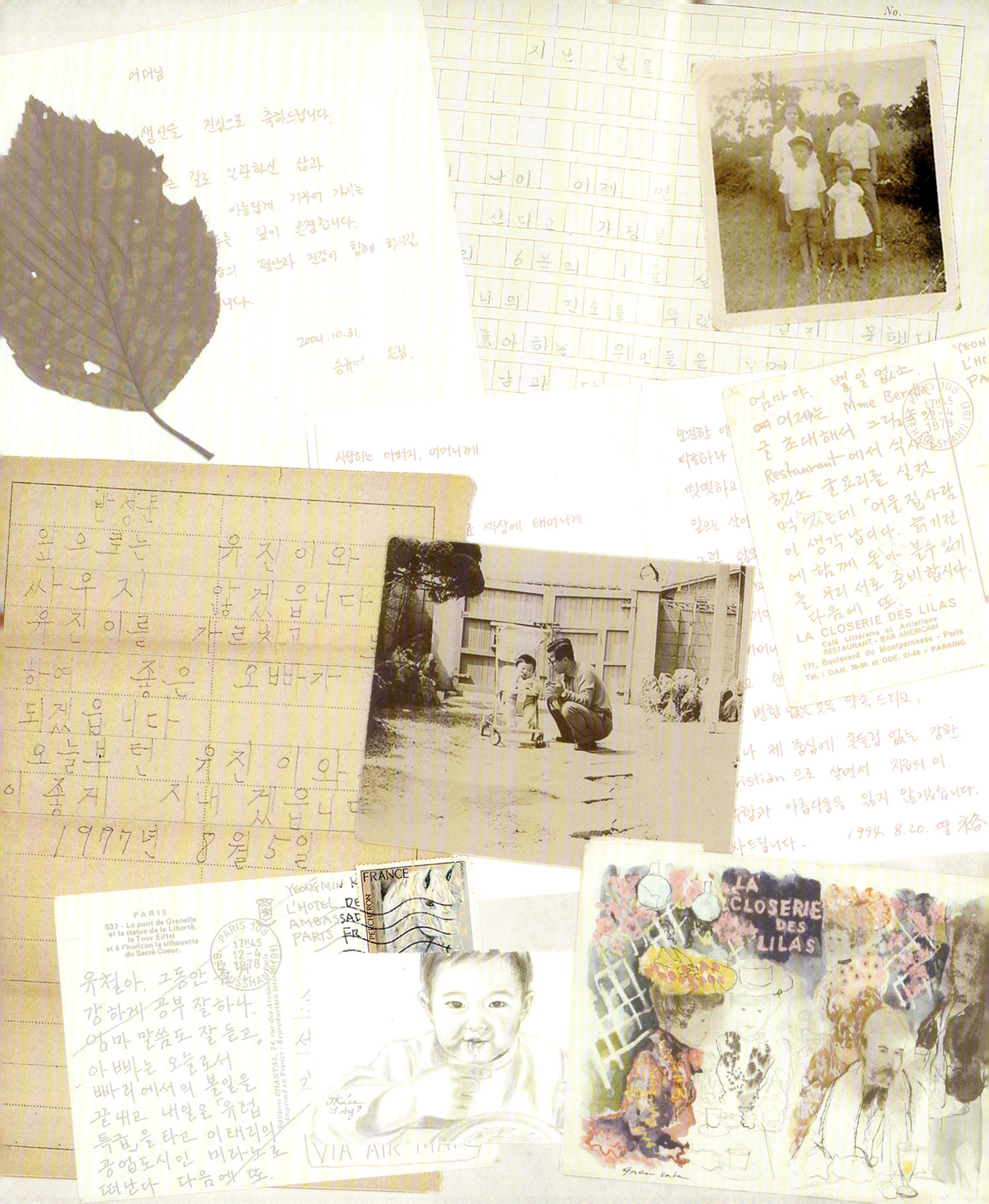
어머님

생신을 진심으로 축하드립니다.

2004.10.31.

지난 날을

사랑하는 아버지, 어머니께

엄마 야. 별 일 없소.
에 어제는 Mme Berthas
굴 초대해서 그리고
Restaurant 에서 식 사 했소 굴 요리를 실컷
먹 었는데 「어물 집 사람」
이 생각 납니다.
또 우리 서로 준비합시다.
다음에 또.

LA CLOSERIE DES LILAS
Café Littéraire et Artistique
RESTAURANT - BAR AMERICAIN
171, Boulevard du Montparnasse - Paris
Tél.: DAN. 70-50 et ODE. 21-68 - PARKING

1994. 8.20. 딸

반 성문
앞으로는 유 진 이와
싸 우 지 않 겠 습 니 다
유 진 이를 가르치
하여 좋은 오빠가
되 겠습니다
오늘 부 터 유 진 이와
이 좋 지 지 내 겠 습니다
1977년 8월 5일

PARIS
537 - Le pont de Grenelle
et la statue de la Liberté,
la Tour Eiffel
et à l'horizon la silhouette
du Sacré-Coeur.

Editions CHANTAL, 74, rue des Archives
Imprimé en France. Reproduction interdite

FRANCE
PEUCHERON

유철아. 그동안 잘
강하게 공부 잘 하나.
엄마 말씀도 잘 듣고.
아 빠는 오늘로서
빠 리 에서 의 볼일을
끝 내고 내일은 유럽
특급을 타고 이태리의
공 업도시 인 미라노로
떠난다 다음 에 또.

VIA AIR MAIL

LA CLOSERIE DES LILAS

꽃과의 교감을 그리다

– 조지아 오키프Georgia O'keeffe

고독한 사막 황량한 모래 위에 홀로 선 오키프는
"나는 나를 그리겠다." 라고 외치지 않았을까.

내 안의 외침은 무엇일까.
내가 그리는 것들과 그것을 나눌 수 있다면!

흰 장미 ｜ 53 x 65.2 ｜ 빨간색 한지에 파스텔

조지아 오키프의 그림 '추상, 흰 장미' 속에 그녀를 그려 넣었다.

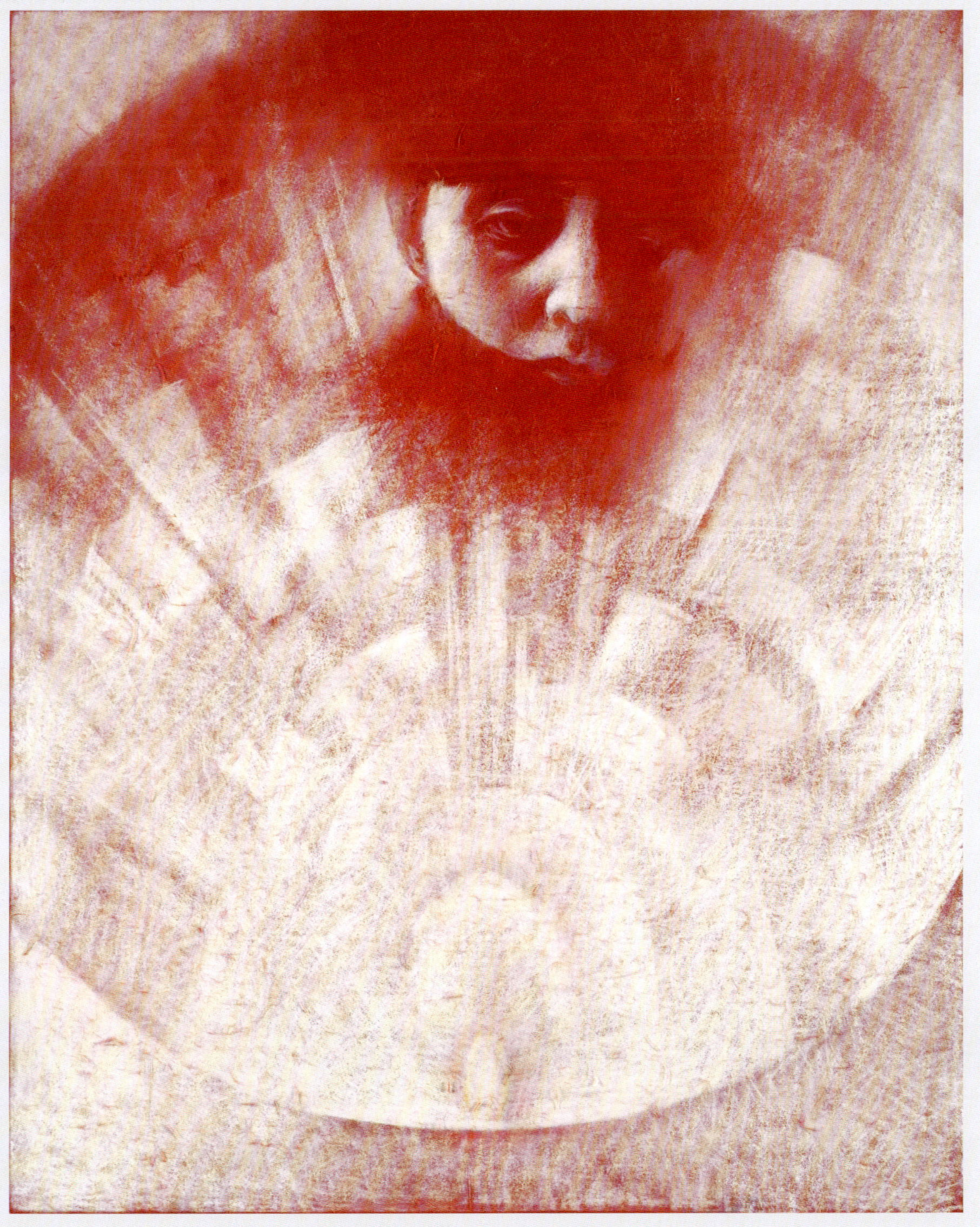

어머니가 꽃 가꾸기를 즐기신 덕분에 어릴 때부터 내 곁에는 늘 꽃이 있었다. 결혼 후 나도 꽃을 즐겨 가꾸었다. 그림을 그리기 시작했을 때, 당연히 가장 먼저 그리고 싶은 것은 꽃이었다. 내 마음 속에 피어나는 가장 아름다운 꽃을 그리려 했으나 그려 놓고 보면 어디선가 본 듯한, 그저 남의 흉내일 뿐인 내 그림이 실망스러웠다. 이 정도밖에 안되면서 왜 그토록 그림을 그리고 싶었을까? 얼마 동안 심각한 고민에 빠졌다. 나는 꽃을 그리며 겉으로 보이는 아름다움만 생각했다. 육안으로 보이는 빛깔과 모양에서 크게 벗어나지 않았으니 평범할 밖에. 결국 내 시각의 평범함이 문제였다.

 어느핸가 미국 여행길에서 우연히 서점엘 들렀다. 그곳에선 20세기 미국 화단의 전설적인 여류 화가 조지아 오키프Georgia O keeffe의 <100송이 꽃들>—반즈앤노블Barnes & Noble 출판사—을 무척 싼 값으로 팔고 있었다. 이런 대가大家의 화첩을, 더구나 이렇게 크고 두껍고 색감도 좋은 책을 이 값에 팔고 있다니? 횡재라도 만난 듯 들떠서 사들고 왔다.

 그녀의 그림을 날마다 들여다 보았다. 막연히 이름만 들어 알고 있던 오키프의 그림은 나를 사로잡았다. 범상치가 않았다. 대부분의 꽃을 확대해서 그렸는데 꽃받침도 꽃잎도 줄기도 배경도 생략된 채, 화폭은 꽃잎만으로 가득찼다. 색과 색들은 서로를 끌어안고 삼키는가 하면 겨운 듯 뱉어내고, 꽃잎과 꽃잎은 경계가 사라진 채 하나로 엉기는 듯 하다가, 어디쯤에선 우뚝 산맥처럼 솟아오르고, 산맥과 산맥 사이는 깊은 심연으로 단절되기도 하고…. 그것은 꽃이라기보다 또 다른 세계였다. 한 송이의 꽃 속에 무한한 길들이 있었고 계곡과 능선과 고원과 평야가 이어졌다. 요즘은 현대 사진 작가들의 줌인zoom—in을 극대화한 꽃 사진이 많지만, 그 사진 속의 꽃들과 오키프의 꽃들은 확연히 달랐다.

나는 꽃을 그릴 때, 그 한 송이 꽃을 에워싼 잎들과 줄기 등 부속을 그려 그 꽃이 더 돋보이게 했었는데, 오키프는 그렇게 하지 않았다. 꽃의 중심에 다가가서 그 본질을 그려 내었다. 뭇 생명 중의 하나가 아닌, 한 존재로 살려내었다. 그 큰 꽃의 모습은 자기 존재의 확신이자 선포가 아닐까? 그리하여 그의 꽃그림에서는 꽃 한 송이를 격물화格物化해서 본, 그린 사람과 꽃 사이의 깊은 교감交感이 느껴진다.

오키프는 '왜 그렇게 크게 꽃을 그리는가?'에 대하여 이렇게 답했다.

사람들은 왜 풍경화에서 사물을 실제보다 작게 그리는 것에 대해서는 묻지 않으면서 꽃을 실제보다 크게 그리는 것에 대해서만 묻는가? 꽃 한 송이는 상대적으로 작다. 우리는 꽃을 보며 각자 많은 것을 연상한다. 그런데 어떤 면에서는 꽃을 성의있게 보지는 않는다. 꽃을 잘 보는 시간을 내지 않는다. 사람들은 너무 쫓기듯이 살아간다. 그런데 꽃을 잘 보는 데에는 시간이 걸려야 한다. 마치 우리가 친구를 갖는 데 시간이 걸리듯이.

내가 꽃을 있는 대로 작게 그리면 남들은 내가 꽃에서 보는 것을 못 본다. 그래서 나는 내가 꽃에서 본 것, 꽃에서 경험한 것을 크게 그리겠다. 그러면 사람들은 그 큰 꽃을 보지 않을 수 없다. 그리고 그것을 보느라 시간이 걸리고 그것에 또 놀랄 것이다.

이 책을 편집한 니컬라스 켈러웨이Nicholas Callaway는 이렇게 말한다.

이 그림들은 한 여성의 자화상인 동시에 한 사람의 만개滿開한 예술가의 모습이다. 이 그림들은 이렇게 말하고 있다. '공간을 이렇게 아름다운 방법으로 채울 수 있음을, 그림을 잘 그리면서 느끼는 순도 높은 기쁨을, 그리고 한 여인의 삶이 어떠했는지를.' 그리고 이제까지 그림으로 표현된 가장 숭고한 꽃에의 사랑, 그 이상이다.

글이든 그림이든 오키프는 자신을 적나라하게 드러내기를 주저하지 않았다. 그럴수록 대중들은 그녀에게 신비감mistery을 느꼈고 열광했다. 당연히 그녀의 그림은 인기리에 팔려나갔다.

오키프의 한평생은 한 예술가로서의 재능을 여한 없이 꽃피웠으니 그의 전기傳記의 부제副題는 ‘만개滿開Full Blossom’라고 붙는다. 시골 학교 미술교사였던 그녀의 첫 전시는 근대사진의 아버지라 불리는 스티글리츠Stieglitz의 주선으로 열렸다. 스티글리츠는 당시 사진가로 명성을 얻고 있으면서 뉴욕 중심가에서 화랑을 경영하며 미국 미술계에 막대한 영향력을 행사하고 있었다. 대중의 취향을 노련하게 간파한 스티글리츠는 오키프의 감각적이고 연약한 이미지image를 부각시켜 찍은 수많은 그녀의 초상과 누드 사진으로 전시회를 열었다. 이 전시회는 성황이었음은 물론 단숨에 평단의 주목을 받았다. 오키프는 스티글리츠의 그늘에서 화가로 인정받기도 했지만 ‘스티글리츠의 정부’라는 평가도 들었다. 자신의 독자적인 예술을 인정받고 싶었던 그녀는 저항했고, 그와 결혼했으나 행복하지 못했다. 결연決然히 뉴멕시코 주의 사막 도시 산타페Santafe로 간 오키프는 99세로 생을 마칠 때까지 그곳에서 예술혼을 더욱 불태우며 고독한 작업에만 몰두했다.

오키프가 사랑하고 안식을 느끼며 노년을 보냈다는 산타페Santafe, 그 사막, 언젠가 가보고 싶다.

왠지 나는 이 의지의 여인 이야기를 읽으며, ‘바람과 함께 사라지다’의 여주인공 스칼렛 오하라가 떠오른다. 전쟁이 쓸고 간 폐허, 타라의 옛농장에 다시 서서 무한 개를 뽑아 든 그녀의 외침.

“나는 다시는 주리지 않겠다.”

고독한 사막 황량한 모래 위에 홀로 선 오키프는
"나는 나를 그리겠다." 라고 외치지 않았을까.

내 안의 외침은 무엇일까.
내가 그리는 것들과 그것을 나눌 수 있다면!

오키프는 두 명의 대통령으로부터 훈장을 받았고 여러 대학에서 명예 학위를 받았다.
 1968년 라이프LIFE지의 표지에 오키프 −당시 나이 81세−의 주름진 얼굴이 실렸다.
표제는 '개척자 화가의 있는 그대로의 모습' 이었다.
 1977년 7월 18일 산타페의 조지아오키프 미술관이 개관되던 날, 섭씨 40℃의 무더위
속에서 이천 명의 관객들이 세 시간이나 줄을 서서 기다렸다고 한다.
 2001년 크리스티 경매에서 오키프의 '붉은 아네모네와 칼라' 는 620만 달러−당시 62
억 원−에 팔렸다.

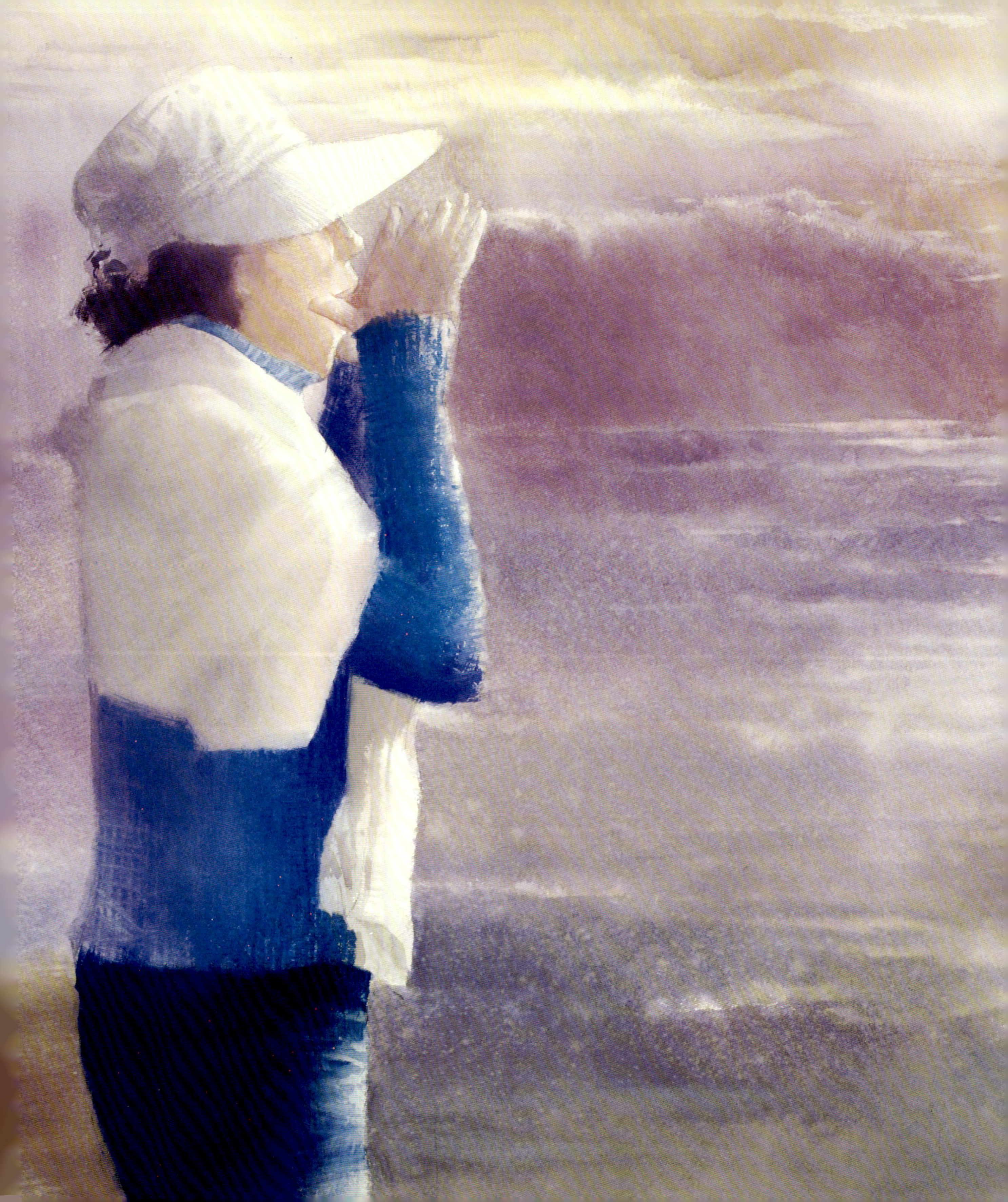

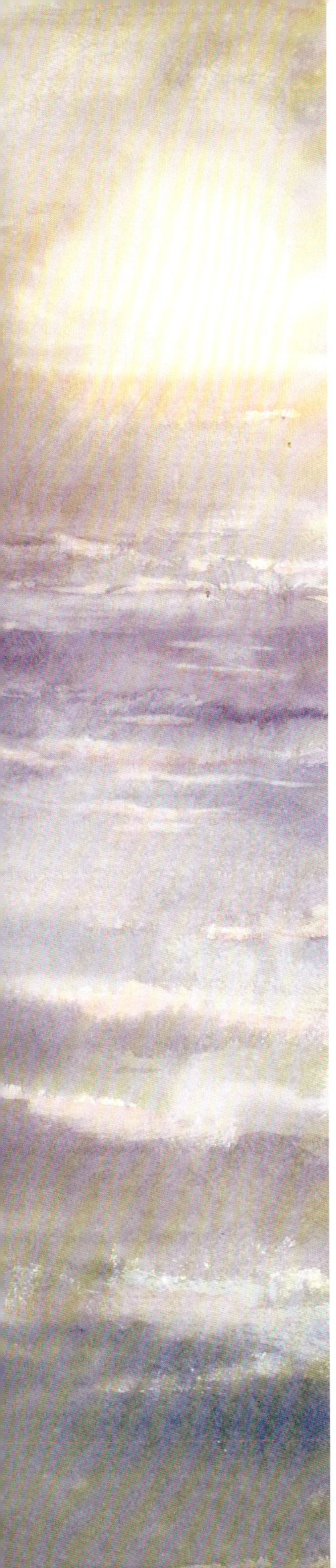

들리세요?

– 야레바 데끼루

지금쯤 어머니와 남편이 거기 중간 지점에 이르러 있다면
내 목소리를 들을 수도 있지 않을까? 나는 머뭇거릴 수 없었다,
하늘을 향해 소리쳤다.
"들리세요? 나는 할 수 있어요."

들리세요? | 100 x 100 | 종이에 수채

허공에 가득한 메아리를 그리다.

3월 초순의 새벽바다, 공기는 차고 사방에는 아무도 없다. 나는 지금 미명未明의 어둠으로 싸인 여수바다를 마주한 채, 하늘을 응시하고 서 있다. 섬뜩하던 어둠의 색깔이 차츰 보랏빛으로 바뀌는가 싶더니, 어느새 붉은 기운이 퍼지기 시작한다. 드디어 불쑥 해가 떠올랐다. 허공이 박명薄明에서 밝음으로, 차갑기만하던 대기가 차츰 따스함으로 바뀌고 있다.

아, 천지의 운행은 어김없는 것이구나! 아니, 가차없구나. 나의 슬픔과는 무관하게.

나는 태양이 떠올라 천지의 어둠을 거두어 가는 바로 그 장면을 분명하게 확인하고 싶었다. 그리고 그 순간, 지난 1월에 어머니를 여의고, 2월에 남편을 여윈 내 가슴속 두꺼운 어둠과 깊은 슬픔을 떠나보내고 싶어 먼 길을 달려온 것이다.

어머니와 남편의 떠나기 전 모습이 어른거린다. 하늘로 오르기 위해서는 가벼워야 했던 것일까? 마치 쟈코메티의 청동 조각상처럼. 싸르트르는 이 조각상을 보면 무와 존재의 중간 지점에 있는 것 같다고 했다. 이 가늘고 섬세한 사람들이 하늘로 떠오르는 듯해서 우리는 집단적인 승천을 목격하게 된다고. 세상을 떠나는 망자들은 이승과 저승 사이에 있는 중간역에서 일생을 돌이켜보고 가장 행복했던 추억 하나만을 가지고 천국으로 간다고 한다. 지금쯤 어머니와 남편이 거기 중간 지점에 이르러 있다면 내 목소리를 들을 수도 있지 않을까 ? 나는 머뭇거릴 수 없었다, 하늘을 향해 소리쳤다.

"들리세요? 나는 할 수 있어요."

두 분이 평소에 강조형으로 말할 때 잘 쓰던 일본말이 생각나 반가우라고 덧붙였다.

"야레바 데끼루!-할 수 있어요.-"

틀림없이 듣고 안심하고 가기를 바라면서 다시 한 번 더 큰 소리로,

"나는 혼자서도 살 수 있어요!

살 수 있어요!"

환하게 퍼져 오는 햇살을 타고 메아리가 허공에 가득찬다.

"맞다. 내 딸아, 너는 야레바 데끼루다!"

어머니의 목소리다.

"그렇지, 당신은 할 수 있고 말고!"

남편의 목소리다.

　나는 두 팔을 높이 들고 힘껏 감사의 박수를 보냈다. 아, 그분들이 계셔서 나는 참으로 행복했는데…두 분은 이승에서 행복했을까? 행복한 추억만이 천국의 열쇠라는데 어머니와 그가 행복한 추억을 떠올리는 순간, 천국의 문은 열린다는데, 나는 간절한 마음을 담아 나직하게 중얼거렸다.

"제가 당신께 행복으로 기억되기를 바랍니다."

생전에도 마음이 통했던 두 분인지라 의견이 일치했을 것이다.

"그래, 너는 우리의 행복이었지!" 합창하듯이 들려왔다.

나는 그 말씀이 사실이기를 바랐다. 듣기 좋으라고 하실 때도 있었지만…

순간, 목이 메었다.

"고맙습니다."

그래도 나는 지금 기쁨에 넘치는 목소리로 대답해야 한다.

"당신들이 주신 사랑으로 저는 충분히 살 수 있어요.

함께했던 수십 년의 시간들이 하늘 가득히 펼쳐지면서 아스라이 먼 곳에서 들려오는 음성.

내 배가 떠날 때, 울지 말아라.
무한히 깊은 바다로부터 태어나
다시 그 본향으로 돌아갈 때 조수潮水여
잠든 양 고요히 물거품도 일지 말아라.
내 배가 떠날 때, 이별의 슬픔 없어라.
시간과 공간의 이승으로부터 멀리
물결이 나를 실어가, 나 모래톱砂洲을
건너서면 나의 안내인Pilot을 마주 대하고 싶네.
— 알프레드 테니슨, 사주를 건너며Crossing the Bar부분

이제 태양은 하늘 높이 솟아서 찬란한 빛을 내리쪼인다. 나의 가슴속으로도 햇살을 들여와, 어둠을 내어 보내자. 슬픔은 축원으로 바꾸자. 우주의 품에 안기는 사람들에게 명복을 빌고, 더 나아가 천국으로 데려가 주는 안내인을 만나게 되기를 기원하면서 두 분을 기쁘게 보내 드리자. 나는 돌아서려다가 다시 한 번 숨을 골랐다. 태양과 바다와 하늘을 향해 증인이 되어 달라고 부탁을 하고, 나 스스로에게 다짐하며, 떠나가는 분들께 거듭 약속했다.
"나는 할 수 있어요!"
그리고 돌아섰다.
해변을 따라 길게 뻗어 있는 길 위에도 햇살은 아낌없이 쏟아져 내리고 있었다.

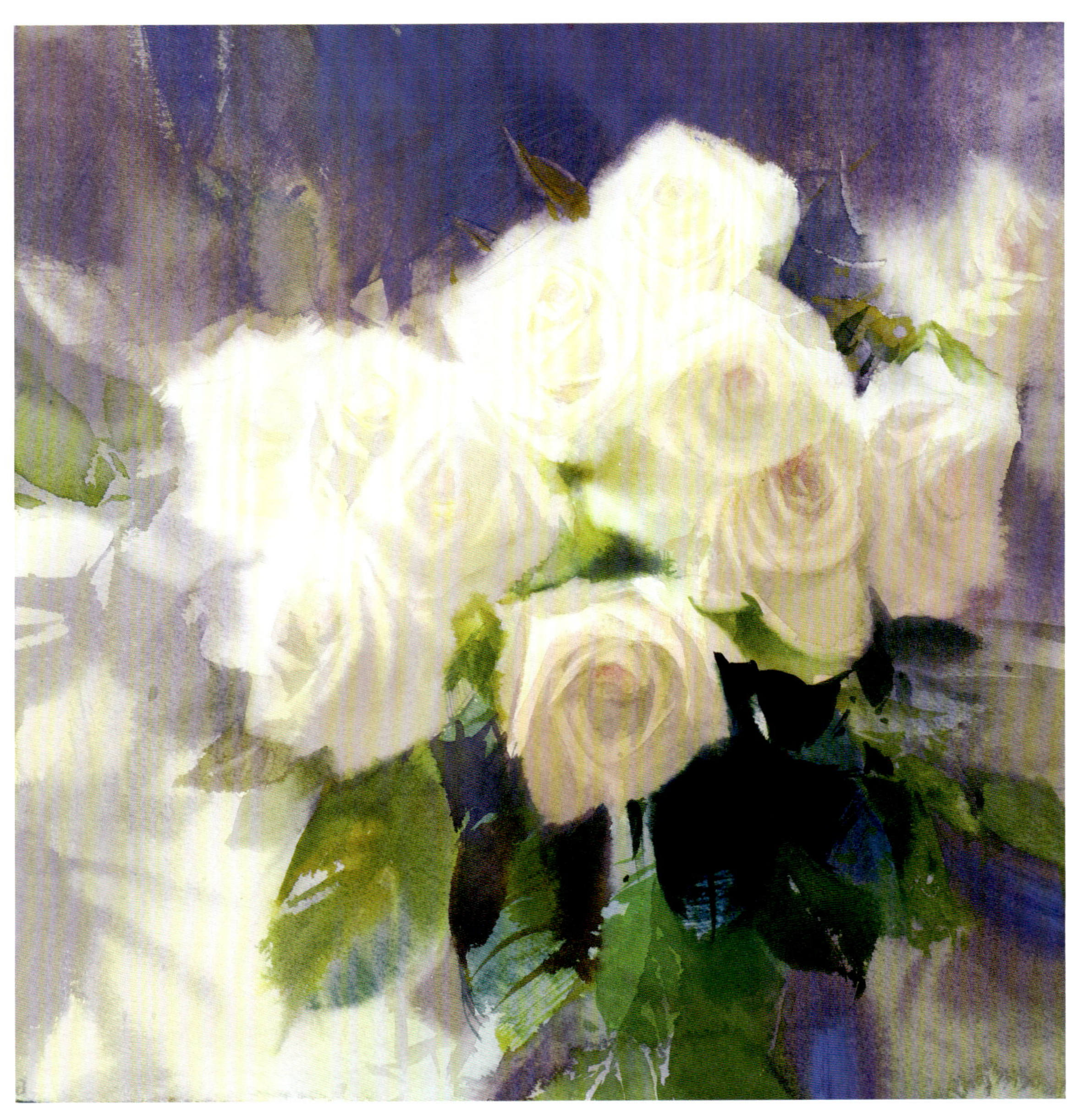

흰 장미 | 38 x 38 | 종이에 수채

아무 걱정하지 마라

– 아버님을 추억하며

그렇잖아도 나는 아프리카인들의 지혜의 말, '하
쿠나 마타다–아무 걱정하지마–'를 좋아하고 있었
다. 그런데 아버지는 마지막 유언으로 나에게 똑같
은 당부를 하신 것이다. 그 한마디는 나에게 평생
을 지니고 갈 최상의 선물이 되었다.

나의 아버지 1 | 25 x 35 | 종이에 연필

중학생 때부터 제일 많이 그려 보아서인지 꼭 닮았다.

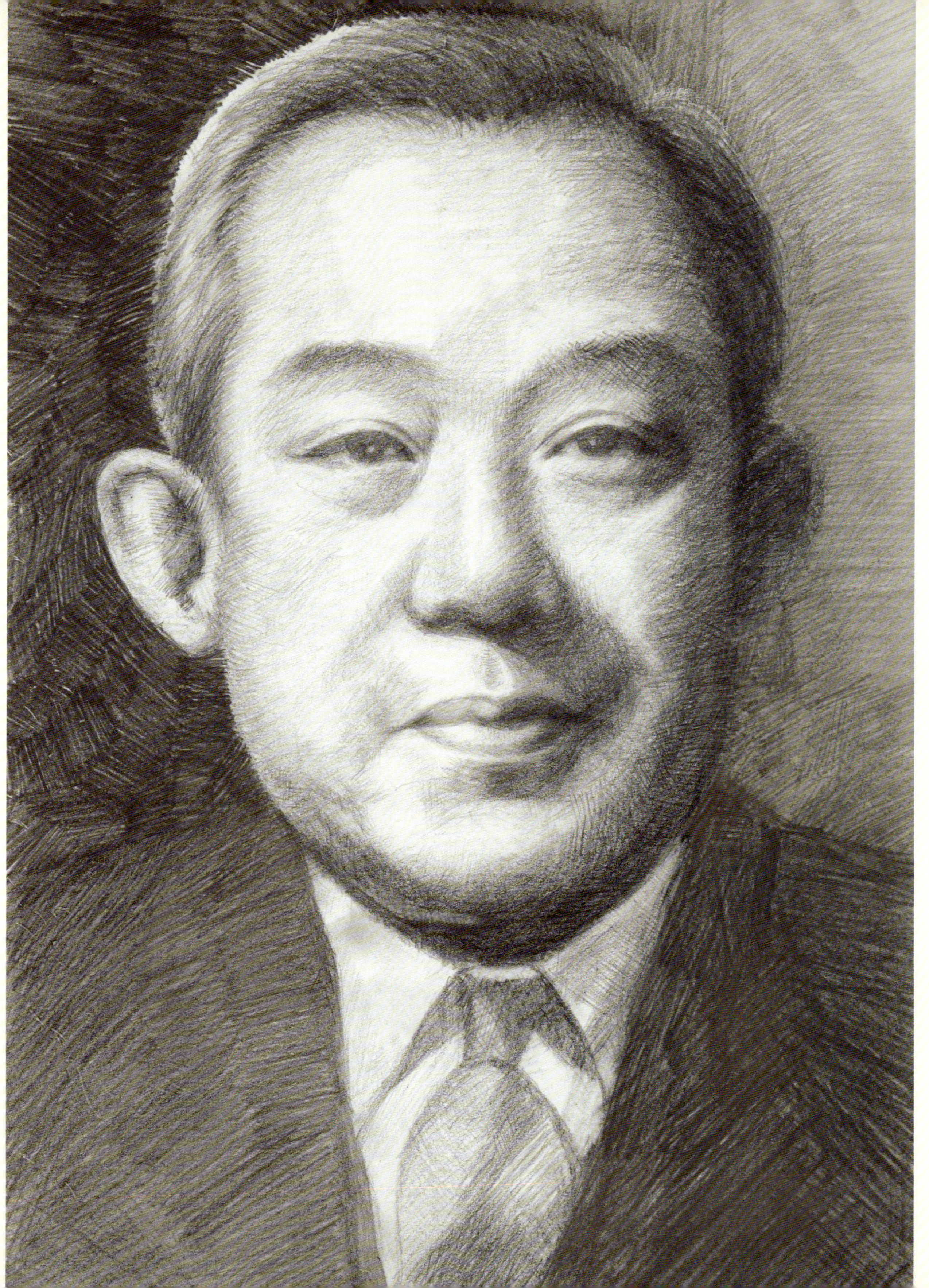

"그런 사람 없어요!"

옆집 아주머니의 다급한 목소리와 타다닥 어지러운 구둣발 소리가 들렸다. 연이어 옆집 마당과 잇닿은 우리집 안방 들창문을 사정없이 열어젖히는 커다란 손. 일본 순사의 얼굴이 불쑥 올라왔다. 치켜뜬 눈으로 방 안을 한바퀴 훑어본다. 나는 숨이 막힐 것 같아서 눈을 꼭 감아 버렸다. 아버지는 창문 바로 아래 벽에 바짝 붙어서서 떨고 계셨다. 때는 일제 강점기 말이였고 아버지는 국어를 가르치는 선생님이자 한글학회 초기 회원이셨으니 일본 경찰의 요시찰인물이었다. 그 시절 한동안 아버지는 숨어 지내야 했고 우리 식구들은 가슴 조이며 살았다. 나는 겨우 다섯 살이었다. 그날의 급박하던 장면은 그 후로도 오래 악몽으로 되살아나서 나를 괴롭혔다.

아버지를 추억하면 무엇보다 먼저 떠오르는 것은 적선지가 필유여경積善之家必有餘慶이라는 말씀이다. 이 말을 귀에 못이 박히게 들으며 자랐다. 우리집 아랫방은 비어 있을 사이 없이 시골에서 서울로 유학 온 학생들 차지였다. 철없던 내가 아무리 독방을 꿈꾸었어도 어림없었다. 어느 엄동설한에 아버지는 겉옷만 입고 퇴근하셨다. 어머니가 놀라 연유를 물으니까 아버지는 태연히 대답하셨다. 내복을 못입은 학생에게 당신 것을 벗어 입히고 왔노라고. 때때로 등록금 밀린 학생의 것을 대납하느라 월급을 가불한 적도 여러 번이었다.

아버지는 맏딸인 나에게 유독 사랑을 많이 주셨다. 늦게 결혼해서 얻은 맏이이고 첫 정이어서 더욱 그러셨을 것이다. 내가 서너살이 되도록 어깨에 나를 태우고 흥을 내셨다고 한다. 동생들한테 늘 "느그 누나 봐라!" 혹은 "느그 언니 봐라!" 하며 나를 편애 하셔서 나는 또 동생들한테 항상 미안했다.

어머니는 말씀하시곤 했다.

"남의 어려움 못 보아 넘기는 것, 세상사에 어수룩한 것, 남의 말 잘 믿는 것이나 식성까지, 어쩌면 부녀간에 저리 닮았을까!"

닮은 사람끼리의 친화력이 더 강한 것인지 나는 아버지와 친했다.

아버지는 내가 학교에서 돌아오는 시간이 너무 늦어진다 싶으면 버스 정류장에 나와 기다리시곤 했다. 어떤 때에는 학교가 파한 뒤 영화관에 갔다가–당시 3류 영화관은 두 편을 동시상영했다– 아버지가 길에 나와 계실 것 같아 영화 한 편을 포기하고 돌아오기 일쑤였다. '누구를 위하여 좋은 울리나'와 같은 긴 영화는 아쉽지만 도중에 나와야 했다.

나는 퇴근하는 아버지를 기다렸다가 발도 씻겨 드리고 다리를 안마해 드렸다.

안마 기술을 갖가지로 개발해서 선보이기도 했다. 그럴 때마다 아버지는 흐뭇한 기색을 감추지 않으셨다.

"어이, 시원하다!"

나는 그게 기뻐서 또 다른 기술을 개발하고.

아버지는 입담이 좋고 남의 흉내도 잘 내고 익살스런 표정도 잘 지으셨다. 또 신명이 많아 늘 노래나 시조가락을 흥얼거렸고 춤추기도 좋아하셨다. 안마해 드리는 시간은 아버지와 얘기하기에도 좋았다. 당신 고향 경주慶州에서 자랄 때, 장난치다가 어른들께 혼나던 이야기에서부터, 동향 친구인 박목월, 김동리 씨와 어울리던 에피소드며, 또 일본 교토에서 대학 다닐 때 고학하느라 겪은 갖가지 고생담은 거의 울면서 들었다. 비오는 날이면 배달해야 할 신문이 젖을까 봐 하도 노심

초사를 해서 이제껏 비오는 날이 싫다 하셨다.

또 우리나라 고전 가사문학歌辭文學의 멋에 대해서도 자주 얘기 하셨다. 지금 생각하면 나는 아버지께 특별 수업을 받았던 셈이다. '죽장망혜竹杖芒鞋 단표자單瓢子로 천리강산 유람할제~' 아버지와 합창을 하던 유산가遊山歌의 앞 부분만 겨우 기억이 난다.

그 가운데 내가 제일 즐겨했던 것은 시조읊기였다. 시조時調의 초, 중, 종장 중에서 한 줄만 운을 떼어 주면 나머지를 완성해서 읊는 놀이였는데, 아버지의 칭찬에 신이 나서 많은 시조를 외워 두었다. 이 다음에 시조 작가가 되고 싶다는 생각을 하기도 했다.

그때 우리집에는 꼭 트럼프같이 생긴 시조 카드가 있어서 온 식구가 둘러앉아 화투 짝 맞추듯이 시조의 초, 중, 종장을 맞추는 놀이를 했었다.

지금도 아버지께서 가락을 붙여 자주 읊으시던 시조가 귓전에 맴돈다.

'동창이 밝았느냐 노고지리 우짖는다. 소치는 아해들아 상기 아니 일었느냐. 재 너머 사래 긴 밭을 언제 갈려 하느냐.' 아마도 이 시조가 자신의 입장, 학생과 교직원을 독려하는 당신의 마음을 표현하는 듯해서 더 애정을 가지셨던 것 같다. 또 이런 시조도 생각난다. '풍파에 놀란 사공 배 팔아 말을 사니 구절양장九折羊腸이 물도곤 어려워라. 이후란 배도 말도 말고 밭 갈기만 하리라.'

1950년 6.25 전쟁이 일어났고 우리집은 대구로 피난을 가서 고모부댁에 얹혀 살았다. 그때는 온 나라가 비상시였으니 장사하고는 거리가 멀고 먼 아버지와 열 살 짜리인 내가 콤비가 되어서 장사를 했다. 새벽 칠성시장에 나가 아버지가 물건을 떼어오면 내가 동네 어귀에 사과 궤짝 위에 펼쳐 놓고 팔았다. 껌, 막대사탕, 초컬

릿 등이었는데 식구들 반찬값이 벌린다고 부모님이 대견해 하셨던 것을 보면 곧잘 팔았던가 보다. 그런데 그 동네 사시는 심술영감님이 이따금씩 나와 호통을 쳤다.

"동네 지저분하게 웬 사과 궤짝이냐, 당장 치워라!"

나는 내 온몸을 엎어 물건을 감싸며 아주 자지러지는 듯 싹싹 빌었다.

"오늘 하루만요! 이게 우리 식구 밥이에요."

물론 그 다음날에도 우린 장사하러 나갔다.

6.25전쟁은 외갓댁 운명도 아버지의 운명도 여지없이 뒤흔들어 놓았다. 부농富農이셨던 외할아버지께서 전쟁 직전 아버지에게 학교를 설립해 주실 계획을 세웠었다. 두 분 옹서翁婿끼리 알맞는 학교 부지 2000평을 구하러 다니셨는데, 전쟁이 터지자 모든 계획은 수포가 되었고 외가는 전쟁의 직격탄을 맞았다.

아버지는 교직을 천직으로 생각하셨고 스위스의 교육자 페스탈로치를 닮고 싶다고 하셨다. 대학 졸업 후 나의 진로도 교직을 권하셔서 나는 두말없이 따랐다.

정월이면 친정집에는 세배객이 줄을 이었다. 아버지가 연로하시도록 제자들, 선생님들, 학교 수위실 아저씨, 온실 아저씨 등 다들 반가운 분들이 다녀가시곤 했다. 청빈한 선비로 학같이 고결高潔하셨던 아버지는 끝까지 마나님의 지극한 봉양을 받았으니 큰 복이 아닌가. 그러나 사람의 일생에 두루 갖춘 만복은 없다고, 두 아들을 병으로 앞세우는 참척慘慽을 겪으셨다. 그 후 수유리 4.19 묘지가 가까운 산자락으로 거처를 옮기셨다. 자주 산책 겸 나가 묘지를 둘러보시곤 했는데 아마 나라를 위해 그 많은 젊은 피가 스러져간 그 묘역에서 그들의 고혼을 위무해 주면서 당신의 슬픔쯤은 아무것도 아니라고 아픔을 삭이셨을 것이다.

결혼을 앞두고 나는 생각했었다, 나의 아버지같은 절대적인 사랑을 남편한테서도

기대할 수 있을까? 역시, 절대는 없고 대가가 컸다. 멋모르고 갔던 종부宗婦자리,
힘에 벅차면 내 방구석에 틀어박혀 '아버지!'를 부르며 울었다.

아버지 은퇴 후 만년을 보내고 계실 때, 나는 그저 잠깐씩 찾아뵙고는 허둥지둥 돌아오기 바빴다. 돌이켜보면 정말 아버지께 위로가 필요하던 그 시절, 나는 시집살이 한답시고 자주 찾아뵙지도 못했다. 이래서 출가외인 소리가 나오는가 보다. 다소곳이 앉아 속 깊은 이야기를 나누지도 못했던 것, 많이 아쉽고 죄송하다.

그래도 내가 친정집에 들어서면 아버지는 만면에 웃음을 지으며 반기셨다.

"아이고, 우리 청이 오나!"

부족한 딸을 항상 효녀 청이라고 하셨으니 그 너그러운 사랑에 보답할 길이 없다. 꿋꿋이 맑은 정신으로 천수를 다하고 세상을 작별하실 때, 아버지는 우리에게 이르셨다.

"가족과 친척 이외에는 부고를 하지 마라. 나, 90년 동안이나 인사를 많이 받아 왔으니 조용히 가게 해 다오."

그리고 유언삼아 말씀하셨다.

"아―무 걱정하지 마라."

그렇잖아도 나는 아프리카인들의 지혜의 말, '하쿠나 마타다―아무 걱정하지 마―'를 좋아하고 있었다. 그런데 아버지는 마지막 유언으로 나에게 똑같은 당부를 하신 것이다. 그 한마디는 나에게 평생을 지니고 갈 최상의 선물이 되었다.

아버지!
저는 오늘도 아―무 걱정하지 않고 삽니다.
큰딸, 아버지께 지극한 사랑과 그리움을 전하며 이 글월 올립니다.

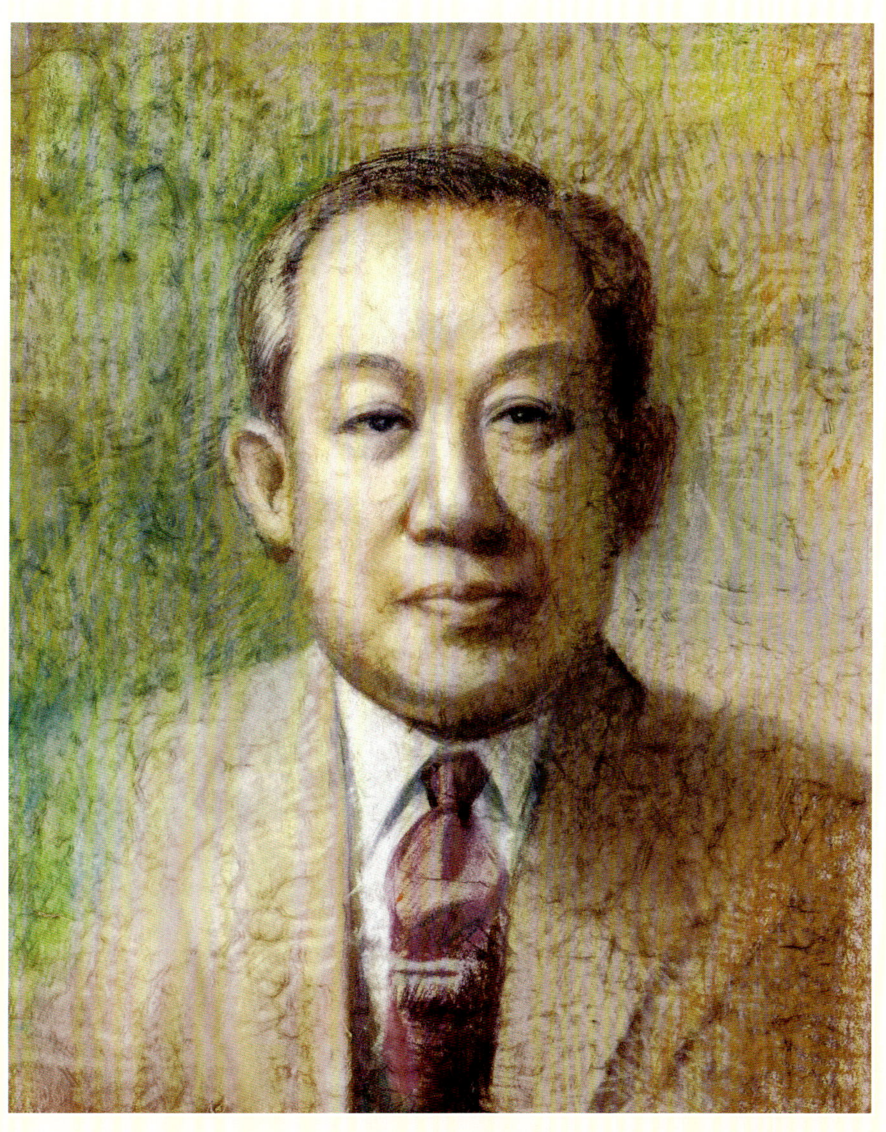

나의 아버지 2 | 41 x 53 | 한지에 파스텔

한지에 파스텔로도 그려보다.

군자란을 보며

– 이 세상 모든 어머니는
자비하신 보살

바로 그 푸른 잎들에서 어머니를 본다. 딸네 집에 사기邪氣의
범접을 막아 주려는 벽사辟邪의 몸짓으로 보이는 것이다. 비
단 나의 어머니 뿐만 아니라, 이 세상 모든 어머니는 자비하
신 보살이요, 군자가 아닐까 싶다.

나의 어머니　｜　100 x 100 ｜　종이에 수채

군자란 꽃인 듯 "어머니!"

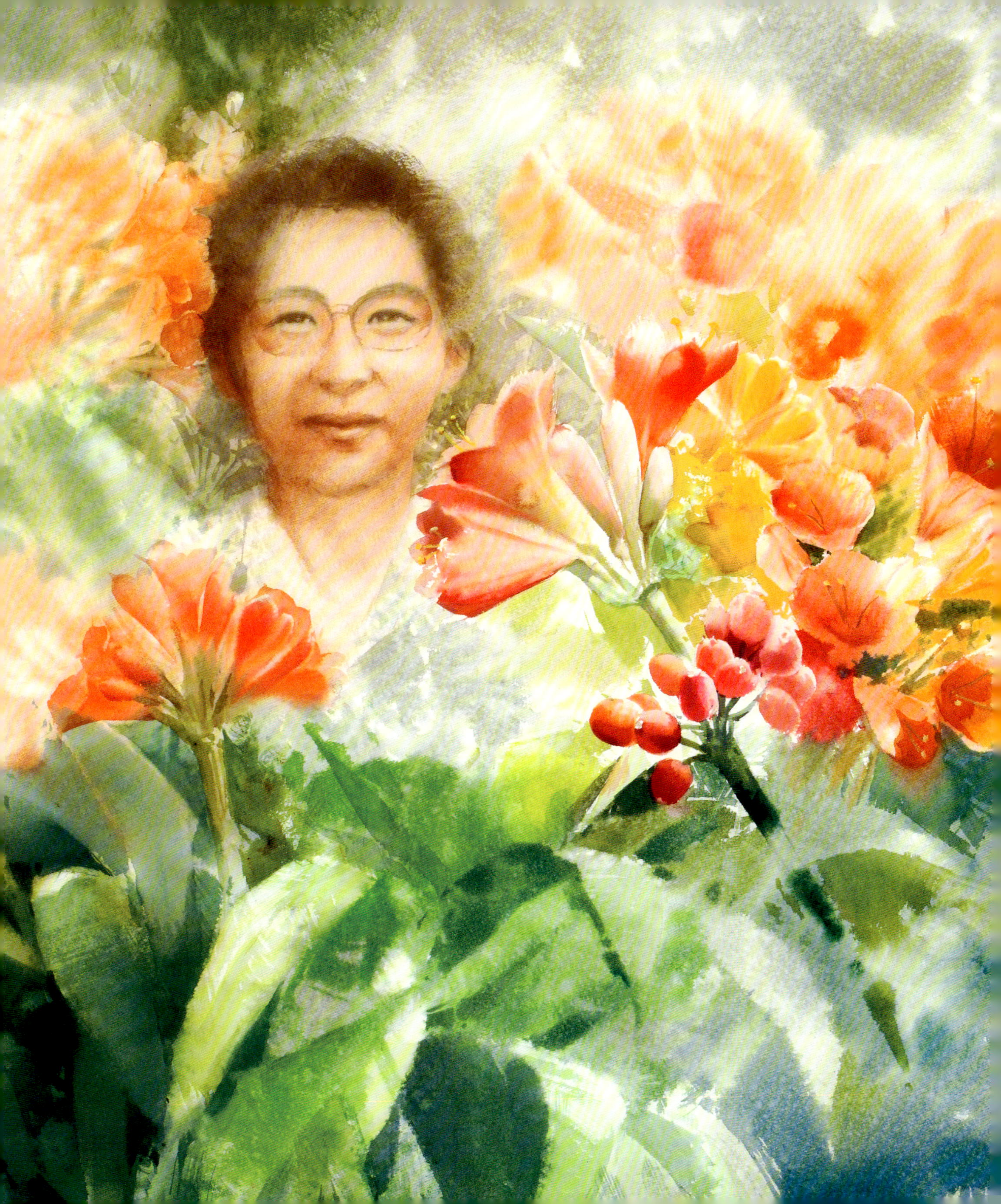

해마다 음력설이 지나고 한 달쯤 후에는 우리 집 베란다에서 어김없이 군자 란이 피어난다. 열두 개나 되는 화분에서 피워내는 진한 주황색 꽃들의 위세에 다른 꽃들은 모두 조연으로 물러난다. 이 무렵이면 아젤리아, 안시리움, 수선화 그리고 시클라멘 등이 나름대로 예뻤는데, 군자란이 피어 있는 동안은 군자 앞의 소인배쯤으로 보인다면 나의 편애일까?

군자란이 피어 있는 한 달 동안, 혼자 보기 아까워서 으레 사람들을 초청해 꽃잔치를 연다. 초대되어 오신 분들은 묻곤 한다.

"어디서 이렇게 좋은 품종을 구해 온 거에요?"

10여 년 전 친정어머니께서 실하게 키워 놓은 군자란 한 화분을 주셨는데, 그것이 불어나서 이만큼이 되었다. 어머니는 화초 가꾸기를 즐기시기도 했지만 잘 가꾸시는 재주가 있었다. 재주라기보다는 극진한 사랑이라는 말이 더 맞을 것 같다. 이웃들은 자기 집의 화초가 생기를 잃으면 어머니께 가져와 도움을 청했다. 어머니의 보살핌을 받고 난 화초들은 싱싱해져서 돌아가곤 했다. 동네 사람들은 어머니를 '꽃집 할머니' 라고 불렀다.

일렬횡대로 늘어서서 나의 화단에 중심을 잡아주고 있는 군자란에서는 엘가의 위풍당당 행진곡이 들린다. 나의 마음 속 중심에 자리하고 계신 어머니는 내가 힘들 때 비틀즈의 노랫말에 나오는 마더메리가 되어 주신다.

"그냥 그대로 두거라. Let it be, let it be. 답이 있을 거야." 라는 지혜의 속삭임을 듣는다.

군자란 꽃이 지고 난 자리에는 푸른 씨방이 드러나고 그것은 가을이 깊어 가면서 빨갛게 익는다. 보석처럼 아름답다.

그러나 나에게 더 아름다워 보이는 모습이 있다. 도톰하고 싱싱한 잎사귀들이 활짝 팔 벌려 늘어선 장면이다. 바로 그 푸른 잎들에서 어머니를 본다. 딸네 집에 사기邪氣의 범접을 막아 주려는 벽사辟邪의 몸짓으로 보이는 것이다. 비단 나의 어머니 뿐만 아니라, 이 세상 모든 어머니는 자비하신 보살이요, 군자가 아닐까 싶다.

어머니는 가장 오랫동안 나의 스승이며 은인이고 의지처이셨다. 나의 원형을 제일 잘 아시는 분, 나의 강점도 약점도 세밀하게 보아오신 분이다. 그런 어머니는 나에게 가차없는 직언으로 충고하셨고 나의 속 좁음을 짚어 주셨다.

"너는 너무 외곬이다. 네가 기준이면 안 된다. 다른 사람은 다 그 나름의 입장이 있단다."

결혼 후, 대가족의 생활에서 일어나는 다양한 문제 앞에서 나는 늘 어머니께 해법을 구했다.

"네가 규모있게 사느라 시댁 식구들에게 박하게 하면 안 된다. 저축해 놓는 것 보다, 주변에 후하게 하는 것이 먼저다."

어머니는 유복한 가정에서 사랑을 많이 받고 자라서인지 성품이 후덕하셨다.

외가는 부농이어서 일하는 사람들이 많았다. 언젠가 외가 쪽 어른이 말씀해 주시기를, 어머니는 소녀 적부터 일하는 사람들 중에 어려운 사정은 없는지를 살펴 외조부님께 고했다고 했다. 가난한 교사인 아버지와 결혼하셔서는 끄나풀 하나도 버리지 않는 알뜰함으로 내조를 하셨다. 인정 많은 아버지가 누구에게나 선심을 쓸 수 있었던 것도 어머니의 내조 없이는 어려웠을 것이다. 어머니는 우리 남매들의 옷을 손수 지어 주시곤 했다. 매번 신기해 하며 입었던 기억이 난다.

어느 책에서인가 이런 구절을 본 적이 있다.

'우리가 이 세상에 와서 할 일은 딱 두 가지로 요약된다. 그것은 끊임없이 배우고 많이 베푸는 것이다.'

그 구절을 읽으며 나는 어머니를 떠올렸었다. 어머니만큼만 살 수 있다면 하고. 어머니는 아주 연로하실 때까지도 배움에의 열정, 호기심이 식지 않으셨다. 신문의 사설은 꼬박꼬박 읽으셨고 시사, 교양, 토론 프로는 늦은 밤이어도 꼭 보셨다. 특히 '도전, 골든 벨'이라는 TV프로를 즐겨 보셨다.

만년의 아버지가 기운이 쇠해졌을 때, 말씀이 너무 없으시면 정신줄 놓으실까봐, 아버지가 즐겨하시던 옛 시조의 초장만 운을 떼어 드렸다. 그러면 아버지는 반가워 고개를 돌리고 중, 종장으로 화답하셨다. 아버지가 떠나신 후 영감님 그리워서인 듯 아버지가 애송하시던 이시가와 다쿠보쿠石川啄木의 시구를 곧잘 외우셨다.

"우스개 삼아 어머니를 업어 보고 그 너무나 가벼움에 목메어 세 발짝도 못 걷네"

남편은 가끔 나에게 말했다. "당신, 장모님 따라 가려면 족탈불급足脫不及이오. 자주 가서 많이 배워 오소."

잠깐씩 다녀가는 사위에게도 어머니의 모습이 그렇게 느껴졌던가 보다.

물론 연로하시기도 했지만, 어머니는 큰 사위의 병세가 심상치 않음을 아시게 되자, 곡기를 끊고 보름만에 세상을 떠나셨다.

나는 어머니께 어떤 딸이었을까. 많이 죄송하다. 더 자주 가 뵙지 못한 것, 어머니의 말씀을 더 귀 기울여 듣지 못한 것, 그때그때 어머니의 말씀을 기록해 두었더라면 하는 아쉬움이 간절하다.

중국 당대唐代의 시인 맹교盟郊는 이렇게 읊었다.

"자식이 효하는 마음은 한 치 풀의 마음이요, 어버이가 자식에게 주는 사랑은 석 달 봄의 햇살이라"

누가 말했던가.
한 치 풀의 마음이라도 석 달 봄의 햇살을 보답하리라.―수언촌초심 보득삼춘휘 수誰言寸草心 報得三春暉―
이 말로 위로를 해 본다.

부모님 안 계시니 나의 어린 시절을 애기해 주는 사람도 기억해 주는 이도, 이제는 아무도 없다. 나는 부초浮草가 된 듯하고 뿌리도 역사도 사라진 듯하다. 그러나 나에게는 어머니의 군자란이 있다.
군자란은 나를 지켜보고, 지켜준다.

▬ 선물로 온 사람

– 나는 당신과 함께

고맙게도 시간이라는 그 여과의 기능에 힘입어, 어려웠던 것 아팠던 것들은 다 걸러졌다. 이제 남아 있는 것은, 그가 나의 생에 가장 귀한 선물로 온 사람이라는 마음뿐이다.

나의 남편 | 60.6 x 72.7 | 종이에 수채

노래와 춤을 즐기며 행복한 아빠. – 딸의 말 –

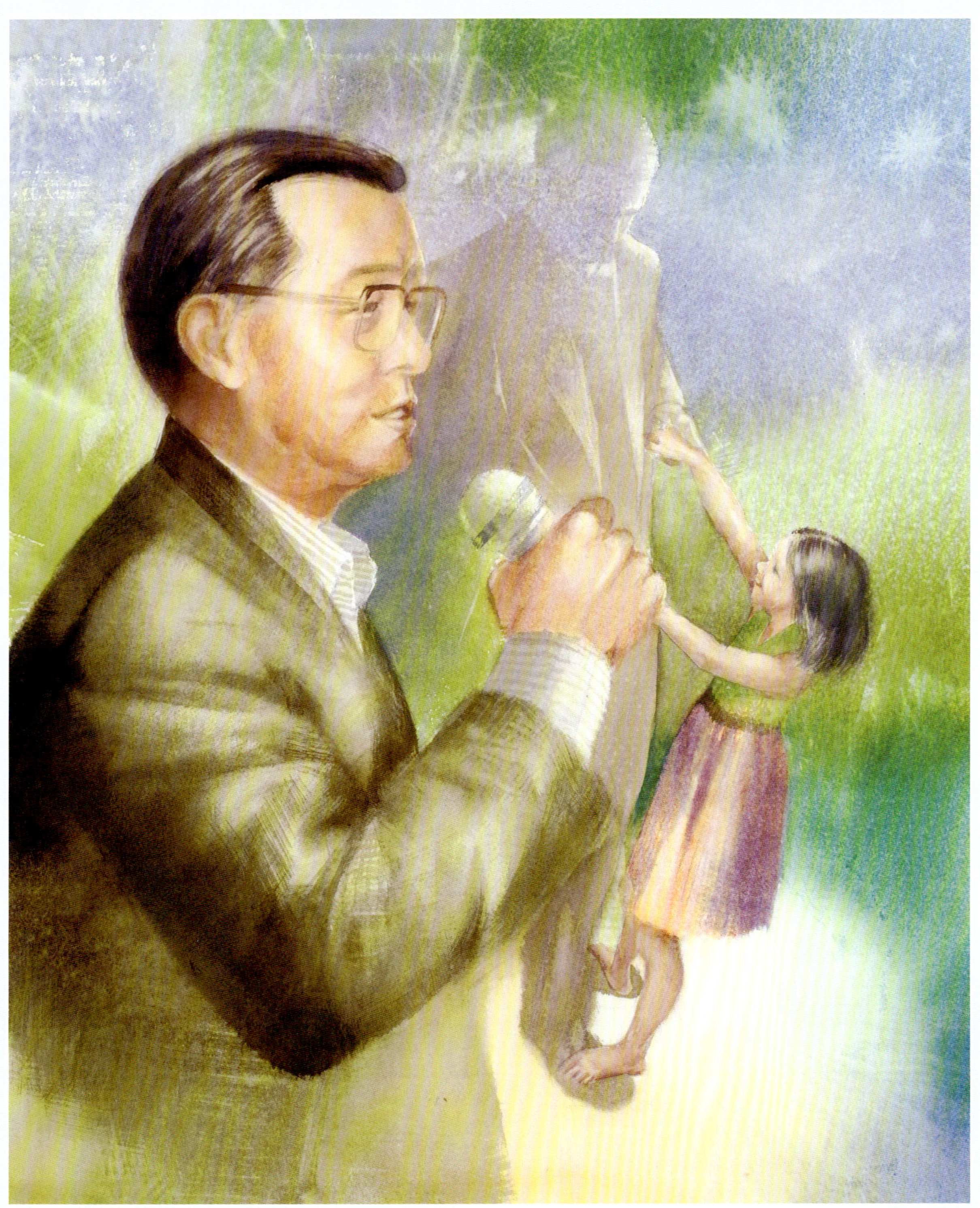

공항 입국장 앞

마중 나온 가족들의 환호성 쪽으로 그가 다가왔다. 내 가슴으로 뜨거움이 지나갔다. 어머님은 머리가 길어진 그를 보자 옆에 선 나에게 소곤대셨다.

"느그 신랑이 히피같네!"

나는 속으로 얼마나 바빴으면 싶었고 그동안 객지 근무의 고달팠음이 전해져 마음이 찡했다. 사람들이 그를 에워싸고 모여들어 모두 한마디씩 인사를 나눴지만 정작 아내인 나는 그와 눈길 한 번 맞춘 후에는 아무 말도 하지 못했다. 늘 그랬다. 일년이면 줄잡아 서너 달은 해외로 출장을 나가야 하는 남편은 여러 식구들 앞에선 그처럼 내게 덤덤했다. 하지만 그의 진심은 편지에 오롯이 담겨 나에게 배달되곤 했다.

그는 '....여성에게 처음으로 편지를 써 본다....'로 시작해서 차마 쑥스러워 말 못할 속마음을 적어 보냈다. '...내가 당신을 만난 것은 장님이 문고리를 잡은 격이고, 보리밥으로 잉어를 낚은 격'이라고. 결혼 초반에 이런 편지를 받은 나는 감동해서 평생의 헌신을 저당 '잡히고' '낚인' 셈이다.

나는 식구들 안부며, 대소사 지낸 얘기, 아기들 크는 모습을 소상하게 적어 가며 답장을 하고... 이렇게 주고 받은 편지가, 남들은 보석을 담아 두는 빨간색 자개함에 가득하다.

1월 진눈깨비 날리던 날

우린 결혼했다. 추운데 날씨까지 궂으니 하객들이 덕담삼아 위로했다.

"이런 날 결혼하면 잘 산단다."

종갓집 종손임을 실감하는 데는 시간이 그리 오래 걸리지 않았다. 바로 신혼 여행지에서부터였다. 새 신랑은 이틀의 휴가 중 하루를 조부님 제사 드는 날이라고 혼자 서울에 다녀오는 데 바쳤다. 그렇게 시작된 종갓집 맏며느리.

종갓집은 고향 쪽 친척들을 위한 간판 없는 여관이었고, 맏며느리는 봉제사 접빈객奉祭祀 接賓客의 연속이었다. 언제나 나 이외의 사람들을 위해서 보내는 하루 해가 짧았다. 여러 식구들이 늘 화음만 낼 리도 만무했다. 남편이 아내에게 위로라고 하는 말은 간단명료했다.

"이래야 인생이 살찐다."

억지 위로에 심사가 꼬인 나는 기어이 좁은 속내를 보이곤 했다.

"이미 인생 비대증에 걸렸어요."

아이들 남매가 커서 그 시절을 돌이켜 보며 내리는 평가는 나름 객관적이었다.

"우리 어머니 살아 온 이야기는 다큐로 상, 중, 하 세 편 감이에요. 그렇지만 우리로서는 여러 식구 틈에서 자라온 게 좋은 점이 더 많았지요." 모두 맞는 말이다.

일식日食집에서

남편은 서류를 가져와야 할 것이 있다며 자주 나를 전화로 불러내었다. 우리만의 오붓한 저녁시간을 위해서였다. 히레주酒 한 잔에, 서로의 노고勞苦가 녹아들었다. 회사에서, 집안에서 일인지하一人之下, 만인지상萬人之上의 위치가 얼마나 수고로운지 남편도 나도 서로 알아주는 자리였다.

남편은 내게 식구 많고 일 많은 종부宗婦의 자리로 와 준 것이 늘 고맙고 미안하다고 했다. 취중 농담인지 진담인지 이런 말도 가끔 했다.

‘우리도 영화 속의 연인들처럼 살아보고 싶다.’

맞선 본 지 꼭 50일 만에 일생을 걸었는데, 신기하게도 오랜 기간 알아 온 사이처럼 편안했다.

“우리는 남들처럼 연애도 못 해보고 결혼하는 것이니, 평생 연애하며 삽시다!”

아! 그 말 한마디가 어떤 마법을 나에게 걸었을지도 모른다.

그래서 그렇게 가끔씩 가슴으로 뜨거운 것이 지나가곤 했었나 보다. 마법에 걸린 듯이.

선물

고향을 떠나 와 서울에서 대학을 다녔던 그에게는 입에 맞는 밥을 해 주는 하숙집 찾기가 어려웠다고 했다. 종손이라고 어른들이 너무 위해 키운 것이 오히려 살아가는데 고충이 되었다.

그의 별명은 김 무숙無宿에, 김 무남舞男이었다.

무숙이는 마음에 드는 하숙집이 없어서, 무남이는 춤을 잘 추는 남자라고 친구들이 붙여 주었다. 모든 장르의 춤을 프로처럼 춘다고 했다. 아기들 기저귀 바구니, 장난감 상자들을 밀쳐놓고 나무토막같은 나에게 부루스를 가르쳐 주기도 했다.

춤이면 춤, 노래면 노래. 흘러간 한국 가요사歌謠史를 시대별로 대표곡을 몇 곡씩 부르다 보면 자정을 넘겨야 했다. 법대에서 전공이 노래와 춤이었느냐고 물으면, 반격이 왔다.

“영문학 했다는 사람이 영어책은 안 보고 영화 애기만 나오면 신이 나던데?” 라고.

나의 생일이나 결혼 기념일이 다가오면 무슨 선물을 받고 싶으냐고 물었다.

"난 이미 선물 받았는데! 당신이 선물 아닌가?"

남편은 의아하다는 듯 되물었다.

"아니, 보석 반지 사 달래야 정상 아닌가?"

"보석이란, 땅 속에서 비정상으로 굳은 돌이지!"

"당신 참, 특별한 사람이네…!"

지금 생각해 보아도 그때와 똑같이 그는 나에게 '선물' 같은 사람이다.

경상도 남자의 세 마디

친정은 경상도가 고향임에도 집안 남자들은 과묵형이 아니다.

친정 아버지도 다정다감하셔서 이야기하는 것을 즐기셨는데 옹서翁婿지간에 꼭 닮았다. 경상도 사람인 남편도 둘이 있을 땐 자기 속마음을 내게 잘 표현했다.

나는 아들이 결혼할 때 당부하였다.

'네 댁한테 많이 표현해라. 사랑한다고, 고맙다고, 내가 복이 많아 당신을 만났다고.'

남편은 내 등을 두드리며 말하곤 했다.

"어이구, 우리 철녀鐵女씨!"

종부로 대가족 살림을 이끌며 몸져 눕는 일도 없이 꿋꿋하니, 고맙다는 마음을 그 한마디로 표현을 했다. 그러고 보니 나는 영국의 대처 여사보다 먼저 철의 여인 iron lady 소리를 딱 한 사람에게서 들은 셈이다. 나를 씩씩하게 버티게 해 준 힘의 원천은 남편의 세 마디였다.

'당신을 만난 것은 행운이다, 평생 연애하며 살자, 당신은 철녀씨다.'

이 말들이 나에게 최면을 걸었다.

결혼 조건

결혼 전 중매하시는 분께 나는 일렀다.

첫째, 나는 우리집에서 아들같은 맏딸이라, 결혼한다고 달라질 수 없다. 시댁 식구들과 함께 살게 된다니 최선을 다하겠다. 그렇다면 신랑될 분도 처가에 최선을 다해야 한다. 똑같이 양가에 잘하기로 한다는 답을 받아 오시라.

둘째, 내가 심신이 건전한데, 시댁에 폐 끼칠 리가 없고 오히려 보탬이 될 사람이니 나에게 혼수를 기대하지 않도록 해 달라. 나나 그쪽이나 동등하게 출발하는 것이 옳다고 본다.

이 조건을 전해 들은 신랑은 전폭 동의했다. 노총각에다가, 자기 식구들 틈에, 또 종부 자리에 들어와 살겠다는 사람을 무조건 놓치고 싶지 않았음에 틀림없었다.

새댁 시절, 한집에 살고 있었던 동갑 시누이는 예단이라고 너무나 하찮게 해 온 올케 언니가 미워서 매일 성토대회를 했다. 나는 한참 동안 한 귀로 듣고 한 귀로 버리는 훈련을 했다. 그 덕에 아무것도 찌꺼기가 남지 않았는지 흔한 우울증이나 화병이 나와는 전혀 상관 없었다.

살아오는 동안, 그는 정말 시종일관 하늘같은 맏사위였다. 나도 하늘같은 맏며느리였을까? 나로서도 최선을 다했지만 쉬운 일은 아니었다. 내게 종부의 영광이란, 헌신과 봉사 끝에 얻은 가시 면류관이거나, '노인과 바다'의 산티아고 할아버지의 가시만 남은 청새치일 것이다.

잠의 세계로

미식가이던 남편이 맛있는 것이 없어졌다. 친구들과 일주일 동안의 미국여행에서 골프를 다섯 번이나 쳤다고 한 게 불과 며칠 전이었다. 연말 정기 검진에서 최악의 말을 듣게 되었다. 그로부터 일년을 입퇴원을 반복했다. 이상하게도 어디가 아프다고 호소하지도 않았다. 혹시 속으로 혼자 삭였던 것일까?...

마지막 나흘간 머물던 병실을 "궁전 같애!" 라며 좋아할 정도였으니!... 가족의 슬픔을 짐짓 그렇게 돌리려는 그의 마음이 나에겐 더 아팠다. 그 당시 TV 드라마 '대장금'이 한창 인기였다. 그날도 드라마를 다 보고 난 직후에 간호사가 들어오니 그가 말을 건네었다.

'오늘의 저 모험이 내일은 밝혀지겠지요?'

그로부터 두어 시간이 지났을 때, 허공에 머문 그의 눈동자가 평소와는 다르게 느껴졌다. 나는 일부러 명랑하게 말을 걸었다.

"무얼 생각하세요? 나하고 얘기나 하십시다."

그의 대답은 짧았다.

"잠."

동시에 그는 눈을 감았다. 그가 이 지상에서 남긴 마지막 말이었다.

졸음이 와서 잠을 청한 말이었을 수도 있고, 다시는 깨어나지 않을 긴 잠으로 들겠다는 말이었을 수도 있다. 혹은 자기의 한 생이 한숨 자고 난 잠이었나 싶었을지도 모르겠다. 참으로 인생, 일장춘몽이다. 꿈이요, 잠이다.

셰익스피어는 햄릿을 통해서 말하지 않았던가, '죽음은 잠, 더 이상이 아니다. To die is to sleep, no more.'

바로 아이들을 불렀다. 그러나 아이들보다 먼저 간호사들이 모니터를 켜놓고 그를 에워쌌다. 이 천금같은 순간을 간호사들에게 양보할 순 없었다. 일각一刻을 허

투루 보낼 수 없는데 관찰의 자료로 그를 내어 준단 말인가. 말도 안되는 일이었다. 비켜서라고 했다. 그리고 아이들과 내가 그를 에워쌌다. 나는 사람은 청력이 제일 늦게까지 열려 있다는 것을 들은 적이 있었다. 그의 귀에다 대고 속삭였다.

"당신은 잘 살아 오셨고, 수고 많이 하셨어요. 이제 편히 쉬러 가시고 싶은가 봐요. 우리 모두 당신을 훌륭하다고 생각해요. 고맙습니다……"

아이들도 뒤따라 제각기 아버지에게 하고 싶은 말들을 했다. 그의 얼굴은 평온해 보였다. 지켜보던 호스피스가 나중에 말했다.

"이십여 년 임종 장면을 보았지만, 이런 경우는 처음입니다. 가시는 분이 이렇게 평화로울 수도, 보내 드리는 분들이 이렇게 침착할 수도 있네요…"

그가 떠나는 모습을 보며 나는 친정 어머니의 평소 말씀이 떠올랐다.

"네 남편이 대인이다."

어쩌면 그렇게도 선선히, 대범하게 떠날까. '잠'의 세계로.

영원과 하루

아프리카의 스와힐리족에게는 이런 믿음이 있다고 한다. 기억 속에 있는 한 그 사람은 살아 있는 것이라고. 이 말이 위로도 되고 실감이 난다.

아플 때의 그는 내게 말했다.

"내가 가도, 늘 당신 옆을 뱅뱅 돌면서 보호해 줄게!"

가도 아주 가지는 않은 듯하다. 하기사 파도가 스러졌다고 없어진 것은 아니다. 우리는 함께 존재의 바다를 이루고 있다.

그는 나에게 나만의 시간을 선물로 주고 갔다. 내 삶에서 처음으로 나만을 위해서 사는 이 시간은, 이대로 귀중하게 여겨진다. 그가 역시 등 두드려 주며, 그래, 바로 그렇게 살라구! 해 주는 것만 같다.

 오랜 시간 동안 함께한 사람의 이야기를 이 정도로 줄여 쓰자니 많은 미진함이 남는다.
 더구나 나의 미숙함과 모남으로 빚어 낸 불협화음의 상처인들 서로간에 얼마이랴. 고맙게도 시간이라는 그 여과의 기능에 힘입어, 어려웠던 것 아팠던 것들은 다 걸러졌다. 이제 남아 있는 것은, 그가 나의 생에 가장 귀한 선물로 온 사람이라는 마음 뿐이다. 영원히 함께 있을 줄 알고 살아 오다 혼자 남아, 지나간 수십 년 세월을 추억해 내며 글로 쓰는 데 하루면 되었다. 영원 속에 하루가, 하루 속에 영원이 있음을 본다.

우리의 다하지 못한 사랑 덕분에
나는 당신과 함께
소나무 밑 한 덩이 흙이 되어
그 땅이 삶을 계속하리.
　　– 파블로 네루다, '사랑의 소넷트'부분

우리집 남매 I 28 x 21 I 종이에 연필

수유리 집 덩굴장미 사다리 위에서. "저는 동네 보안관이에요." - 아들의 말 -

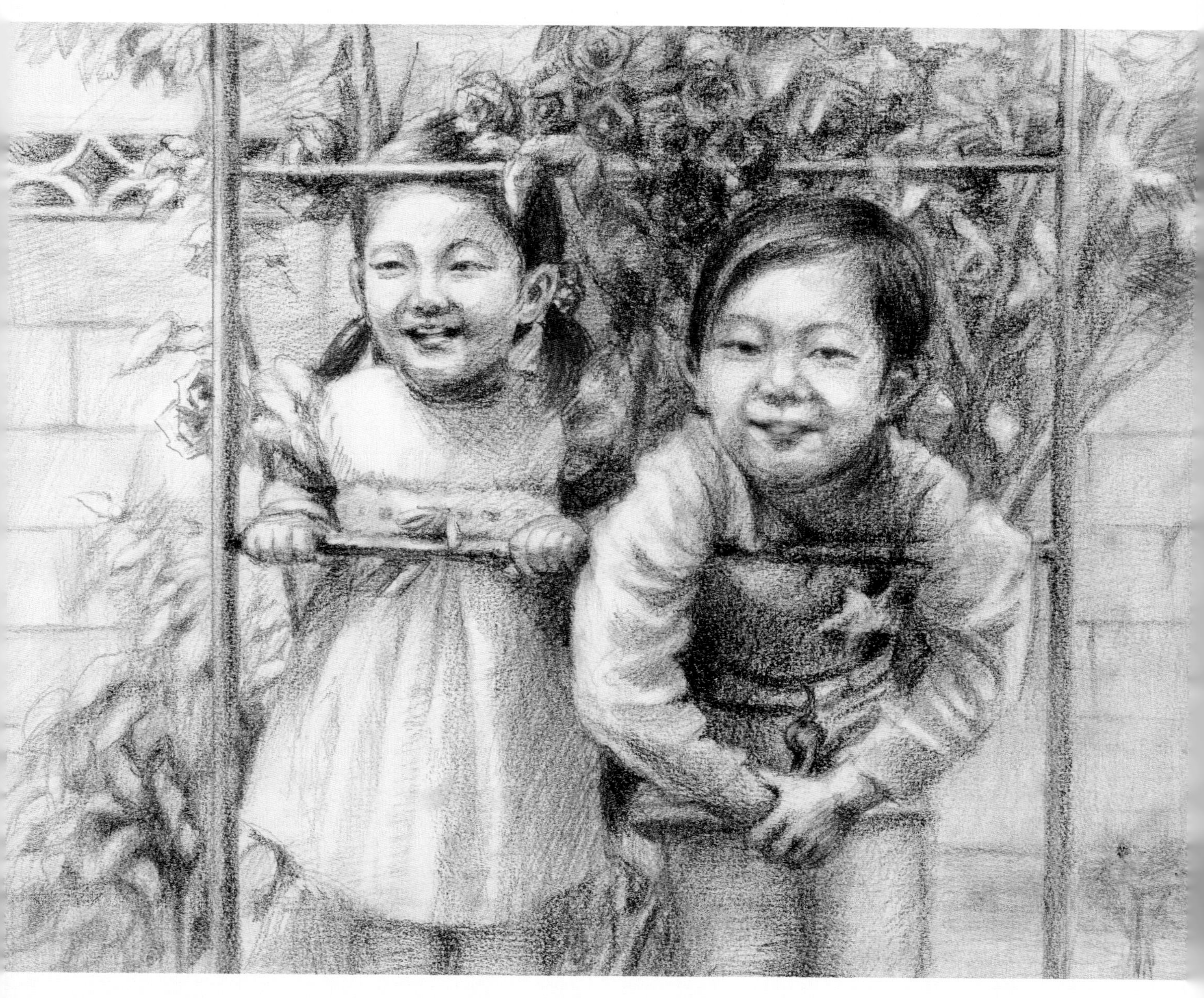

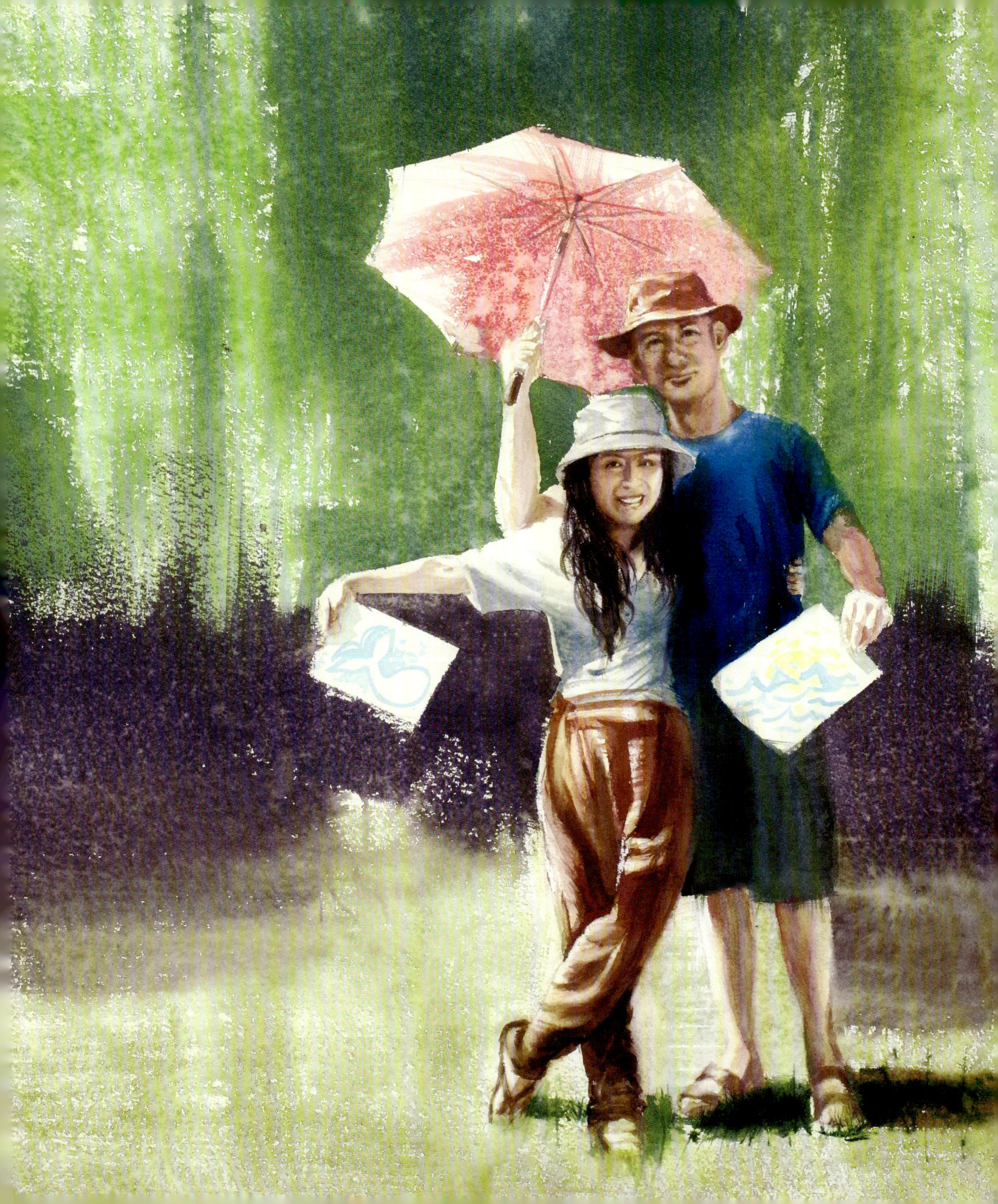

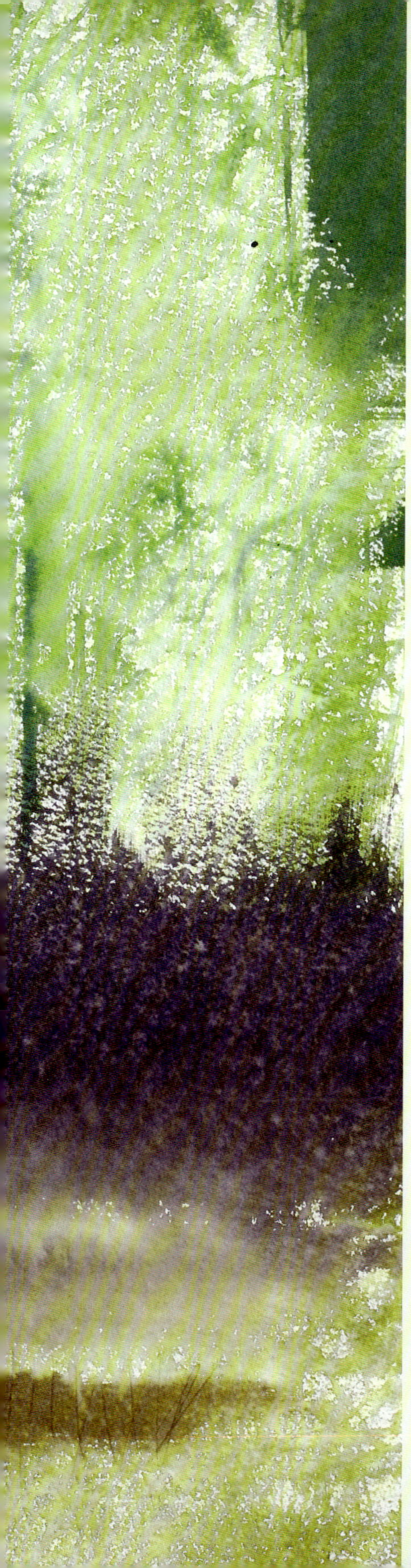

새처럼 자유롭게

– 딸아, 얼마나 축복이냐

뿌리부터 모습까지, 또 언어와 문화가 다른 사람들
이 만나, 그 다름이 불편함이 아니고 새로움이고 신
기함이 되니 얼마나 축복이냐. 그런가 하면, 너희
둘이 다 예술가의 길을 걷고 있으니 둘의 힘을 합하
면 셋이 되겠구나.

숲 속의 딸 부부 | 60.6 x 72.7 | 종이에 수채

양산 받쳐든 사위 팔뚝이 든든하다.

파리 교외에 살고 있는 딸아이 부부가 저희들 사는 얘기에 곁들여, 사진을 메일로 보내왔다. 그곳 친구들 여러 가족이 고성古城을 빌려 축제를 했는데 딸아이 부부는 그들의 자녀들에게 그림 지도를 해 주었다고 했다.

사위가 제 아내를 위해 양산을 받쳐 들었고 딸은 양산 아래 서서 마치 춤을 출 듯한 포즈를 취하고 있다. 자유로워 보인다. 이 나이 무렵의 나였다면, 종갓집 맏며느리인데다 고지식한 범생이의 기질로 아마 카메라 앞에서 차렷 자세로 경직되었을 것이 분명하다. 딸의 발랄하고 자유로운 모습이 부럽다.

딸아이는 결혼 적령기 무렵에 교통사고를 당했다. 결혼은 먼 이야기가 되었고 직장도 그만두어야 했다. 연필을 5분도 못 쥐고 있을 정도로 아팠던 그 애는 몸이 아픈 것보다 아무것도 할 수 없다는 무력감을 더 고통스러워 했다. 그 무력감은 어미인 나도 마찬가지여서 속수무책 바라볼 수밖에 없었다. 그러나 딸아이는 병원의 물리치료를 계속해 받으면서 운동을 꾸준히 했다. 4년쯤 되자 7할은 나았구나 싶었다.

인내는 인격을 만든다고 했던가. 그 시간 동안 딸아이는 많이 달라졌다.

다른 이들의 아픔에 공감하는 마음, 작은 것들을 소중히 여기고 감사하는 마음을 배웠다. 그리고 그동안 달려왔던 직장생활을 그만두게 되면서, 정말 마음속에서 원하던, 접었던 꿈을 기억해 냈다. 어릴적부터 가장 행복을 느끼게 하던 순간, 바로 그림 그리는 일이었다.

스페인 화가들의 자유로움이 좋다는 이유만으로, 그곳으로 유학을 가겠다고 했다. 낯선 도시 마드리드를 향해 비행기에 오르는 딸을 보며, 날갯죽지 다친 새를 망망 허공에 날려 보내는 심정이었지만 한편으로는 딸이 이제야 제 길을 바로 가고 있다는 확신이 들었다. 그것은 내 마음속 깊은 곳에서 우러난 직관이었다.

'그래, 새처럼 자유롭게 날아가서 하고 싶은 공부 마음껏 하거라.'

무엇보다 딸이 나와는 다르게, 더 넓은 세상으로 나아가 자유롭게 탐험하길 바랐다. 만 가지가 생소한 남의 땅에서 새로운 출발을 시작하고 있는 딸에게, 격려차 시를 적어 보내기도 했다.

나는 가벼운 마음으로 열린 길을 걸어 갑니다.
내가 어느 길을 택하든 내 앞길은
자유롭고 건강한 갈색의 긴 길입니다.
나는 더 이상 행운을 찾지 않습니다.
나 스스로가 행운인걸요.

나는 더 이상 울지도, 머뭇거리지도, 부족한 것도 없습니다.
방 안이나 도서관에서 하던 불평, 짜증은 다 집어 치웠습니다.

나는 만족해서 힘차게, 열린 길로 여행을 떠납니다.
대지, 그것만으로 족합니다.
−월트 휘트먼, '열린 길의 노래' 부분

마치 딸아이의 입장에서 읊은 것 같은 이 시를 읽으며 그 애가 더 믿음직스러웠다. 스페인의 태양과, 태양만큼 밝고 낙천적인 그곳 사람들 덕분에 딸은 건강을 완전히 회복했다. 거기에서 패션 일러스트에 관심을 갖게 되었고 패션 디자인을 전공으로 택했다. 언어장벽에, 15세나 어린 학생들 틈에서 쉽지 않았지만, 정말 하고 싶던 공부라 행복해 하며 열정을 다하였다. 졸업할 때는 최우수 학생으로 샴페인 세례를 받기도 했으나, 졸업 후 파리행을 결정했다. 아무래도 패션은 흐름인지라 그 중심에 가 있어야겠다는 판단이었다. 그곳에서 만 4년 쌓아 온 인간관계라든가 받아 온 인정을 뒤로 하고 파리로 가겠다는 딸에게 나는 걱정부터 앞세웠다.

"말부터 다른데 어쩌려고?"

"또 제로에서 시작하는 거죠!" 딸은 당찬 각오를 보였다. 다시 낯선 언어의 낯선 도시, 파리로 간 딸은 어렵게 취직하여 맨 밑바닥 일부터 시작했다.

그런지 일 년여 되었을 때, 딸에게 그래픽 디자인을 배우고 싶다는 프랑스 남성이 다가왔다. 그는 화가였다. 두 사람은 서로의 예술세계에 관심과 격려를 주고 받으며 가까워졌고 서로가 평생의 짝임을 알아본 듯 했다.

그들이 결혼한다고 했을 때 나는 이렇게 말했다.

"내가 본 그림들 중에 가장 아름답다고 느낀 것이 바로 결혼에 관한 그림이었단다. 휴스톤에서 본 싸이 톰블리Cy Twombly가 그린 '이상적인 결혼The Ideal Marriage'이라는 제목의 4부작이었어. 그 수많은 실타래의 엉킴과 교차 속에서도 조화와 고운 색감이 느껴지는 그 그림을 보면서 아, 결혼을 이미지로 이렇게 표현할 수도 있구나! 하고 감탄했었지. 우리 옛 표현으로 '청실 홍실 엮어서 무늬도 곱게'가 바로 그 그림 안에 있더구나. 너희 두 사람도 청실, 홍실 만큼이나 다르지 않니? 뿌리부터 모습까지, 또 언어와 문화가 다른 사람들이 만나, 그 다름이 불편함이 아니고 새로움이고 신기함이 되니 얼마나 축복이냐. 그런가 하면, 너희 둘이 다 예술가의 길을 걷고 있으니 둘의 힘을 합하면 셋이 되겠구나!"

바르셀로나의 건축가 가우디에게 평생의 후원자 구엘백작이 있었듯이, 이름이 마침 미구엘인 내 사위에게 부탁을 했다. 너희들은 서로에게 구엘백작이 되어 평생 격려하며 영감을 불어넣어 주는 후원자로 살아가라고.

그들은 작은 정원이 있는 집에서 산다. 사위는 꽃과 나무를 잘 가꾸어 온 집안까지 꽃으로 장식하고, 요리하는 것을 좋아해 음식을 해 놓고 이웃이나 친구들을 불러 대접하기를 즐긴다. 그리고 둘이서 그 아름다운 뜰에 나와 차도 마시고 애기하는 시간을 많이 갖는다.

그들이 살아가는 모습은 무엇이 삶의 질인지를 환기시켜 준다.

삶에서 그들이 추구하는 것은, '더 많이, 더 좋은 것 갖기' 보다 '이미 가진것, 주어진 것들을 아끼고, 지금 이 순간을 더 아름답게 가꾸기' 인 듯하다.

'사위'를 영어로 하면 'son-in-law' 즉 '법으로 맺은 아들' 인데, 불어로는 'beau fils아름다운 아들' 이니, 백 배 좋지 않은가. 나 또한 그에게 '법으로 맺은 어머니'가 아니라, '아름다운 어머니belle maman' 라 지칭된다.

식물도 옮겨 심으면 한동안 몸살을 하는데, 객지 생활이 힘들지 싶어서 언젠가는 딸에게 위로의 말을 건넸다.

"그래, 모든 것에는 빛과 그림자가 있지 않더냐! "

딸은 웃으며 되받았다.

"그림자라고 하면 부정적으로 들리는데, 제가 표현하자면 동전의 양면인 것 같아요. 외국생활이 자유롭고 다른 문화를 접하며 시야가 넓어지는 것이 좋은가 하면, 한편으로는 내게 익숙했던 것에 대한 그리움이 있고…, 두 면을 다 안고 사는 거죠."

그 애의 어른스런 답변에 오히려 내가 위로를 받았다.

올해로 네 번째 한국을 다녀간 사위는 프랑스에서 한국의 홍보대사 노릇을 한다. 한국 자랑하기에 바쁘다. 오래된 역사와 훌륭한 전통 문화가 있는 나라이며, 종이와 글자와 한복과 음식과 모든 것이 경탄 스럽다고 했다. 식탁에서 말없이 감씨를 모아 제 짐 속에 챙겨 넣은 걸 보고 한참 웃었다. 딸도 지레 환호했다.
"우리 집이 '감나무 집'이 되겠네!"
사위는 인사동에서 누비 한복을 사 가더니 편하다며 홈웨어로 입는다고 한다. 또 한지로 만든 노트에 한글 쓰기 연습도 하고 있다. 이번에 와선 내 책상에서 눈길이 닿는 벽에 벽화를 그려 주고 갔다. 순례자의 모습인데 그의 앞길에 '초록불'이 켜져 있다며, 딸에게 배운 한글로 또박또박 '초록불'이라고 써 놓았다. 나는 늘 그 벽화를 보며 혼자 미소 짓는다.

딸에게는 물론 사위에게도 한국은 그야말로 성쩥스러운 땅이다.
언젠가 그들의 미래에, 한국을 향해서 순례의 길에 오를 날이 있을 수도 있다. 어디에 새로운 둥지를 틀어도 자유로운 새들처럼 !

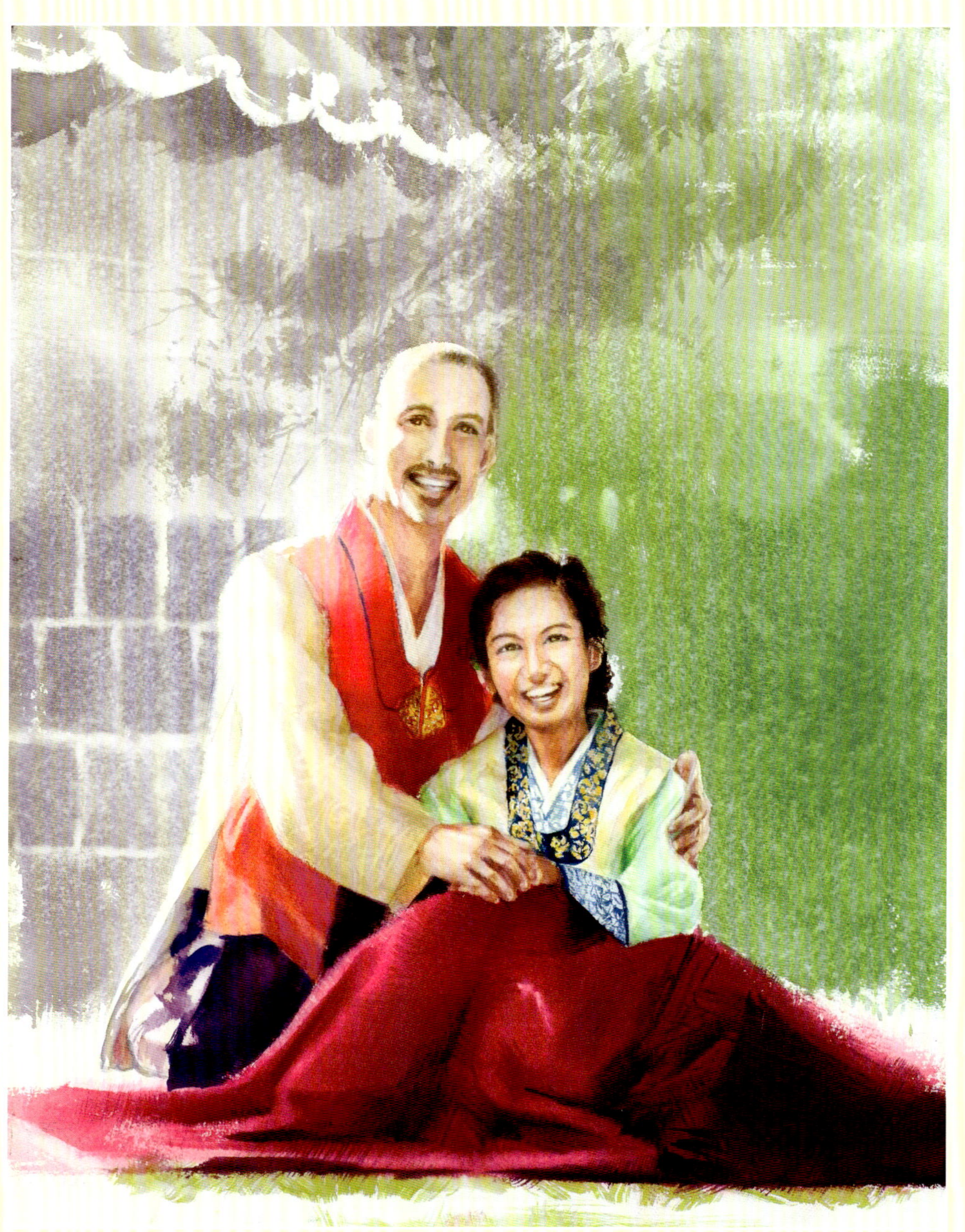

한복을 입고, 도산공원에서

Libres comme les oiseaux : quelle bénédiction as-tu !

Ma fille qui habite en banlieue parisienne m'a envoyé par mél une photo avec des nouvelles de son couple. Ils ont organisé une fête avec leurs amis et plusieurs familles dans un vieux château qu'ils avaient loué. Aux enfants présents, ma fille et mon gendre ont donné quelques cours de peinture.

Sur la photo, mon gendre tient un parasol au-dessus de ma fille. Dessous, elle prend une pose comme si elle s'apprêtait à danser. Elle me paraît tellement libre. À son âge, moi, mariée à l'aîné d'une branche héritière d'une famille, dotée d'une personnalité docile, j'aurais sûrement adopté une pose très rigide et tendue devant l'appareil. Je suis un tout petit peu envieuse de la spontanéité et de la liberté de ma fille.

Ma fille eut un accident de la route à l'âge où, pour les Coréens, il est convenable de se marier. Le mariage était alors impensable et elle fut obligée de démissionner de son travail. À ce moment-là, elle n'avait même pas la force de tenir un stylo plus de cinq minutes. Le plus douloureux pour elle était moins la souffrance physique que le sentiment d'impuissance. Tout ce que je pouvais faire en tant que mère, c'était la regarder en lui faisant partager son sentiment d'impuissance avec moi. Pourtant elle ne baissa pas les bras, et fit régulièrement des exercices physiques en suivant une physiothérapie dans un centre de rééducation. Au bout de quatre ans, j'avais l'impression qu'elle était rétablie à 70 %.

La persévérance forge le caractère, comme on dit. Elle a beaucoup changé durant cette période de souffrance.

Elle a appris à avoir de la compassion pour la douleur des autres, à accepter la valeur des petits riens d'un cœur reconnaissant. En outre, en arrêtant sa carrière qu'elle avait menée au pas de course, elle a réveillé un vieux rêve, un désir profond de son cœur, qu'elle avait abandonné, mais qu'elle adorait depuis son enfance : elle ressentait un grand bonheur lorsqu'elle dessinait ou peignait.

Elle décida donc de partir en Espagne par amour pour la liberté d'esprit des peintres espagnols. En la regardant monter dans l'avion à destination de Madrid, j'avais le sentiment de faire s'envoler dans un ciel lointain un oiseau à l'aile blessée. Néanmoins, j'étais sûre qu'elle avait désormais pris le chemin de sa destinée. C'était l'intuition de mon cœur : « Oui, va, ma fille, vole comme un oiseau libre ! Fais les études que tu as désiré faire depuis longtemps. »

J'ai voulu de tout mon cœur que ma fille vive sa vie en toute liberté dans un monde plus vaste, et différemment de moi. J'ai envoyé un extrait de poème d'encouragement à ma fille qui entamait une nouvelle vie sur une terre étrangère, où toute chose lui était inconnue.

À pied et le cœur léger, je pars sur la grand-route,
Bien portant, libre, le monde devant moi,
Le long chemin brun devant moi conduit
partout où je voudrais.
Désormais je ne fais plus appel à la chance,
c'est moi-même qui suis la chance,

Désormais je ne pleurniche plus, je ne diffère plus,
Je n'ai besoin de rien.
J'en ai fini avec les malaises des gens casaniers,
avec les bibliothèques, les critiques et les plaintes,

Vigoureux et content, j'arpente la grand-route.

La terre - je n'en demande pas plus,(...)

Chant de la grand-route (extrait) de Walt Whitman (traduit par Roger Asselineau)

En lisant ce poème qui semblait refléter le cœur de ma fille, je sentais une confiance plus solide en elle.

Grâce à la joie de vivre et à la chaleur de cœur des habitants à l'image de leur soleil, elle guérit complètement. Elle a commencé à s'intéresser au stylisme, ce qui l'a décidé à suivre des études de mode. Ce ne devait pas être facile d'étudier avec les autres camarades qui ne parlaient pas la même langue et qui étaient plus jeunes de quinze ans. Pourtant elle était très heureuse et faisait de son mieux pour mener les études tant rêvées. Elle a fêté son diplôme et l'obtention du premier prix de son école entourée de ses amis qui l'ont arrosée de champagne. Puis, elle a décidé de partir à Paris. Comme la mode dépend des tendances de chaque saison, elle pensait qu'il valait mieux être dans la capitale de la mode. La décision de déménager en laissant ses relations et l'accomplissement de ces quatre années de sa vie m'a inquiétée.

– Comment faire face encore à une nouvelle langue !

– Je recommence encore à zéro, mais ça va !

Sa décision était ferme. À Paris, ville nouvelle pour langue nouvelle, elle a difficilement trouvé un travail qui nécessitait d'accomplir des tâches ingrates.

Une année environ après son arrivée à Paris, un Français a voulu qu'elle lui apprenne le graphisme. Il était peintre. Les deux se sont rapprochés en s'échangeant des moments d'attention et d'encouragement pour leurs vies dans leur monde artistique respectif, puis ils se sont trouvés comme compagnons de vie, me semble-t-il.

Lorsqu'ils m'ont annoncé leur mariage, je les ai encouragés ainsi : « Le thème du plus beau tableau que j'ai vu est sur le mariage. C'est une série de quatre tableaux intitulée *The ideal of marriage* peinte par Cy Twombly que j'ai découverte à Houston. En regardant ces tableaux dont l'harmonie et les fines couleurs se croisent et s'enchevêtrent en un millier d'écheveaux, j'ai admiré sa façon d'exprimer l'image du mariage. On retrouve dans ces tableaux l'expression traditionnelle du mariage en Corée « entremêlement fin du fil bleu et du fil rouge en un beau nœud ». Vous deux êtes tellement différents comme ce rouge et ce bleu, de vos racines à vos apparences en passant par la langue et la culture. Cette différence n'est pas un malaise entre vous, mais quelque chose de nouveau et de curieux. Quelle bénédiction ! De plus, comme vous êtes tous les deux artistes, de l'union de deux artistes naît une troisième force ! »
Le prénom de mon gendre, Miguel, m'a rappelé la relation de Gaudi, architecte de Barcelone, et du Comte Güell, son très fidèle mécène. Je les ai encouragés : « Soutenez-vous et inspirez-vous de ce que le Comte Güell était pour Gaudi et vice-versa. »

Ils habitent dans une maison avec un petit jardin. Mon gendre s'occupe bien des fleurs et des arbres. Il décore de fleurs toute la maison. Il aime cuisiner et inviter ses voisins et ses amis à partager ses plats. Le couple passe de longs moments dans ce beau jardin pour prendre du thé ensemble et discuter.
Leur vie me rappelle l'importance de la qualité de la vie.
Ce qu'ils cherchent n'est pas de *posséder le plus de choses possible mais*

d'apprécier ce qui est déjà donné et de rendre plus beau chaque moment.

La traduction anglaise du mot « gendre », *son in law*, est un fils lié par la loi alors que celle en français est un beau fils, un fils qui est beau ! L'expression française est bien plus belle que l'anglaise. Pour moi également puisqu'il m'appelle « belle maman », une maman qui est belle !

Quand on transplante une plante dans une autre terre, elle souffre un temps, c'est pourquoi je me souciais de sa nouvelle vie.

— C'est vrai qu'il y a toujours de la lumière et de l'ombre pour chaque chose.

Elle m'a répondu en souriant.

— L'ombre est une expression négative. Je préférerais « les deux côtés d'une pièce de monnaie ». D'un côté, la vie dans un pays étranger donne une liberté et permet d'élargir un horizon de vie dans la découverte d'un autre monde, et de l'autre côté, je ressens une nostalgie pour les choses auxquelles je suis habituée... Je vis ces deux aspects.

Finalement, ce fut moi qui fus consolée par la maturité de sa réponse.

Mon gendre a visité la Corée quatre fois et a adopté le rôle d'ambassadeur dans la promotion de mon pays. Il parle avec passion de la Corée : la Corée a une longue histoire et une belle tradition culturelle. Il admire tout : le papier, l'écriture, la tenue traditionnelle et la cuisine. J'ai éclaté de rire pendant quelques minutes en le regardant ramasser soigneusement des pépins de kaki pour les mettre dans son sac. Ma fille a également éclaté de joie : « Notre maison sera entourée de kakis ! »

Miguel porte souvent à la maison une tenue traditionnelle coréenne trouvée dans le quartier de Insa-dong. Il apprécie le confort que lui procure cette tenue. D'ailleurs, il écrit studieusement et répétitivement l'alphabet coréen sur un cahier de papier également coréen. Lors de sa dernière visite, il a peint un pèlerin sur le mur face à mon bureau. En disant que le pèlerin était guidé par « une lumière verte », il a écrit ces mots à la manière d'un écolier, l'alphabet coréen lui ayant été appris par ma fille : 초록불 (prononcer *tcho-rok-bul*). Aujourd'hui, je souris toujours en le regardant.

Pour ma fille et mon gendre, la Corée est une terre sacrée.
Un jour, ils pourraient prendre leur bâton de pèlerin pour ce pays. Comme des oiseaux libres qui feraient leur nid n'importe où !

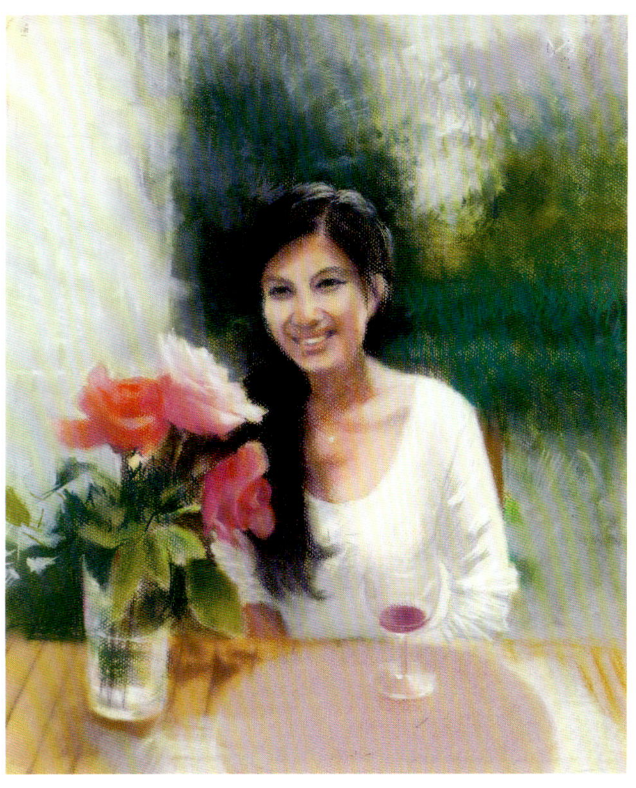

딸 유진이 | 45.5 x 53 | 종이에 파스텔

파리 근교 유진이네 집

당신 때문에 나는
더 좋은 사람이 되고 싶다

– 며늘아기에게

너희들이 서로를 선택하는 그 순간부터, 당신 때문에 나는 좋은
남편이, 좋은 아내가 되고 싶다는 마음이 자리 잡았겠지? 물론 나
도 너를 맞으며 좋은 시어머니가 되고 싶더라.

아들, 며느리, 손자 | 45.5 x 53 | 종이에 수채

세 식구가 한마음으로

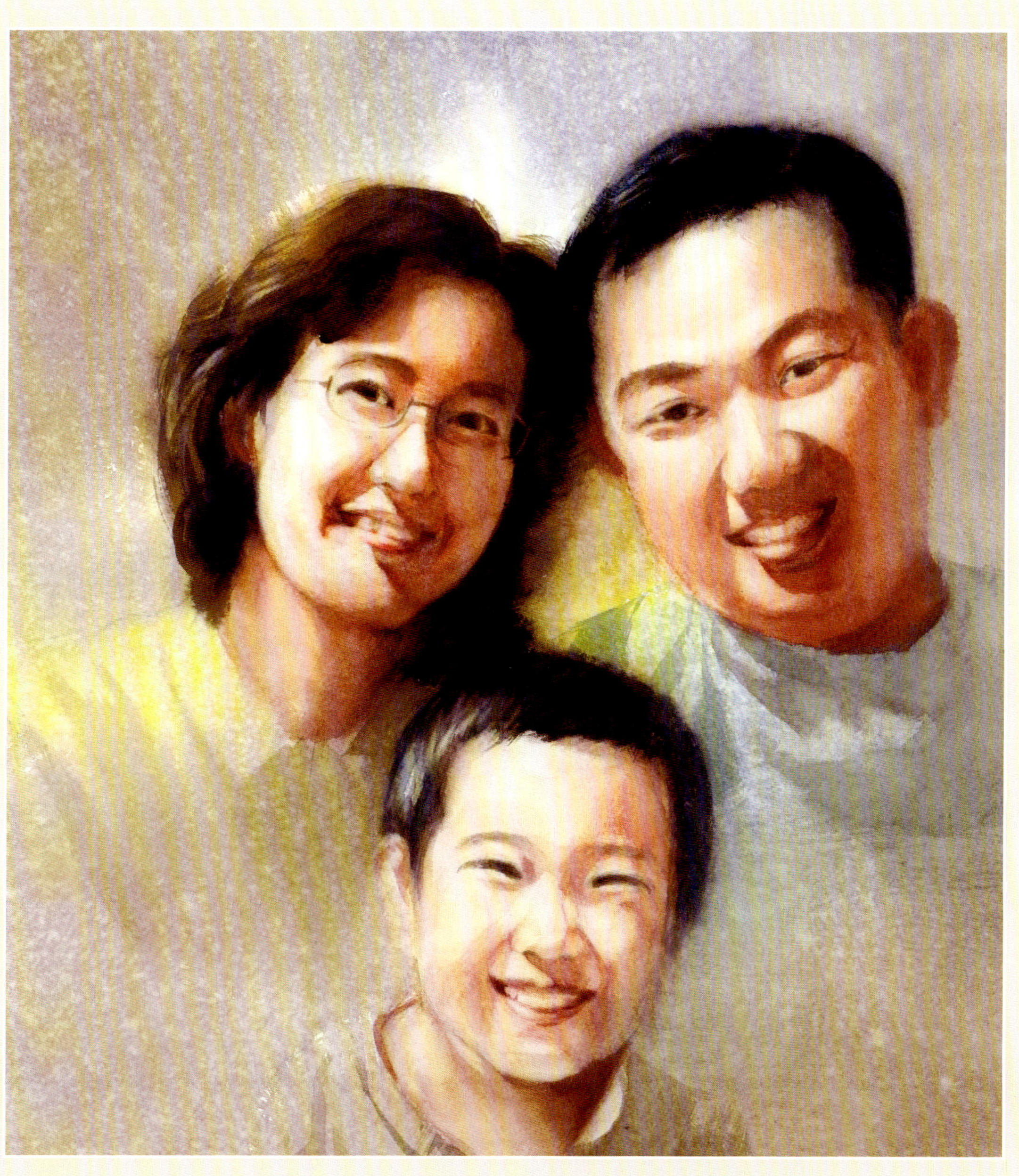

"음식을 만들 때 최고의 재료만을 골라 쓴다고 최고로 맛있는 요리가 되는 게 아니란 다. 맛을 내는 비결은 각 재료의 조화와 균형에 있다."

이 말은 영화 '음식남녀'에서 결혼을 앞두고 있는 딸에게 특급 호텔 쉐프인 아버 지가 들려주는 조언이다.

선남선녀가 만났어도 행복한 결혼생활을 위해서는 두 사람 사이의 조화와 균형 이 그 비결임을, 음식을 만드는 것에 빗대어 말하더구나.

30여 년을 만점으로 키웠노라 결코 장담할 수 없는 내 아들을, 일생의 반려로 선 택하는 사람은 고마운 인연이라고, 그 자체로 감동인 거라고 생각해 오던 터였다. 그런데, 나의 아들과 평생의 짝으로 만난 사람이 바로 너라는 사실은 그 아이에게 도 우리 가족에게도 더없는 기쁨이고 행운이다. 너의 선택으로 나는 내 아들이 자 랑스럽더구나.

나에게는 사랑에 관한 잊혀지지 않는 영화 대사가 있단다. '이보다 더 좋을 수는 없다.As good as it gets.' 라는 영화에서 주인공인 괴짜 소설가는 여인의 사랑에 힘입어 '당신 때문에 나는 더 좋은 사람이 되고 싶다.You made me want to be a better man.' 고 말한다. 이 말이야말로 사랑의 훌륭한 정의라 생각되는구나. 너희 들이 서로를 선택하는 그 순간부터 당신 때문에 나는 좋은 남편이, 좋은 아내가 되고 싶다는 마음이 자리잡았겠지? 물론 나도 너를 맞으며 좋은 시어머니가 되고 싶더라.

너희 결혼 직후였던가, 내가 친구에게 말했어.

"우리 아들은 이제 바다를 향해 흘러가 버린 물이야. 이 계곡에는 더 이상 머물지 않고…"

이렇게 말해 놓고 스스로에게 놀랐었지. 자식을 출가시켜 내놓은 어미의 섭섭함이 나도 모르게 있었나 봐. 그래, 어머니에게는 자식에 대한 원초적인 사랑이 있단다. 그러나 그 사랑은 변질은 안되어도, 변형은 되어야 한다는 것을 알고 있어.

너의 남편에게 누누이 강조해 두었다.

"결혼하면 너에게 제일 소중한 사람은 너의 아내이다. 모든 일을 함께 의논해라. 그리고 네 댁이 하자는 대로 하면 틀림없을 게다."

내 생각에도 나의 아들이 지금까지 해 온 일 중에서 가장 잘한 일이 너를 만난 것이야. 또 나로서 아들 키운 최고의 보람은 네가 나의 며느리가 되고 우리 가족이 된 것이다.

프랑스 사람들은 며느리를 지칭해서 '예쁜 딸belle fille'이라고 하지 않니. 시어머니는 '예쁜 어머니belle maman'라 하고. 우리도 서로에게 '법으로 맺어진 in-law' 사이 보다는 서로가 예쁜 사람으로 살아가자.

몇 해 전, 너의 책장에서 내 친구가 일독一讀을 권하던 책, 프리초프 카프라가 쓴 〈물리학의 도道, The Tao of Physics〉를 발견했어. 반가워서 펼쳐 보니, 너는 이미 읽고 군데군데 밑줄을 쳐 놓았더구나. 평소에 네가 겉으로 드러내지 않아도 내가 알겠더라. 모든 분야의 책을 골고루 많이 읽어 왔고 무엇이든 그 지식이 정확하고 깊이가 있다는 것을. 네가 사회의 어느 분야로 나가 활동해도 참 잘 할 사람인데.. 지금은 가정 안에 머물러 있지만 어느 시기가 되면 꼭 너의 재능을 펼쳐 보면 좋겠다.

여성적인 것이 우리를 구원한다는 파우스트의 대단원이 생각나는구나. 여성은 태생적으로 어머니의 마음이 된다. 영어 글자를 생각해 보렴. she는 he를 안고 있어.

man은 woman안에 들어 있고 female은 male을 품고 있잖니. 네가 더 어른이지. 내가 못다 가르쳐서 부족한 점도 너로 인해 좋아지고 나아지리라 믿어. 그 아이도 네 앞에서 '더 좋은 사람'이 되어가고 있을 테니까.

사노라면 사시사철을 다 겪어 내야 하지 않니. 비바람에 구름도 끼고….. 햇볕만 내리쬐면 사막이 되겠지. 인생항로에 순풍만 계속되지도 않을 터, 풍랑이 일더라도 함께 헤쳐 나가면서 한 배에 탄 유대감으로 더욱 단단해 지는 게 부부 사이더구나.
누구의 인생도 처음부터 끝까지 행복하기만 할 수도, 불행하지만도 않다고 해.
그러기에 모파상도 <여자의 일생> 마지막에 쟌느를 통해 말했잖아.
'인생이란 그렇게 행복하지도, 불행하지도 않다.'

우리 몸 속, DNA의 염기서열이 나선형의 이중구조二重構造로 되어 있다니 언뜻 그런 생각이 들더구나. '어쩌면 우리의 삶에도 처음부터 희비喜悲고락苦樂이 나선형의 이중구조로 들어 있었던 것이 아닐까?' 우리가 살면서 겪는 것도 이미 숙명적으로 내재되어 있는 구조에 연유하나보다 싶었어. 희비와 고락을 함께 겪어야 우리는 철들고 겸손해지고, 노년에 이야깃거리도 풍성해지더구나.
너희 두 사람의 지혜와 노력으로 조화를 이루고 균형을 맞추어 가며 잘 살아가기 바란다.
너를 향해 듬뿍 예쁜 어머니의 사랑을 보낸다. 두 팔 벌려 한아름 가득히 받으렴.

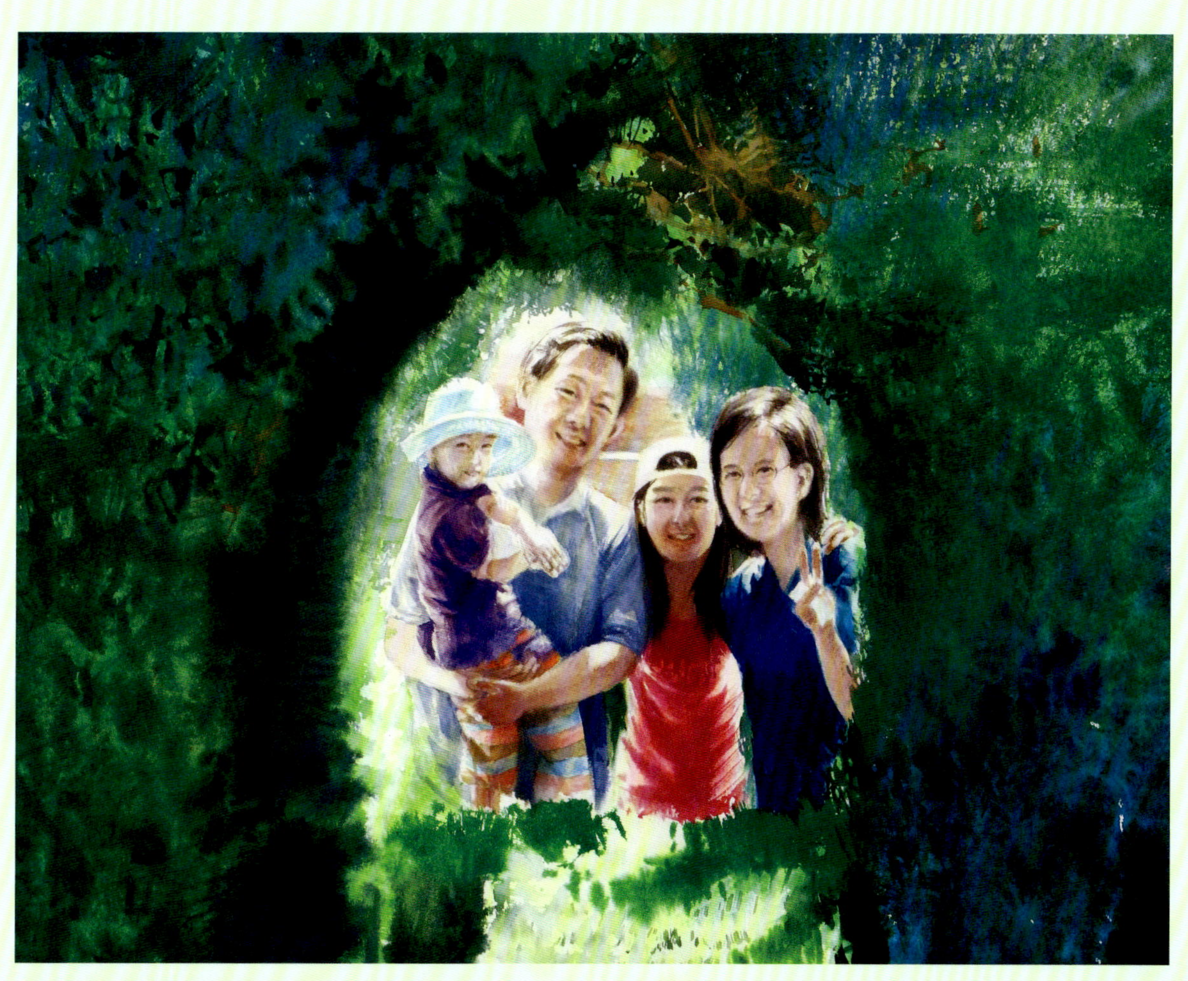

여행 중에 I 65.2 x 53 I 종이에 수채

알함브라 궁전의 정원에서, 아들 가족과 딸

▬ 산에 올라

– 친구들과 함께

산길을 걸으며 주고받는 얘기는 어떤 때는 가히 선문답禪問答인가
하면, 어떤 때는 유치원 아이들의 종알거림이기도……
산에서는 마음도 거풍擧風하고 싶어진다. 마음의 빗장을 풀고
활짝 열어서 털어 말리고 제일 깊은 속내까지 드러내 햇볕을 쪼여
주고 싶다.

친구 ㅣ 42 x 29 ㅣ 종이에 파스텔

지음(知音), 화음(和音)을 연상케 한, 독일 여행 때 본 조각상

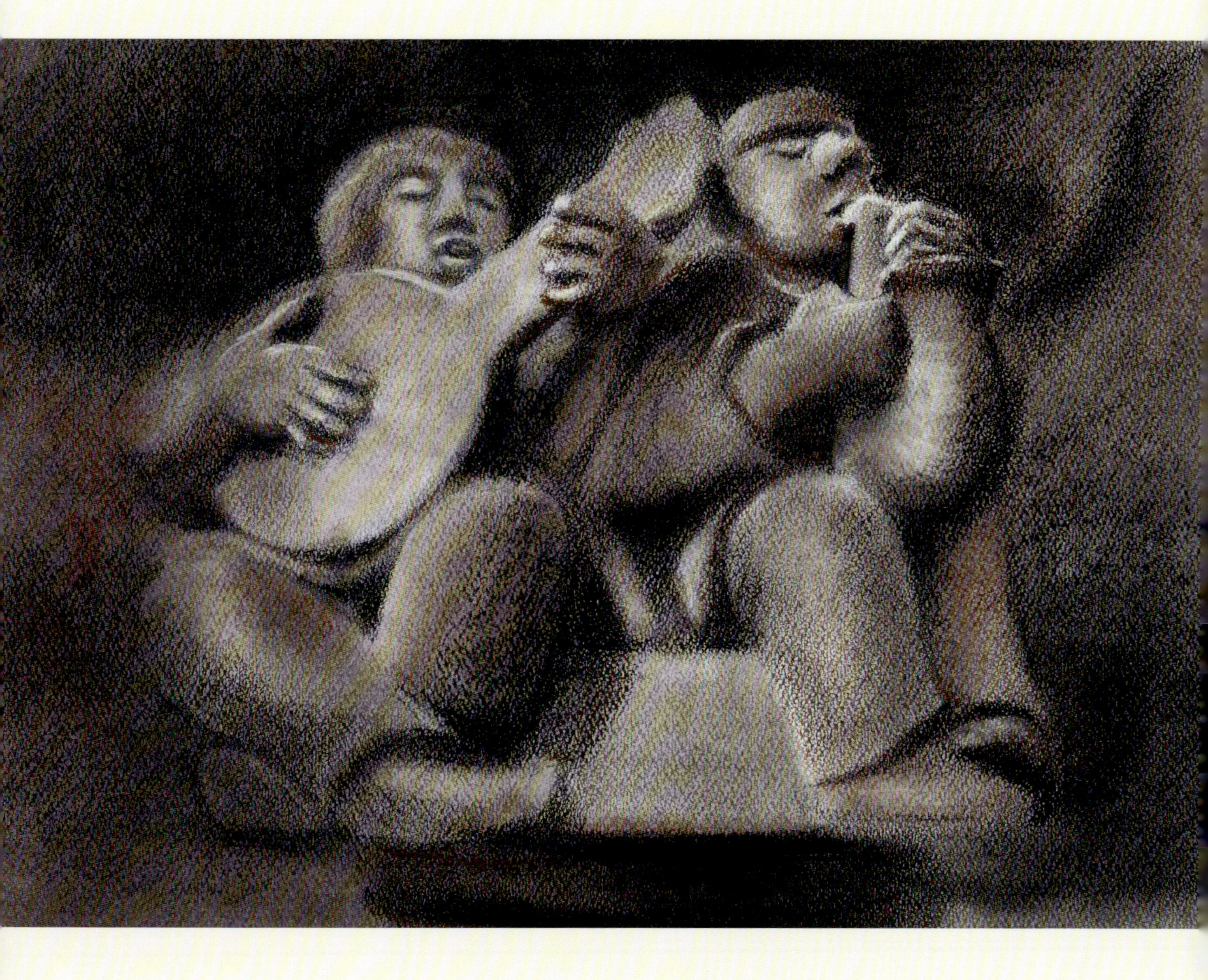

오르막길이 꽤 길어서 숨이 점점 가빠올 무렵, 바로 뒤에서 따라오던 S의 외마디 소리가 들렸다.

"어머나!"

가슴이 철렁해져서 반사적으로 몸을 돌렸다. S가 쪼그리고 앉아 있었다. 다리를 삐기라도 했나 싶어 다급하게 물었다.

"왜? 어디 아프니?"

"여기, 이것 좀 봐, 영란꽃이야!"

"어머, 우리 숙명 교화校花아니니!"

우리들의 교표에 있던 영란꽃－은방울꽃, 비비추라고도 한다.－ 딱 한 송이가 피어 있었다. 꼭 손톱만한 크기의 영락없는 크림색 종鐘모양이다. S는 꽃에다 대고 박수를 했다. Y도 나도 따라서 손벽을 쳤다. 그리고 셋이 한바탕 웃었다.

"똑같은 사람들끼리 왔다. 꽃에게 박수를 한다고 핀잔 주지 않고, 따라하다니!"

우리는 이 꽃이 있는 지점을 기억해 두자며 위치를 살펴 보았다. 맨 꼭대기에 있는 정자를 100m 앞에다 두고 길 왼쪽이었다. 좀더 오르면서 계속 영란꽃을 많이 만날 수 있었다. 한 송이가 아니고 줄기 한 대에 6~7송이가 쪼로록 달려 있는 것이 앙증맞게 예뻐서 우리 셋은 계속 손벽을 치며 올라갔다.

"이제 보니 영란꽃 천지네!" 점차 박수 소리도 잦아들었다. S가 말했다.

"첫 번 한 송이 본 것이 꼭 첫 아이 이 난 것 발견했을 때처럼 신기했는데!..."

"넌, 참 비유도 잘한다..... 감동이라는 게 찰나적인가 봐."

매주 하루 친구들과 함께 청계산을 오른지 벌써 여러 해 되었다. 함께 가는 멤버가 매주 한두 사람씩 달라지는 것도 재미있지만, 산도 매주 갈 때마다 달라져 있어서 흥미롭다. 햇살과 바람에 따라 잎새와 꽃의 자람이 다르고 나무의 색깔과 키가 다르고 그늘의 짙기가 달라져 있다. 물 소리가 다르고 향기가 다르다. 늘 다니던 산길인데도 매번 새롭고 낯설어 보이기까지 한다.

산길을 걸으며 주고받는 얘기는 어떤 때는 가히 선문답禪問答인가 하면, 어떤 때는 유치원 아이들의 종알거림이기도 하다.

"등짐−배낭−을 메고 산을 오르는 게 꼭 인생길 같지 않니?"

"나비가 나왔어 !"

"저기 다람쥐 좀 봐 !"

"와~ 이 맑은 물에 손 좀 담그고 가자."

산에서는 마음도 거풍擧風하고 싶어진다. 마음의 빗장을 풀고 활짝 열어서 털어 말리고 제일 깊은 속내까지 드러내 햇볕을 쪼여 주고 싶다.

우리는 제 2야영장 코스를 택해서 올랐다. 온 산이 아카시아 꽃향기에 취한 듯했다. 자잘한 바위들이 군데군데 밀집해 있는 이 코스에는 돌과 나무가 이루어내는 조화로움으로 다른 데서 볼 수 없는 회화적 운치가 있다. 정자에 이르렀으나 이미 사람들로 붐벼 우리가 앉을 자리는 없었다.

"이제부터는 내리막길이니 쉬지 말고 걸어 내려가자."

한참을 내려오는데 '토닥토닥' 하는 소리가 계속 들려왔다. 날이 좀 흐리더니 빗소리인가? 하늘을 올려다 보았다. 비는 아니었다.

"다람쥐가 달아나며 돌이 굴러 내렸나 봐." 내 말에 Y가 한 술 더 떠서

"간첩이 숨었다가 도망가며 소리를 냈나? 아니, 그건 너무 살벌하다."고 해서 다 함께 깔깔대었다. 그때, 어느 초로初老의 남자가 툭 한마디를 던지며 지나갔다.

"지난 밤새 고여 있던 이슬이 떨어지는 소리에요."

이슬은 햇빛이 나오면 바로 스러지는 줄 알았는데, 이슬이 저희들끼리 모일 수가 있구나! 그 보이지도 않던 작은 것들이 모여 무게를 갖고 소리를 내며 떨어지는구나 …경이로웠다. '이슬의 소리'가 있음을 처음 알았다.

조금 더 내려가다 보니 오른쪽에 약수터가 있었다. 작년에 공사할 때 항아리를 묻더니 깨끗이 관리를 해오고 있다. 우리는 목을 축이며 말했다.

"달고도 시원해, 감로수네!"

"감로수라면 이슬이잖아?"

"아, 바로 아까 그 이슬이 여기까지 고여든 거구나, 덧없이 스러지는 게 이슬인데… 이건 '찰나의 농축' 아니니!"

계속 내려가면 벤치가 있고 그 아래에 넓고도 아늑한 평지가 있다. 그곳에는 축대자리가 길게 남아 있는 걸로 보아서 규모가 대단했던 옛날 어느 대갓집 터인 것 같다. 우리는 위세 높던 대갓댁 너른 마당을 독차지하고 자리를 폈다.

"자, 우리들의 성찬을 차려 보자!"

산바람과 섞어 먹으면 무언들 꿀맛이 아니랴. Y가 싸온 김밥에 S가 가져온 쑥떡으로 점심을 먹고 내가 준비해 간 보온병에서 커피를 따라 아카시아 향기 두 스픈씩을 타서 마셨다.

우리는 아예 드러누었다. 누운 채 앙각仰角으로 보는 숲, 나무는 그 각도의 다름으로 해서 전혀 다른 풍경을 이루었다. 고목의 아카시아가 큰 키와 무성한 잎들로 하늘을 가리워 완벽한 돔의 모양을 만들어 주고 있었다. 살랑이는 바람결에 끊임없는 움직임이 있었으나 시간은 정지된 듯 했고, 여러 가지 색깔들이 이루고 있는 공간이었으나 아무 색깔도 없이 투명해 보이기도 했다. 나의 의식은 살아있는 초

현실의 그림 속에 들어 공중부양을 하고 있었다.

"여기가 바로 낙원이네!" 우리는 거의 합창을 했다.

이따금 아카시아 꽃잎이 하늘하늘 흘러내리고 있었다.

"꽃잎 흩날리는 아카시아 나무 아래에서 문명사文明史는 엄숙할 리 없었다.−김훈, <사랑의 풍경,여자의 풍경>에서−"

내 읊조림에 S가 토를 달았다,

"김훈 씨는 벚꽃나무 아래에 있었지."

우리는 꽤나 긴 시간 동안 아무도 입을 열지 않았다. 각자의 생각에 잠겨 서로 말 걸고 싶지 않았을 것이다. 얼마나 지났을까, Y가 입을 열었다,

"우리 큰 언니를 이 자리로 모셔 오고 싶어." 내가 말을 받았다,

"어쩌면! 같은 생각을 하고 있었구나. 나는 어머니와 박선생님을 생각하고 있었거든."

"축지법이라도 쓸 수 있다면 얼마나 좋겠니!"

"내 기운만 좋다면 업고라도 오고 싶다!"

낙원에도 부족함이 있었다. 절실하게 함께하고 싶은 사람이 곁에 없을 때 낙원은 낙원이 아니었다.

아쉽지만 다음 주를 기약하며 우리들은 일어섰다. 오던 길로 다시 접어들어 조금 오르는데, 앞서 가던 S가 또 무언가를 발견하고 탄성을 내었다. 이번에는 보라색 붓꽃이었다.

Ⅱ

어둠에서 나온 빛

마음속에 어둠이 있음에도
그것을 정토화시키는 건 오직
끊임없이 행동으로 실천으로 사랑을 나누는 것,
그것이 빛이고 더 큰 신앙이고
위대함이 아닐까.

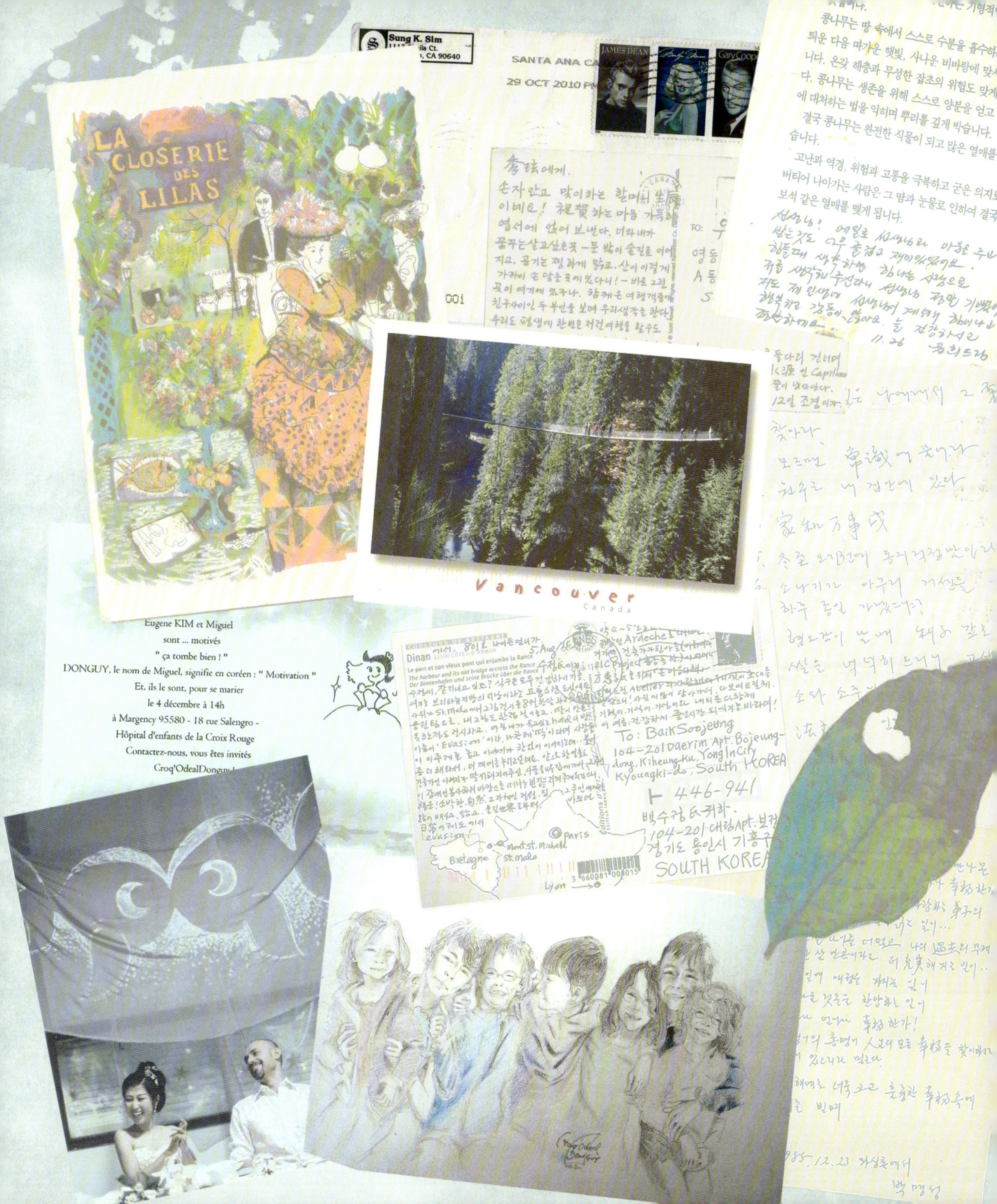

Sung K. Sim
CA 90640
SANTA ANA CA
29 OCT 2010 PM
JAMES DEAN
Gary Coop
LA CLOSERIE DES LILAS
Eugene KIM et Miguel
sont ... motivés
" ça tombe bien ! "
DONGUY, le nom de Miguel, signifie en coréen : " Motivation "
Et, ils le sont, pour se marier
le 4 décembre à 14h
à Margency 95580 - 18 rue Salengro -
Hôpital d'enfants de la Croix Rouge
Contactez-nous, vous êtes invités
Croq'OdealDonguy !
COULEURS DE BRETAGNE
Dinan 22100 COTES du NORD
Le port et son vieux pont qui enjambe la Rance
The harbour and its old bridge accross the Rance
Der Binnenhafen und seine Brücke über die Rance
Vancouver
Canada
To: Baik Soojeong
104-201 Daerim Apt. Bojeung-
dong, Kiheung-ku, Yong In City
Kyoungki-do, SOUTH KOREA
446-941
백수정 & 커하
104-201 대림Apt. 보증
경기도 용인시 기흥구
SOUTH KOREA
Bretagne
mont-st-michel
St-Malo
paris
Lyon

이따금이라도 만나볼 수 있는 거리에 산다는 일

– 박명성 선생님

사람은 만남으로 자란다고, 이제까지 나의 정신세계에 선생님이 주신 자양분이 크다. 선생님과 통화를 할 때면 나는 늘 속기할 준비가 되어 있었다. 한 말씀이라도 놓치고 싶지 않아서다.

선생님과 함께 1 | 53 x 45.5 | 종이에 수채

5월 청계산 숲길에서

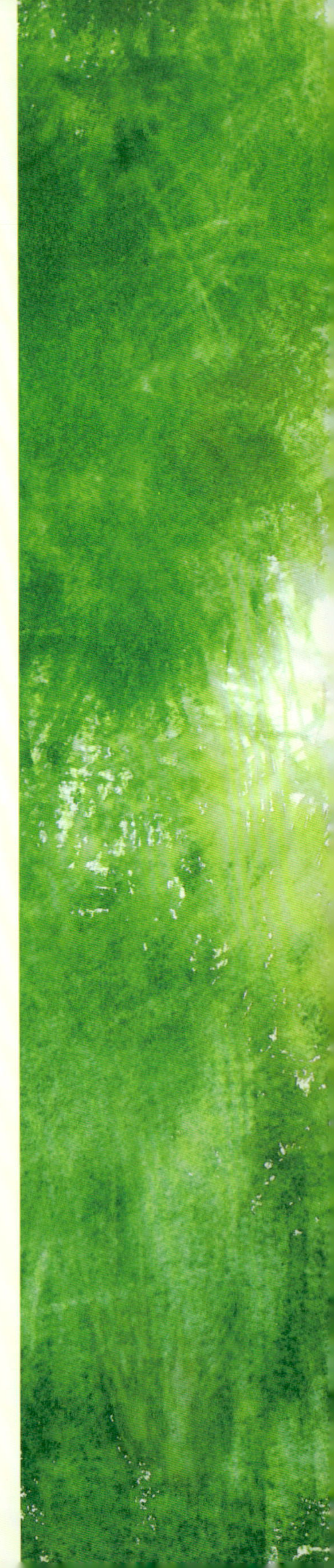

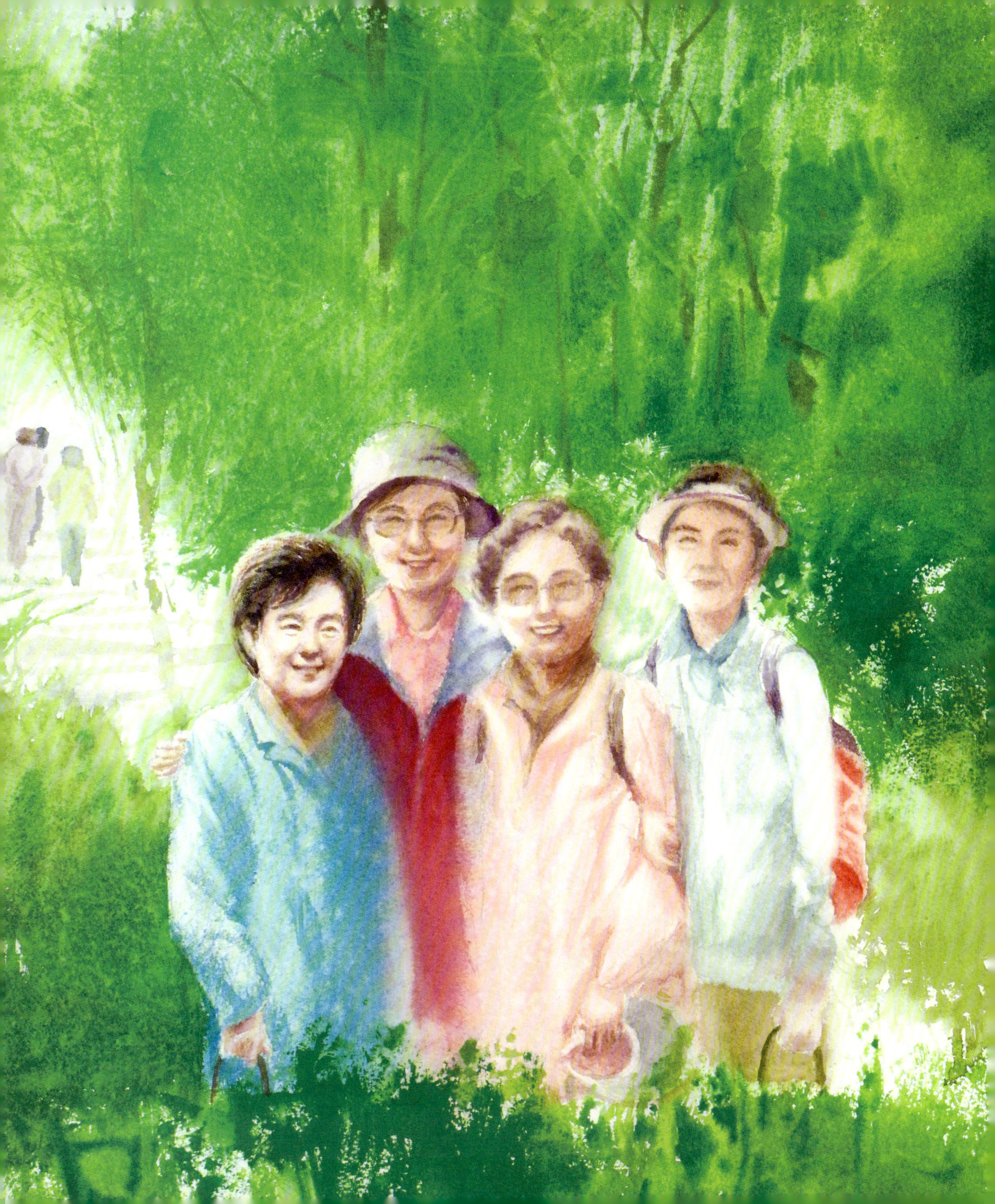

사진 한 장을 들여다 보고 있다.

고등학교 동창 몇이서 우리들이 사랑하는 선생님을 모시고 숲 속 나들이를 갔을 때 찍은 사진이다. 오십대 중반의 여인들이 소풍나온 소녀들처럼 환하게 웃고 있다. 순도 100%의 맑은 웃음이 오랜 시간 동결된 채 사진 속에 머물러 있다가 내가 바라보는 순간 다시 터져 나온다.

오월의 숲은 온통 초록이다. 연둣빛 어린 잎들은 제 몸에 닿은 햇살에 자지러지고, 산새들은 쉴새없이 지저귄다. 마치 초록색의 갖가지 스펙트럼을 읊어 내듯이.

그날 산길을 오르다가, 내려오던 젊은 여인들과 마주치게 되었다.

여인들은 밝게 인사를 건네었다.

"어머님 모시고 오셨나 봐요?"

우리는 합창을 하듯 말하며 자랑삼아 덧붙였다.

"우리 고등학교 때 선생님이세요. 아, 그리고 시인이세요."

"어쩌면 고등학교 선생님을 지금까지!"

여인들은 선생님을 향해 고개를 숙여 인사를 드렸다. 어떤 이는 사뭇 부러운 듯, 어떤 이는 감동한 듯 눈물까지 글썽이면서 우리들을 바라보았다.

그런지도 벌써 20여 년이 흘렀다. 이제 선생님은 파킨슨병으로 고생하시며 당신 인생의 12월에 가까워지시는데, 아무리 안타까워도 붙잡을 길이 없다. '나무가 고요하고자 하나 바람이 그치지 않고 자식이 효도하고자 하나 어버이는 기다려 주지 않는다.'고 하지 않던가.

선생님께서 건강하실 때, 선생님 뵈러 갈 때면 우리들은 미리부터 행복했다.

우리는 늘 선생님께 브이브이아이피(VVIP)였으니까. 선생님께서는 언제나 즐거운 계획을 준비해 놓고 우리를 기다리시곤 하셨다. 가끔, 우리에게 제비뽑기를 시키기도 하셨는데, 선생님의 아이디어가 반짝이는 놀이였다. 선생님께는 오랜 외국생활을 하며 모아진 소소한 물건들—아프리카의 말린 열매를 손수 꿰어 만드신 목걸이, 팔찌며 어느 벼룩시장에서 찾아낸 깜직한 부채나 꽃병…—이 있었는데, 그것들에 번호를 매겨 놓고, 우리들에게도 번호를 제비 뽑게 해서 같은 번호의 물건을 갖게 하셨다. 누가 무얼 갖게 되는지보다, 놀이 그 자체가 재미있어서 우리는 웃음바다를 이루곤 했었다.

선생님께서 남편 따라 홍콩에 나가 계실 때 우리들 여섯 명이 다녀왔다.

우리는 선생님으로부터 가히 국빈國賓대접을 받았다. 그곳 외국공관들이 있는 자댕Jardin거리의 하얀색 관저 안에서 우리 선생님은 초로의 우아한 귀부인이셨다. 헤어질 때, 한 사람씩 우리를 얼싸안고 뺨을 비비며 작별을 아쉬워 하시던 선생님의 사랑은 오늘도 우리들 가슴 속에 그대로 따뜻한데!....

10여 년의 투병으로 쇠약해지신 선생님을 뵙는 일이 이제는 제일 어려운 일이 되었다. 문병을 가도, 병원이 아닌 선생님 댁으로 갈 때가 훨씬 좋았다. 친구들과 함께 가서 선생님을 제일 즐겁게 해드리는 방법은 다 같이 합창을 하는 것이었다. 선생님이 젊은 날 즐겨 부르셨다는 '댄서의 순정'에서부터 '만남'이 이어진다. 누가 일어나 살짝 몸을 흔들어 댄서의 몸짓이라도 하면 선생님은 어린애같이 좋아하신다. 또 문학 얘기를 화제로 삼을 때면 저절로 기운이 나시는지 정신이 또렷해지신다. 이제는 선생님을 뵈러 병원으로만 가야 하고 그나마 허락된 면회 시간도 점점 짧아져 가고 있다.

간병인의 눈짓에 우리는 일어서야 한다. 마치 갓난아기 떼어놓고 오는 어미 마음이 되어서. 아쉬움에 친구들과 약속한다.

"우리 곧 다시 오자."

선생님을 뵙고 올 때마다 사람의 한평생을 생각한다.

누구나 생로병사의 수순을 거친다고 하지만, '병'의 단계에선 가장 개인차가 많다. 게다가 병은 예측을 불허하며 느닷없이 찾아드는 불청객이다.

영국의 토마스 칼라일Thomas Carlyle은 그의 시에서 '삶이란 햇볕 따스한 해변에 떠서 녹고 있는 얼음판' 이라는 표현을 하기도 했다.

선생님께서도 '병상일기'를 시로 써 놓으셨다.

사람은 왜 늙어 가는가?

늙어 가며 이리저리 망가져 가는가?

우리는 이 훼손을 수용하고 인내하며

무덤까지 떼메고 가야 한다.

....

우리의 지식은 언제나 냉엄한 한계에 부딪친다.

그 앞을 잘 모르면서,

그러나 미지에의 희망과 소생의 꿈을 안고

새날의 삶에 뛰어들 뿐이다.

"우리는 이 훼손을 수용하고 인내하며 무덤까지 떼메고 가야 한다."는 구절은 담담해서 더 슬프다.

건강하실 때 하시던 말씀이 떠오른다.

프랑스의 시인 말라르메가 말년에 이르러

“아, 육체는 슬프다. 나, 수만 권의 책을 읽었건만!”

이라고 했다는 이야기를 들려 주셨고, 또 누군가에 대해 얘기하시다가

“한 사람의 일생의 공적이 그의 말로와 일치하지 않는 것이 참 불가해한 일이다.” 그 말씀이 당신의 미래를 예견한 듯해서 더욱 가슴이 아프고 선생님이 원망스럽기까지 하다.

참으로 천지불인不仁이요, 자연은 친소親疎가 없다고 하더니, 뉘라서 생로병사를 피해갈 것인가! 공식도 정답도 없는 생의 한 가운데에서 미약한 우리는 속수무책일 뿐이다.

우리가 고3 때, 처음 교편생활을 시작하신 선생님은 국어과 교사로 우리 반 담임을 맡아 주셨다. 젊고 열정적인 데다가 시인의 풍부한 감수성을 지니신 선생님과의 수업은 우리에겐 행운이었다. 칠판 글씨체가 유려했고, 말씀도 언제나 정확하고 또렷했다. 언뜻 이지적이고 냉정해 보였지만 가슴에는 뜨거운 인간애로 가득한 분이어서 어려운 제자들에게 결코 무심치 않으셨다.

문학작품이나 문학가들 이야기를 자주 들려주셨는데 특히 ‘톨스토이 할아버지’—선생님은 꼭 이렇게 부르셨다—작품 이야기 해 주실 때의 고조된 음성은 아직도 귓전에 생생하다.

외국에 나가 계실 때에는, 편지며 카드 써서 부치고 답장 받는 행복도 컸다. 선생님이 보내 주신 30여 년 전의 육필 편지를 꺼내어 보며 또 하나의 그리움을 읽는다.

조경에게

그리운 사람들을 이따금이라도 만나 볼 수 있는 거리에 산다는 일이 얼마나 행복

한가. 멀리 바다와 산을 넘어 사랑하는 제자의 정성어린 카드를 받아 읽는 일이…

또 한 살 나이를 더 먹고 나의 과거의 무게가 그 한 살 만큼이라도 더 충실해지는 일이.... 모든 일에 애정을 가지는 일이, 아름다운 것들을 찬양하는 일이 얼마나 얼마나 행복한가!.......

1985. 12.23 워싱턴에서 박명성

고국에 들어오신 다음부터는 자주 찾아뵈면서 이것저것 여쭙곤 했는데 그럴때마다 이런 말씀을 하시곤 했다.

"너와 내가 주고받는 말이 줄탁동시啐啄同時로구나."

사람은 만남으로 자란다고, 이제까지 나의 정신세계에 선생님이 주신 자양분이 크다. 선생님과 통화를 할 때면 나는 늘 속기할 준비가 되어 있었다. 한 말씀이라도 놓치고 싶지 않아서다. 어느 날의 노트에는 이렇게 적혀 있었다.

"부처님의 가르침인 팔정도의 제 일이 정견正見아니니? 릴케도 '우리는 보는 법을 배워야 한다'고 말한 걸 보면 진리에는 동서양이 없구나."

늘 '깨어 있는 자'가 되자 하셨고 삶에서 진,선,미를 실현하자고 일깨우셨다.

졸업한지 반세기가 넘도록 가르침을 주시는 선생님이 계셔서 우리들은 행복하다. 우리들의 한결같은 사랑과 존경을 받고 계신 선생님 또한 행복한 스승이시다. 그중에도 친구 H는 어느 딸이나 어느 며느리가 못 따를 만큼 선생님을 지성껏 공경해 오고 있어 고맙기 그지없다.

삼 년 전에는 병상의 선생님 힘나게 해 드리려고 글 잘 쓰는 친구 몇이 서둘러, 선생님 일생동안 낸 시집들 중에서 시를 뽑아 시선집을 묶어 드렸다. 책을 받아드신 선생님의 야윈 얼굴에 기쁨이 가득하셨다.

선생님은 다섯 살에 어머님을 여의었고 여형제도 따님도 없으시다. 또 30여 년 외국에서 생활하셨으므로 친구분들과의 교류도 많지 않았다. 선생님의 평생은 '그리움과 외로움' 의 외줄타기였을 것이다. 긴 외국 생활에서 고국에 대한 그리움은 시 '모국어' 에 오롯이 새겨져 있다.

'모국어' 는 내가 죽도록 경작할 토지이다.

모국어는 나를 길러 준 아버지요 어머니이다.

내 존재의 본향이며 그 시작이요 끝이다.....

—박명성의 '모국어' 중에서

선생님은 '모리와 함께한 화요일' 의 주인공 모리교수를 특별히 좋아하셨다. 그에 관한 시를 써 놓으신 게 지금 선생님의 상황이 되리라고는 누구도 짐작 못했던 일이었다.

.....

너무 빨리 떠나지 말고 너무 늦게 매달려 있지도 말라.

그렇습니다.

떠나려는 시간과 끊어지는 시간이 적절히 맞추어지기를 바랄 뿐입니다.

풍랑의 인생을 복역하는 땅에 아, 복역하는 이 땅에

끝까지 끝까지 품위와 존엄을 지키다 가신 사람

당신이 입버릇처럼 외던 시 한 줄

"우리는 서로 사랑하지 않으면 멸망한다."

최악의 상황에서 최선의 삶을 살다 가신 사람, 모리 선생이시여!

—박명성의 '모리 선생의 아포리즘' 중에서

언젠가 선생님을 찾아간 것은 주말 오후여서 간병인들마저 썰물처럼 빠져나간 요양원은 적막했다. 선생님이 계셔야 할 병상이 비어 있음을 보았을 때 가슴이 철렁해 왔다. 찾아다닌 끝에 복도 맨 끝 유리창 안쪽으로 노부부의 실루엣이 보였다. 그곳은 체력 단련실이었고 그 덩그런 공간에 우리 선생님 내외분, 단 두 분 만이 계셨다. 가녀린 선생님의 몸은 커다란 기계에 벨트로 고정되어 있었는데 혼자 설 수 없는 선생님을 위한 장치인 듯 했다. 남편께서 시중을 들고 계시는 중이었다. 부부만 남는구나! 그 광경이 너무나 애틋해서 차라리 가슴 저리게 아름다웠다. 병실로 돌아와 아내를 조심스레 병상으로 옮겨 드리는 움직임에서 아내에 대한 극진한 애정이 묻어났다.

"어서 낫자. 그래서 당신 좋아하는 일본 여행 가야지?" 다정하게 마나님께 희망의 말씀을 건네셨다.

그 어조가 어찌나 간곡하시던지 나도 모르게 눈물이 핑 돌았다. 선생님을 버티게 하는 힘은 남편의 저 지극한 정성일 것이다. 나는 가져간 선생님 시집에서 시 몇 편을 읽어 드리고, 예전에 선생님이 써 주신 글도 읽어 드렸다.

"행복하다!" 선생님의 음성에는 웃음과 울음이 뒤섞였다.

그날 쉬이 돌아서지지 않는 발걸음을 떼며 나는 간절히 기원했다. 부디 선생님 바람대로 '떠나려는 시간과 끊어지는 시간' 이 일치하기를. 모리 선생님처럼 끝까지 끝까지 존엄을 지키다 가시기를.

20년 전 오월의 숲 속에서 환하게 웃고 계신 사진 속 선생님과 눈을 맞춘다. 순간, 선생님께서 언젠가 보내주신 편지 한 구절이 가슴에 와 박힌다.

'그리운 사람들을 이따금이라도 만나 볼 수 있는 거리에 산다는 일이 얼마나 행복한가.'

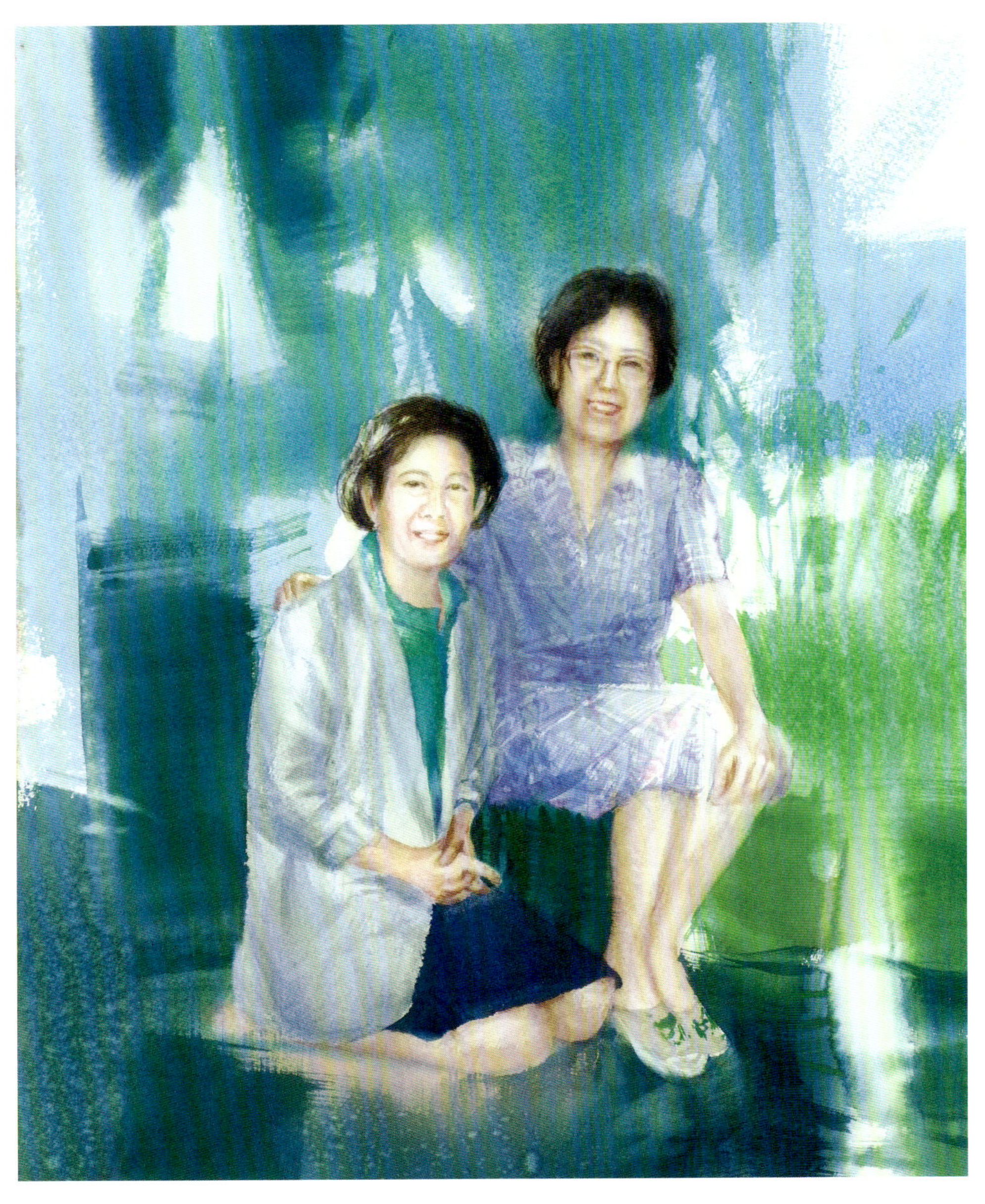

선생님과 함께 2 | 45.5 x 53 | 종이에 수채

"우리 집을 '강동 끽다거실喫茶去室' 이라 이름 지어서 정기 모임을 갖자." 하셨다.

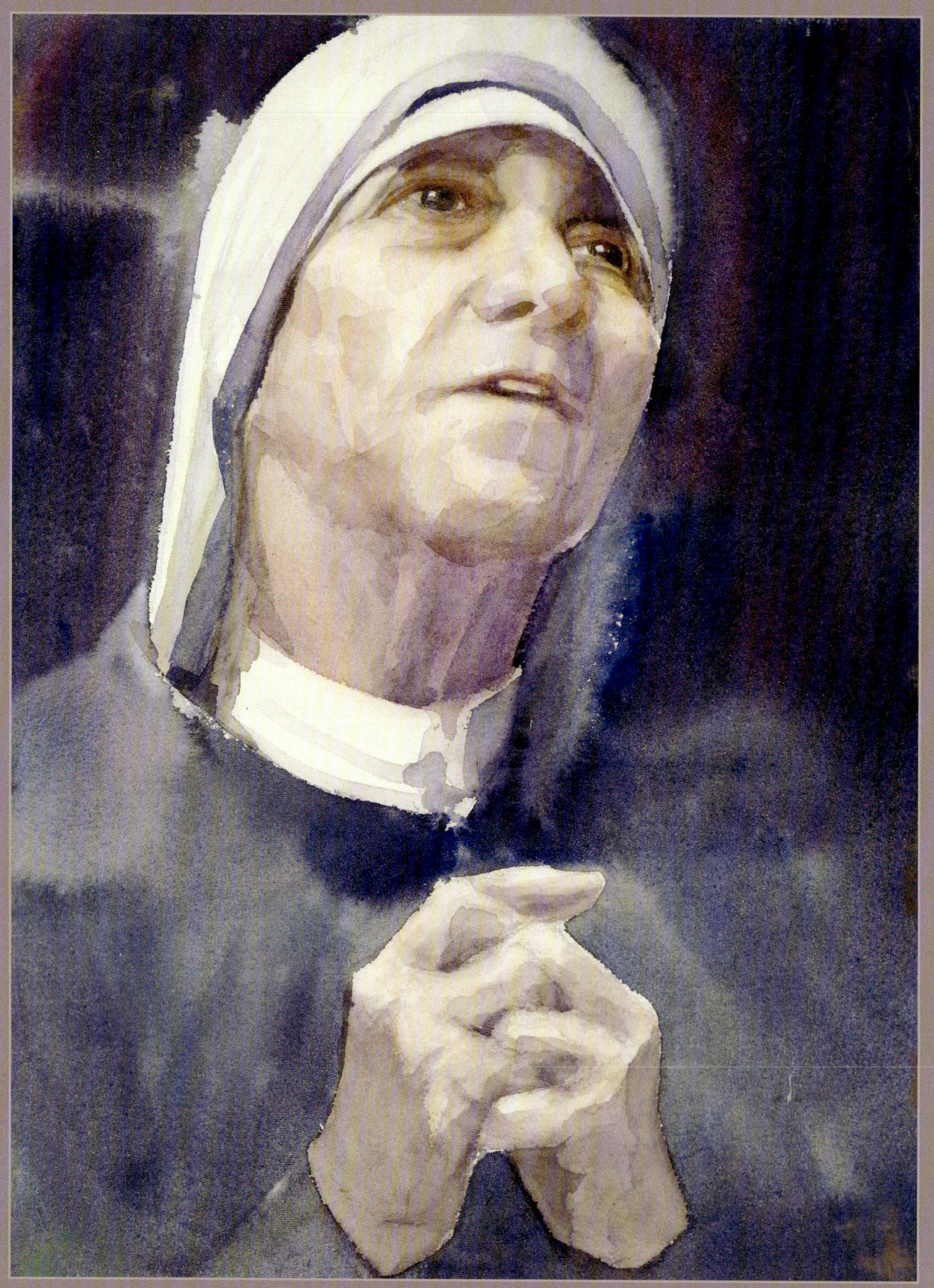

어둠에서 나온 빛

– 마더 테레사 Mother Teresa

 어쩌면 참사랑이라는 것도 마음속에 가득차 있는 것을 꺼내어 그냥 나누어 주는 게 아닐 것이다. 나의 그릇의 크기란 내가 사랑할 수 있는 사람의 숫자만큼인가 싶다.

테레사의 기도 | 33.3 x 45.5 | 종이에 수채

"끔찍한 상실감, 말로 표현할 수 없는 어둠과 외로움, 주님을 향한 끊임없는 갈망이 마음 깊은 곳에서 저를 괴롭히고 있습니다."

마더 테레사 사후 십 년이 되던 해에 세상에 처음으로 공개된 그의 편지들이 책으로 나왔다. 우선 놀라운 것은 그 힘들고 바쁜 일정 틈틈이 그렇게도 많은 편지들을 써 보냈다는 점이다. 편지는 주위의 신부들, 주교, 대주교에게 또 수녀회에 가르침을 주려고 의도해서 쓰기도 했지만, 대부분은 자기 내면의 신앙고백이자 고통 받는 자신을 위해 기도해 주기를 간절히 부탁하는 내용들이었다. 자기 사후에 공개되리라고는 생각지도 못했을 것이므로 고백들은 더욱 내밀하고 적나라하였다.

…신부님, 1949년이나 50년경 이후로 어둠이 너무나 깊어서 제 마음이나 이성理性으로는 아무것도 보이지 않습니다. 제 영혼 안에 주님이 계셔야 할 자리에 아무도 없습니다. … 갈망의 고통이 너무나 커질 때마다 저는 단지 주님을 바라고 또 바랍니다. 하지만 주님은 저를 원하지 않으시나 봅니다. 주님은 그곳에 계시지 않습니다. … 그 고통과 괴로움은 말로 설명할 수 없습니다.

─마더 테레사가 1961년 4월 피정 때, 예수회 요제프 노이너 신부에게 보낸 편지─

예수님께 쓴 편지도 있었다. 날짜가 기록되지 않아 그게 언제쯤인지는 모르겠으나 편지에는 몹시도 흔들리는 내면이 적나라하게 드러나 있다.

… 주님 저를 버리십니까? 당신 사랑의 자녀인 제가 이제는 가장 미움 받는 자녀, 당신께서 원치 않아 버리시는 자녀가 되고 있습니다. 저는 애타게 부르고 매달리며

간절히 원하지만 아무도 대답하지 않습니다. 매달릴 사람이 아무도 없습니다. 저는 혼자입니다. 마음 깊은 곳에도 믿음은 없습니다. 공허한 어둠이 있을 뿐입니다. … 저의 이런 마음, 생각을 감히 입 밖으로 내지 못하기 때문에 말할 수 없는 괴로움으로 제 자신을 더욱 고통스럽게 할 뿐입니다. 제 안에는 해답 없는 의문이 너무나 많이 살고 있습니다. 그런 의문을 드러내기가 너무 두렵습니다. 하나님에 대한 모독이기 때문입니다. 수녀님들과 다른 사람들은 제가 언제나 미소 짓는다고 말합니다. 그들은 신앙과 사랑이 저의 온 존재를 가득 채우고 있다고 생각합니다. 제가 하나님과 밀접하며 하나님의 뜻과의 일치가 제 마음을 모두 빼앗아 갔다고 여깁니다. 하지만 저의 쾌활함이 공허함과 비참함을 가리는 외투일 뿐이라는 사실을 그들은 알까요? 그럼에도 불구하고 이 어둠과 공허함은 하나님에 대한 바람만큼 고통스럽지는 않습니다. 제 영혼은 모순으로 가득 차 있어 저의 균형을 무너뜨릴 것입니다. 제 마음에 당신의 수난을 새기겠다고 하셨는데 이것이 그 답인가요?

얼마나 절절하고 미약한 한 영혼의 인간적인 목소리인지 구절구절 마음이 아팠다. 나는 테레사 수녀님 같은 훌륭한 분들의 내면에는 찬란한 빛이 가득하고 끊임없이 천사의 나팔소리를 듣는 줄 알았었다. 그런데 그 분이 고뇌의 폭풍 속을 꺼질 듯 꺼질 듯 걸어가는 위태로운 등잔불이었다는 것은 나에게 충격이었다. 도대체 신앙이란 무엇이고 신의 은총이란 어디에 있는가? 아니, 신이 없는 자리에 신앙이 가능하단 말인가? 그가 노벨평화상을 수상할 때의 소감문 한 구절이 떠올랐다.

남을 도와주기 위해서는 자기 마음속에 고뇌가 있어야 합니다. 나는 가난한 사람들의 빈곤을 선택했습니다. 그러나 나는 배고프고 헐벗고 집 없는 사람과 불구자, 맹인, 나환자,

아무도 원하지 않고 사랑하지도 않으며 돌봄을 받지 못하고 오히려 사회에 짐이 됐던, 그래서 모든 사람들이 기피했던 사람들의 이름으로 이 노벨평화상을 받게 된 것을 감사합니다.

테레사 수녀는 수많은 버려진 아이들의 어머니이자 죽어가는 이들과 가난한 사람들의 친구이며 병든 이들의 구원자였다. 그들, 가장 힘없고 초라한 사람들의 모습 안에서 오히려 신음하는 예수님의 현존을 알아보고 최선의 섬김으로 봉사를 해온 그의 생애는 성인의 반열에 오르기에 부족함이 없는 것 같다.

그는 그들 속에 있었기에 그들만큼 아니 그 이상으로 아팠구나, 하는 생각이 들기 시작했다. 절망 속에 있는 사람들, 고통 속으로 소외되고 방치된 이들을 보면서 아프지 않았다면 그건 차라리 목석일 게다. 고통 속에 내던져진 사람들을 도울 힘이 미약할 때 그는 흔들린 것이다. 어쩌면 신앙이란 흔들림 속에서 피는 등불이고 위대함이란 그 흔들림 속에서도 끝까지 등불을 꺼트리지 않는 것인지도 모르겠다. 그 흔들림이 그의 신앙을 더욱 굳게 했을 것이라는 생각이 이제야 든다. 그러고 보면 영광은 아픔의 크기만큼일 것이다. 그의 신앙이 흔들렸기에 오히려 더 이런 어마어마한 위업을 이루어 내었음을 알겠다.

수녀님은 결코 신神의 존재나 인생의 궁극적 의미에 대해 전혀 의심을 품은 적이 없는 석고상 같은 인물이 아니라 피가 통하는, 고뇌하는 한 인간이었구나! 남들은 신앙은 굳건함에 있고 무조건 복종에 있다고 하는데, 테레사 수녀의 신앙은 텅빔에서 오고, 고통에서 흔들림에서 오고, 기다림에서 온 걸 알았다. 나는 뒤늦게서야 마더 테레사가 왜 위대했는지 왜 아팠는지를 알게 되었다. 그의 위대함은 그가 사람들의 아픔을 짊어졌다는 데 있고, 그가 돌보던 많은 아픈 사람들 가운데 살며 스스로 아파했다는 데 있었다. 이 책의 편집을 맡은 콜로디척 신부는 이렇게 쓰고 있다.

"기독교인들이라면 누구나 겪는 신앙 속 어두움을 평생 껴안고 살면서도 믿음으로 충만한 궁극적인 구원을 이루어 냈다."

처음에는 언뜻 이 말을 이해하기 어려웠다. 이제야 내 나름으로 조심스레 풀이해 본다. 신앙 속 어두움이란 불꽃 속의 제일 중심에 있는 어둠과 같다. 마음속에 어둠이 있음에도 그것을 정토화 시키는건 오직, 끊임없이 행동으로 실천으로 사랑을 나누는 것, 그게 빛이고 더 큰 신앙이고 위대함이 아닐까. 어쩌면 참사랑이라는 것도 마음속에 가득차 있는 것을 꺼내어 그냥 나누어 주는 게 아닐 것이다. 나의 그릇의 크기란 내가 사랑할 수 있는 사람의 숫자만큼인가 싶다.

신앙과 사랑의 끈질김이 마더 테레사가 그 어두운 시련을 겪는 내내 마더 테레사를 인도하고 보호해 주었다. 또 자기에게 신앙이 없다고 느끼다가도 그 내적 고통을 '정화의 수단'으로 여기고 순응한 것도 신앙의 힘이었으리라. 그러나 그렇게 하는 것이 무척 힘들었다는 사실을 부인하지 않았다. 자기 자신은 하나님의 손에 쥐여진 연필에 지나지 않으며 하나님께서 당신의 위대함을 보여 주시기 위해 '아무것도 아닌' 자기를 도구로 쓰셨다고 굳게 믿었으면서도, 맹목적인 '하나님의 종'으로가 아닌, 해답 없는 의문과 싸우며 온 생애를 바쳐 헌신한 봉사이기에 더욱 훌륭하고 위대하다고 여겨진다.

이 책을 출판한 취지도 바로 이 점에 있다고 보인다. 책의 첫 페이지에 이렇게 적혀 있다.

"가난한 이들, 모든 형태의 어둠 속에서 사는 사람들이 마더 테레사의 경험에서 신앙과 위안, 격려를 얻기 바라며"

종교적 해석을 떠나 인간적인 시선만으로 볼 때에도, 내면의 극심한 고통을 성실함과 끈기로 극복해 낸 한 사람의 의지에 숙연해진다. 그가 이룬 성인에 가까운 업적보다, 더 우리를 감동시키고 존경 어린 또 연민 어린 감정을 불러일으키는 것은 바로 이런 그의 인간적인 모습이 아닐까. 앞으로 나에게 어려운 순간이 오면, 전보다 더 주저없이 마더 테레사를 부를 수 있겠다.

어떤 기자가 그에게 물었다.
"수녀님은 기도할 때 무슨 말을 하십니까?"
테레사는 조용히 미소 지으며 대답했다.
"그저 듣지요."
기자가 의아해서 다시 물었다.
"그럼 하나님은 무어라고 하시던가요?"
테레사는 여전히 고요한 표정으로 답했다.
"그분도 들으십니다."

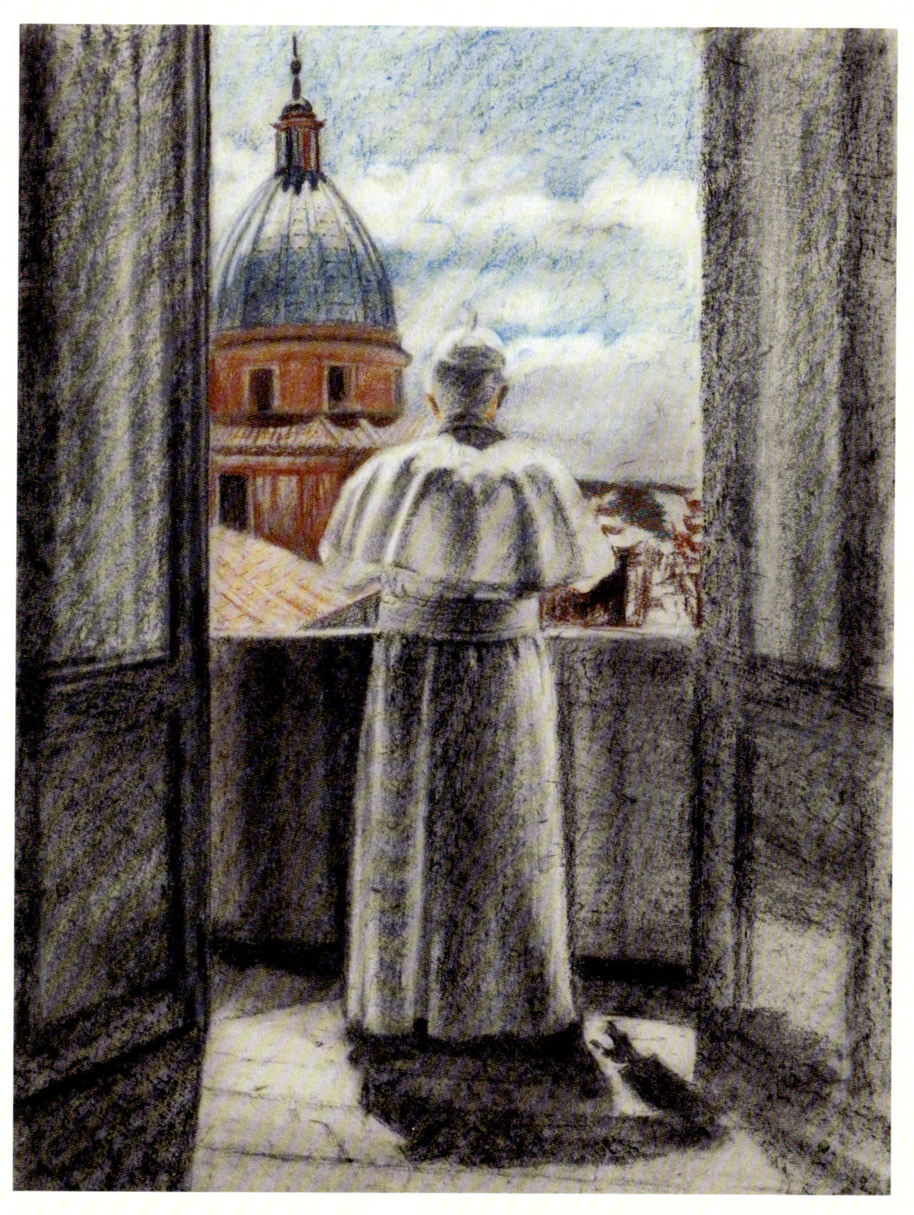

뒷모습 1 | 53 x 41 | 종이에 파스텔

교황이 베란다에 나와 군중을 향해 손을 흔든다.

▬ 그대여, 눈을 떠라

– 헬렌 켈러 Helen Keller

온몸의 세포로 감각함으로써 그녀의 온 존재가 열렸던 것은 아닐까? 그녀는 말했다. "신神은 한쪽 문을 닫아 놓으면서 다른 한쪽 문을 열어 놓으신다." 그녀는 여느 사람들이 눈과 귀로 감각하는 세계보다 훨씬 더 본질적인 세계의 문으로 들어갔지 싶다.

헬렌 켈러와 설리번 선생님 | 60.6 x 72.7 | 종이에 수채

장미를 냄새로, 촉감으로 배우다.

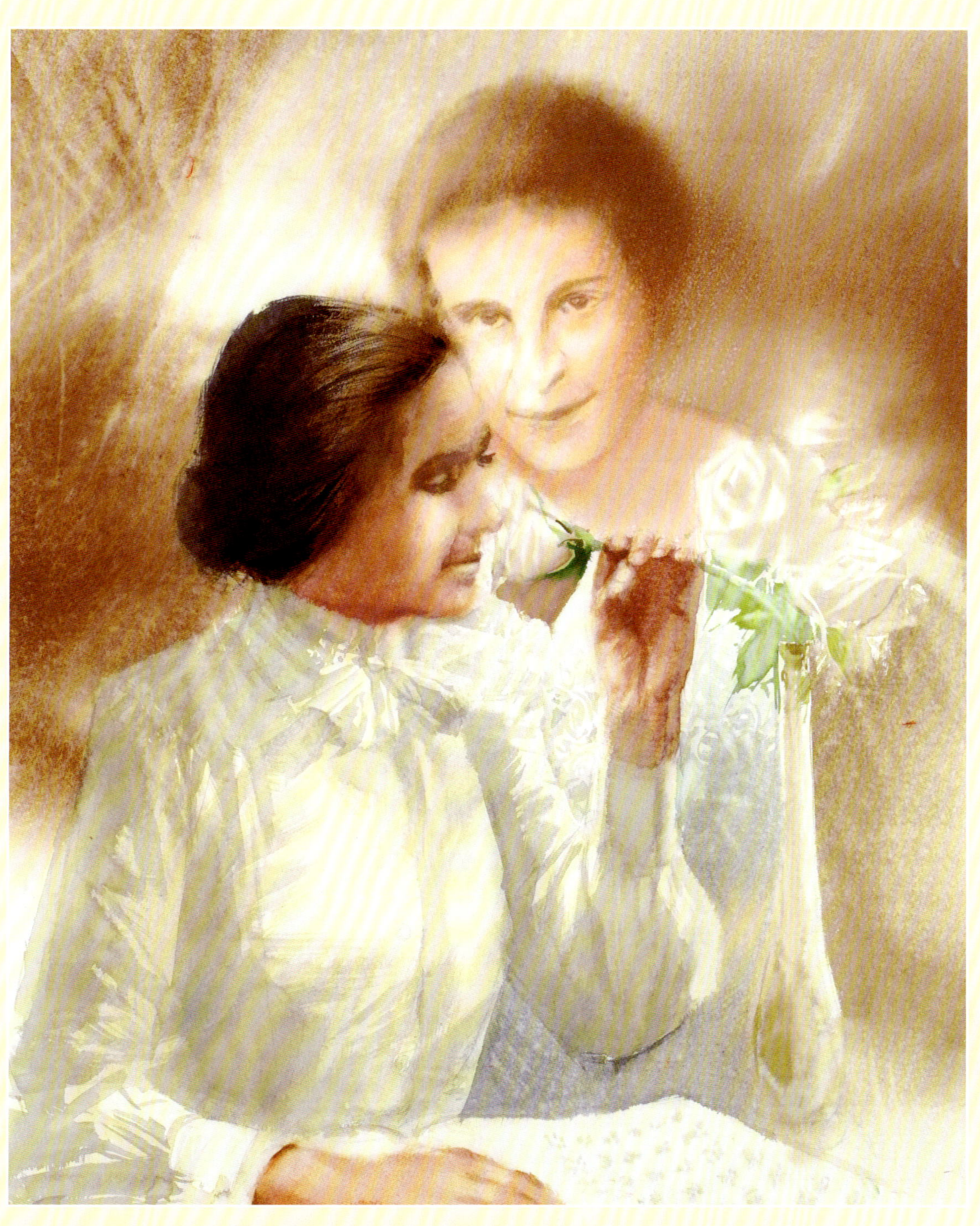

“모든 것은, 심지어 암흑과 적막조차 경이로운 면을 가지고 있다. 나는 어떤 처지에 있든 만족하는 법을 배운다. 때로는 고립감이 나를 에워싼다. 그럴 때면 인생의 닫힌 문 앞에서 홀로 기다리는 느낌이다. 내 마음은 열정으로 가득하나, 내 혀는 입 안에 맴도는 말들을 내뱉지 못한 채, 마치 흘리지 못한 눈물처럼 마음속으로 되돌아온다. 침묵은 내 영혼을 어마어마한 힘으로 억누른다.… 이윽고 희망과 웃음이 다가와 속삭인다. 그래서 나는 다른 이의 눈에 깃든 빛을 나의 태양으로, 다른 이의 귀에 들리는 음악을 나의 교향곡으로, 다른 이의 입술에 떠오른 미소를 나의 행복으로 삼고자 한다.”

헬렌 켈러의 자서전 <내가 살아온 이야기The Story of My Life>의 한 구절이다. 그가 말하는 암흑과 적막의 경이로움이란 눈, 귀가 멀쩡한 나 같은 보통 사람은 다가갈 수 없는 세계다. 그럼에도 저 닫힌 문 앞의 고독이라든가, 입 안에 맴도는 말들을 내뱉지 못하는 침묵의 압박감은 내게로 고스란히 전이된다. 그런 순간을 경험해 본 적은 있다. 하지만 타인의 눈에 깃든 빛을, 타인의 귀에 들리는 음악을, 타인의 입술에 떠오른 미소를, 나의 행복으로 삼는 그런 순간을 경험하는 것은 쉽지 않다. 여인이라면 엄마가 되었을 때 그런 경이로움을 경험하게 된다. 아이가 보는 것이나 아이가 듣는 것을 유심히 살피면서 내 아이의 느낌이 나에게 고스란히 전해질 때의 그 놀라움, 아이의 옹알이에서 들려오는 언어 이전의 순진무구한 표현들, 아기에게 젖을 물리고 색색거리는 숨소리를 들으면서 그 어린 생명 안에 움트는 온갖 감각을 공유할 때의 경이! 태는 잘랐으나, 보이지 않는 끈으로 이어진 생명과 생명의 이어짐에 엄마는 전율한다. 헬렌 켈러에게 희망이었다는 저 타인의 느낌과 감각의 전이는 어미가 자식에게 느끼는 그런 충일한 사랑과 믿음에 가깝지 않을까.

헬렌은 지적知的인 호기심과 배움에의 열정이 대단해서 남들과 비교할 수 없는 시간과 노력을 들여 가며 문학, 철학, 외국어—독일어를 잘했다고 한다—를 공부했다. 그 외에도 박물관, 연극, 영화 관람을 즐기고 뜨개질, 체스놀이 뿐만 아니라 적극적인 야외 활동으로 카누 타기, 돛단배 타기, 자전거 타기도 즐겼다.

그뿐만 아니라, 정상인보다 더 적극적이고 활기차게 사회 활동을 했다. 2차 세계 대전의 부상병 구제운동, 여성의 참정권 확보를 위한 활약, 또 장애인의 복지를 위한 사회사업 등등. 그녀는 88세까지 장수를 누렸다.

헬렌은 이렇게 당당하게 말한다.

"비록 내 생활에 한계가 있더라도 이만하면 여러 면에서 아름다운 세계를 접하며 살아가고 있다고 할 수 있지 않을까? 나는 우리의 잠재의식 속에 태초부터 인류가 받아 온 인상과 경험과 감정을 이해할 수 있는 능력이 있는 것 같다."

보통 사람들은 오감을 다 동원해 세상을 알아 가고 교실에서 글자를 익히지만, 헬렌은 후각과 촉각으로 세상을 익혔다. 자연 속에서 풀과 나무와 꽃을 냄새 맡고 손으로 만지고 피부에 스쳐 보며 그 존재의 고유성을 알아 갔다. 냄새와 촉감으로 그것들과 교감하고 그 이름을 익혔다. 눈과 귀, 말을 잃은 그녀의 감각은 오감이 건강한 여느 사람들의 그것과 분명 다를 것이다.

그녀는 어떻게 저 암흑세계에서 빛을 알게 되고 적막세계에서 소리를 듣게 되었을까?

깨달음을 구하는 이들은 자기 관조를 위해 눈을 감고 귀를 닫는다. 불가에서 깨달음의 길이라 일컬어지는 팔정도八正道의 첫째가 정견正見이다. 선지식들은 바르게 보기 위해서 눈을 감고 귀를 닫으라고 말한다. 눈과 귀는 오히려 바르게 보는 것과 바르게 아는 것을 방해하기 때문이다.

그런 차원에서 생각하면 헬렌 켈러는 듣지 않고 보지 않음으로써, 존재와 존재 간의 간격을 여느 사람보다 더 좁힐 수 있었을지도 모른다. 그녀는 직접 손으로 만지거나 피부를 대 보거나 냄새를 맡아보면서 사물의 실체에 훨씬 가까이 다가갔다. 온몸의 세포로 감각함로써 온 존재가 열렸던 것은 아닐까? 그녀는 말했다. "신神은 한쪽 문을 닫아 놓으면서 다른 한쪽 문을 열어 놓으신다." 그녀는 여느 사람들이 눈과 귀로 감각하는 세계보다 훨씬 더 본질적인 세계의 문으로 들어갔지 싶다.

그녀는 원래 따뜻하고 올곧은 성품을 타고난데다가 워낙 열심히 공부를 하여 불과 20세 무렵에 벌써 매우 건전하고 균형 잡힌 주관과 철학을 갖추었다. '자기애自己愛는 모든 악의 근원'이라든가, '다른 사람의 필요를 자기 자신의 필요만큼 소중히 여기기 시작할 때, 사랑은 시작된다'라는 그녀의 일갈은 마음 깊이 새겨 두고 싶다.

훌륭하다고 손꼽히는 그의 논문 〈나의 낙관주의 樂觀主義, Optimism〉는 대학 졸업반 학생의 글이라고 믿어지지 않을 만큼 깊은 성찰에서 우러난 성숙하고 정연한 논리이다. 인상 깊은 몇 구절만 다시 적어 본다.

• 나의 낙관주의는 그림자를 외면하고 빛만을 응시하자는 근거 없는 낙관주의가 아니

다. 그런 것은 모래 위에 지은 집과 같다. 우선 악을 알고 대면對面하고 슬픔도 알고 대면해야 한다.

• 나는 모든 사물과 사람에게서 최상의 것을 찾아내는, 신이 나에게 주신 능력을 계발啓發하고 그 최상의 것들을 내 삶의 일부로 만들려고 노력한다. 하지만 내 즐거운 생각들을 내 삶의 현장에서 실천하지 않는다면 나는 선善의 알곡들을 거둬들이지 못할 것이다.

• 나는 믿는다. 우리 모두가 최고의 질서, 위대한 영혼, 자연, 신이라 부르며 숭배하는 어떤 초자연적인 힘이 우리에게 은혜를 베풀 것이라는 것을 안다. 그리고 나는 하늘이 내게 운명으로 정해 준 어떤 일도 기꺼이 해 낼 의지와 용기가 있다고 느낀다. 이것이 내 낙관주의의 원천이다. 깊고 신실信實한 낙관주의, 그것은 인간 개개인의 내면에 신이 존재한다는 굳은 믿음에서 비롯된다.

• 내 손으로는 우주의 작은 부분만 움켜쥘 수 있지만 내 정신으로는 우주 전체를 볼 수 있고 내 사유思惟로는 우주를 통제하는 선의 법칙을 이해할 수 있다.

• 정말이지 보이지 않는 것을 믿을 수 있는 자는 축복받은 자이다.

• 인생은 공정한 싸움터이고 올바른 목표를 가지고 끝까지 포기하지 않는 자는 꼭 성공할 것이다. 그러므로 낙관주의는 성취를 이끌어 내는 믿음이다. 희망이 없다면 어떤 것도 할 수 없다.

그리고 헬렌은 <볼 수 있는 사흘Three days to see>이라는 글에서 말하고 있다.
'만약 나에게 이 세상 사는 동안 삼중고三重苦가 없는 날이 사흘만 주어진다면, 무엇을 할 것인가?'
첫째 날에는 앤 설리반 선생님을 찾아가 직접 보며 그 목소리를 듣고,
둘째 날에는 자연의 아름다움을 마음껏 보며,

셋째 날에는 나에게 사랑을 베풀어 준 모든 이들에게 감사하다고 말하겠다.

그녀에게 그런 기적은 일어나지 않았다. 그러나 어찌 보면 기적이란 물리적 현상만은 아닐 것이다. 기적은 이미 일어나 있었던 것이 아닐까? 그녀의 삶 자체가 우리에게 보다 강력한 메시지를 보내고 있기 때문이다. 눈귀가 멀쩡한 채로 청맹靑盲과니인 우리를 향한 그녀의 외침─그대여, 눈을 떠라.─이 들려오는 듯하다.

내면의 눈을 떠라...

친구 ∣ 53 x 53 ∣ 검은 종이에 흰 파스텔

헬렌이 평생 친구인 폴리 톰슨과 성경책 위에서 손을 맞잡고 있다.
─유섭 카쉬의 사진 참조─

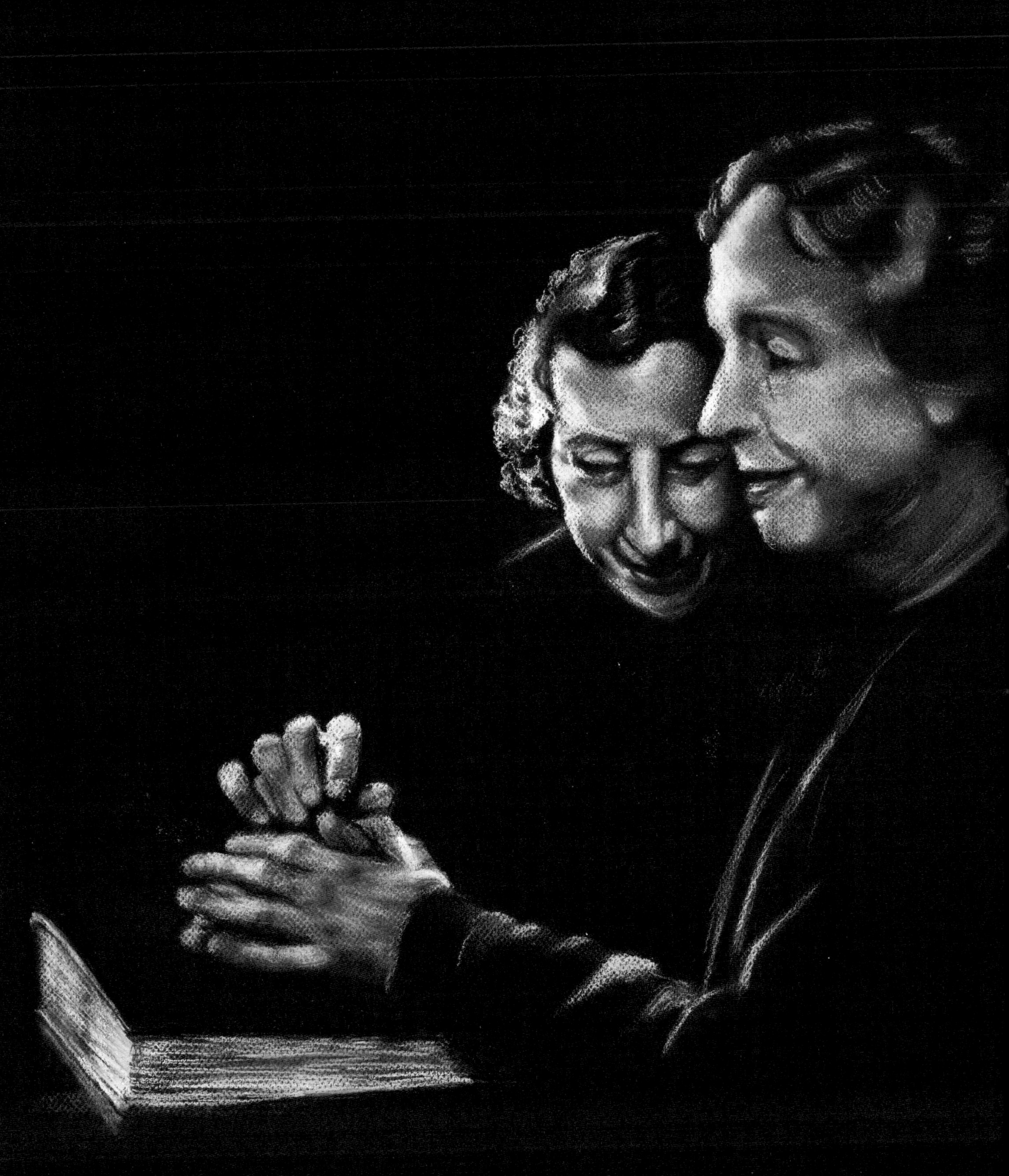

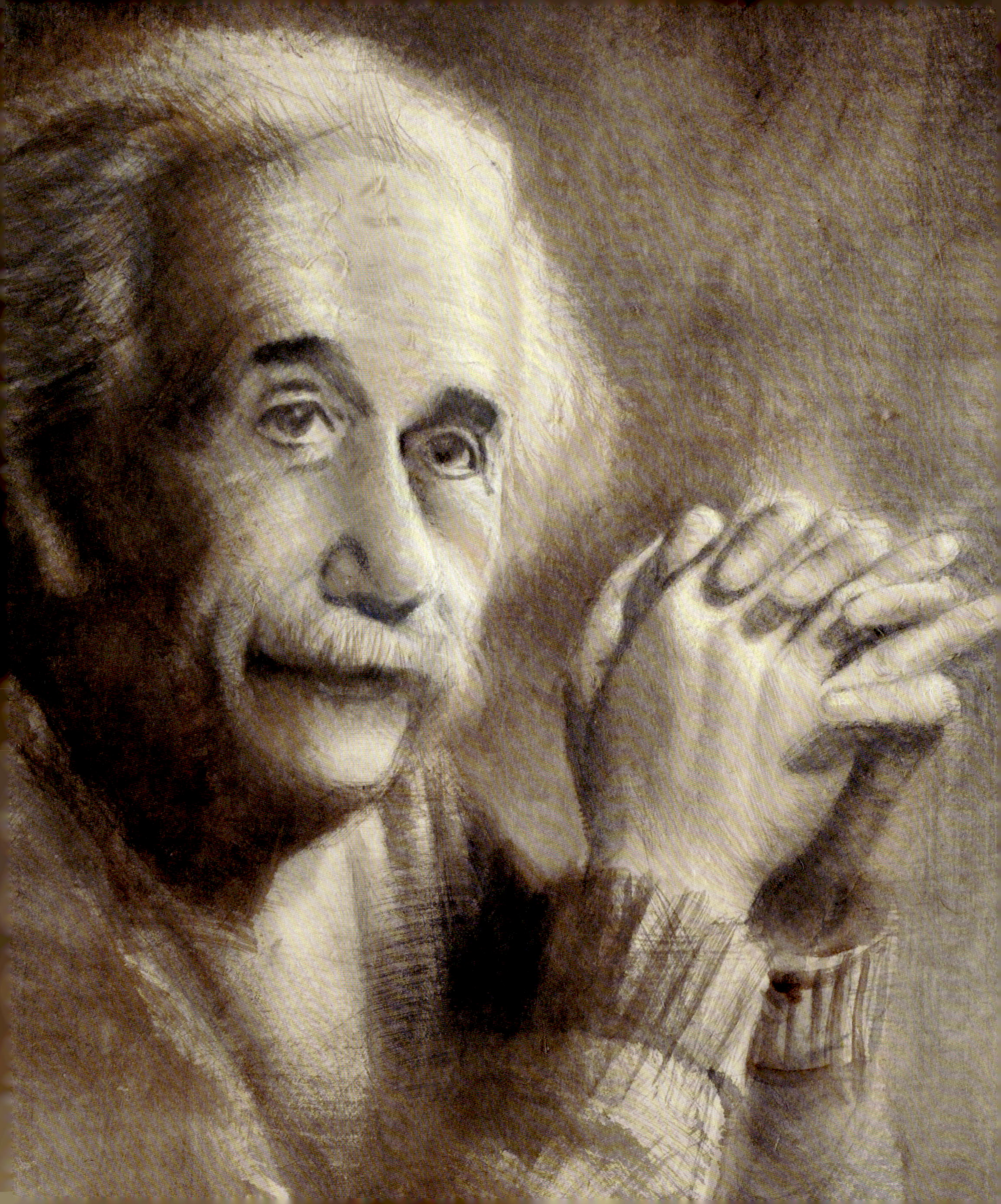

나는 매일 수백 번씩 되새긴다

– 아인슈타인Albert Einstein

내가 다른 사람의 노고에 의해 살아가듯이, 나도 다른 사람들을 위해서 살아간다. 무엇보다도, 나의 행복을 쥐고 있는 그들의 미소와 안녕을 위해, 그리고 비록 얼굴은 모르더라도 공감이라는 유대로 얽혀 있는 운명 공동체에 매여 우리는 살고 있다. 나의 생각으로는 타인을 위해서 사는 인생만이 보람 있는 삶이다.

아인슈타인　|　45.5 x 53　|　한지에 수채

그의 고귀한 인품까지 담아 내려면 멀고 먼 듯

누구나 늘 곁에 두고 읽는 책이 있다. 내가 가장 자주 펼치는 책은 아인슈타인의 자서전 〈나의 인생관〉이다. 그가 이룬 과학적 성과에 대해선 사실 잘 모른다. 광양자에 관한 논문이나 특수상대성 이론이나 일반상대성 이론 같은 물리학적 이론이나, 또는 노벨물리학상 수상자였다는 명성보다는 그의 인간됨, 철학, 세상사를 내다보는 통찰력에 내 관심은 쏠려 있다.

"나는 매일 수백 번씩 되새긴다. 나의 내면적, 외형적 삶이 현재 살아 있거나, 이미 고인이 된 다른 사람들의 노력과 수고 위에서 이루어졌음을. 따라서 내가 이미 받은 것, 지금 받고 있는 것을 되돌려주기 위해, 얼마나 많이 노력해야 함을 스스로에게 일깨운다."

인류의 문명사를 뒤바꾼 대 천재가 이토록 겸허했다는 것은 놀랍지 않은가. 이 짧은 문구 안에 그의 성실성과 인품이 고스란히 나타나 있는 듯하다. 나의 이성과 감성을 흔들기도 하고 때로는 위로가 되고 때로는 매서운 채찍이 되는 주옥같은 그의 문장들을 여기 옮겨 본다.

어떻게 살 것인가에 대하여

- 내가 다른 사람의 노고에 의해 살아가듯이, 나도 다른 사람들을 위해서 살아간다. 무엇보다도, 나의 행복을 쥐고 있는 그들의 미소와 안녕을 위해, 그리고 비록 얼굴은 모르더라도 공감이라는 유대로 얽혀 있는 운명 공동체에 매여 우리는 살고 있다. 나의 생각으로는 타인을 위해서 사는 인생만이 보람 있는 삶이다.
- 나는 안락과 행복을 인생의 목표로 생각한 적이 한번도 없었다. 나는 사람들이 얻으려고 애쓰는 재산이나 외형적 성공, 사치가 나에게는 언제나 경멸스러운 것으로 보였기

때문이다. 소박하고 분수를 지키는 삶이 누구에게나 육체적으로도 정신적으로도 좋다. 나는 검소한 생활에 마음이 끌리고, 또 내가 다른 사람의 은혜를 지나치게 많이 입고 있다는 점을 때로는 강박감을 느끼며 인식한다.

• 나는 절대적으로 확신한다. 이 세상의 어떤 부富도 인간성을 고양시키는데 도움이 될 수 없음을. 우리를 고상한 생각과 고귀한 행동으로 이끄는 것은 오직 한 가지, 위대하고 순수한 사람이 보여주는 본보기 뿐이다. 카네기의 돈 가방으로 무장한 모세나 예수, 간디를 상상할 수 있는가?

실천에 대하여

• 말이란 공허한 소리에 지나지 않는다. 파국에 이르는 길에는 늘 이상理想에 대한 말뿐인 호의好意가 뒤따랐다. 그러나 인격은 듣고 말하는 것이 아니라, 노동하고 실행하는 일을 통해 형성된다.

• 성공한 인간이 되려고 해서는 안 된다. 오히려 '가치가 있는 인간'이 되어라. 젊은 세대에게, 관례적인 의미에서의 '성공'을 인생의 최대 목표로 가르치는 일은 반드시 경계되어야 한다.

─이 말은 1955년, 그의 77세 人生 마지막 해에 한 말이다.─

• 한 개인이 사람답고 의미를 지니는 것은, 그의 개체성 때문이라기보다는 그가 요람에서 무덤까지 자신의 육체적, 정신적 생존을 이끌어 주는 거대한 인류 공동체의 일원이기 때문이다.

• 그러므로 한 인간의 가치는 그가 무엇을 받을 수 있느냐가 아니라, 남에게 무엇을 줄 수 있느냐로 판단된다. 다시 말해서. 그 사람의 감정과 사고思考와 또 행동이 다른 사람들에게 어느 정도로 도움이 되는가에 달려 있다.

진정한 휴머니스트

• 나의 생각으로는 인간 최고의 지침은 다른 사람의 기쁨을 기뻐하고 다른 사람과 함께 괴로워하는 것이다.

• 인간의 진정한 가치는 '어느 정도로 자기로부터의 해방을 달성했는가?'에 따라 결정된다. —1930년 포럼Forum紙에 발표한 글 '나의 믿음, What I believe'에서. 이 말은 예수와 부처를 떠올리게 한다. 에고ego를 버리는 무아의 경지이다. —

• 나에게 외경심을 느끼게 하는 것 두 가지, 별들이 반짝이는 하늘과 나의 내면의 윤리적 우주이다.

• 사람이 체험할 수 있는 가장 아름다운 느낌은 '신비감'이다. '신비감'이야말로, 모든 예술과 과학의 진정한 원천이다. 그러나 보통 사람들은 신비를 미지의 것이며 위험한 것과 동일시해 버린다. '안전'을 독려하는 메시지 속에 길들여진 우리, 그러나 '안전'에 머물기만 하면 성장, 발전은 없다. 내가 과학을 연구하는 것은 자연의 신비를 이해하고 싶은, 억제할 수 없는 욕구 때문이다.

신神에 대하여

• 내가 믿는 것은 스피노자Spinoza의 신, 존재하는 모든 것의 조화 속에 나타나는 신이지, 인간의 운명과 행동에 관여하는 신이 아니다. 다시 말해서, 신에 관한 나의 입장은, 어떤 초월적인 존재를 인식할 수 없다는 불가지론자 不可知論者 또는 범신론자汎神論者와 같다. 나는 인간의 육체가 죽음 후에도 영원히 산다는 것을 믿을 수가 없다.

죽음에 대하여

• 나이든 사람에게 죽음은 해방으로 찾아온다. 나 스스로 나이든 지금, 죽음은 마침내

갚아야만 하는 오래된 빚처럼 여겨진다. 그래도 인간은 본능적으로, 마지막 청산을 뒤로 미루기 위해서 갖은 짓을 다한다. 그것은 바로 자연이 우리를 농락하는 게임이다.

─이 대목에서는, 아무리 천재이고 고매한 인격자인 그도 유한한 존재이므로 범인凡人과 같은 모습을 보여 주어서 오히려 인간적이다.─

지적인 열망에 대하여

• 인류가 정신적으로 진화하면 할수록 더욱 더 확실해지는 것, 그것은 합리적인 지식을 쌓기 위해 열심히 노력해야 한다는 것이다.

• 인간을 높이고, 그 본성을 풍요롭게 하는 것은, 창조적이고 부드러운 머리로 지적知的인 노력을 하면서 사물을 이해하고자 하는 노력이지 과학 연구의 성과成果가 아니다.

• 과학의 발전은 순수한 지식에 대한 동경에서 나오는 것이며, 일상적인 사고思考의 정련精練에서 나온다. 또한 창조적 상상력, 비범한 호기심, 장난을 좋아하는 충동에서 나온다.

• 지적 知的활동의 계기가 되는 것은 외적인 목표가 아니라 생각하는 기쁨이다. 이 기쁨은 또한 과학자에게 보상報償으로 온다.

도덕에 대해서

• 인간으로서 가장 중요하게 여겨야 할 것은, 도덕적으로 행동하고자 하는 노력이다. 우리 내면의 균형은 이 노력에 달려 있다. 도덕적 행동만이 인생에 아름다움과 존엄을 가져다 줄 수 있다.

• 인류가 우리에게 높은 도덕적 기준을 일러주는 분들, 즉 부처, 모세, 예수를 객관적 진리를 발견한 자들보다 더 우위에 두는 것은 아주 당연하다.

행복에 대하여

- 나는 누구에게도 아무것도 원하지 않기 때문에 행복할 수 있다. 돈은 아무래도 상관없다. 훈장, 직위, 명예도 나에게는 아무런 의미가 없다. 칭찬도 원하지 않는다. 나에게 기쁨을 가져다 주는 것은 일, 바이올린, 요트를 제외하면 함께 일한 사람들에 대한 감사뿐이다.
- 정신적인 것에서 가장 순수한 기쁨을 얻을 수 있는 것은 그런 것이 생계生計와 관련되어 있지 않을 때뿐이다.
- 인생에서의 기쁨은 일과 노는 것과 입을 다물고 있는 것이다.

　아인슈타인은 유대인이라는 이유로 여러 가지 불이익不利益을 겪어 내야 했다. 또한 스위스, 독일, 벨기에 등을 전전하며 나치의 박해를 받으면서도 뛰어난 학문적 위업을 이루었다. 다행히도 그는 노후의 20여 년을 미국 프린스턴Princeton에서 안정된 연구생활을 할 수 있었다.

　나는 이렇게 일생을 보낸 한 위인에게서 그의 업적은 물론이거니와 인간으로서 가장 근원적인 문제, 그 사람됨에 더 깊이 주목하여 깊은 존경심으로 고개 숙여진다.

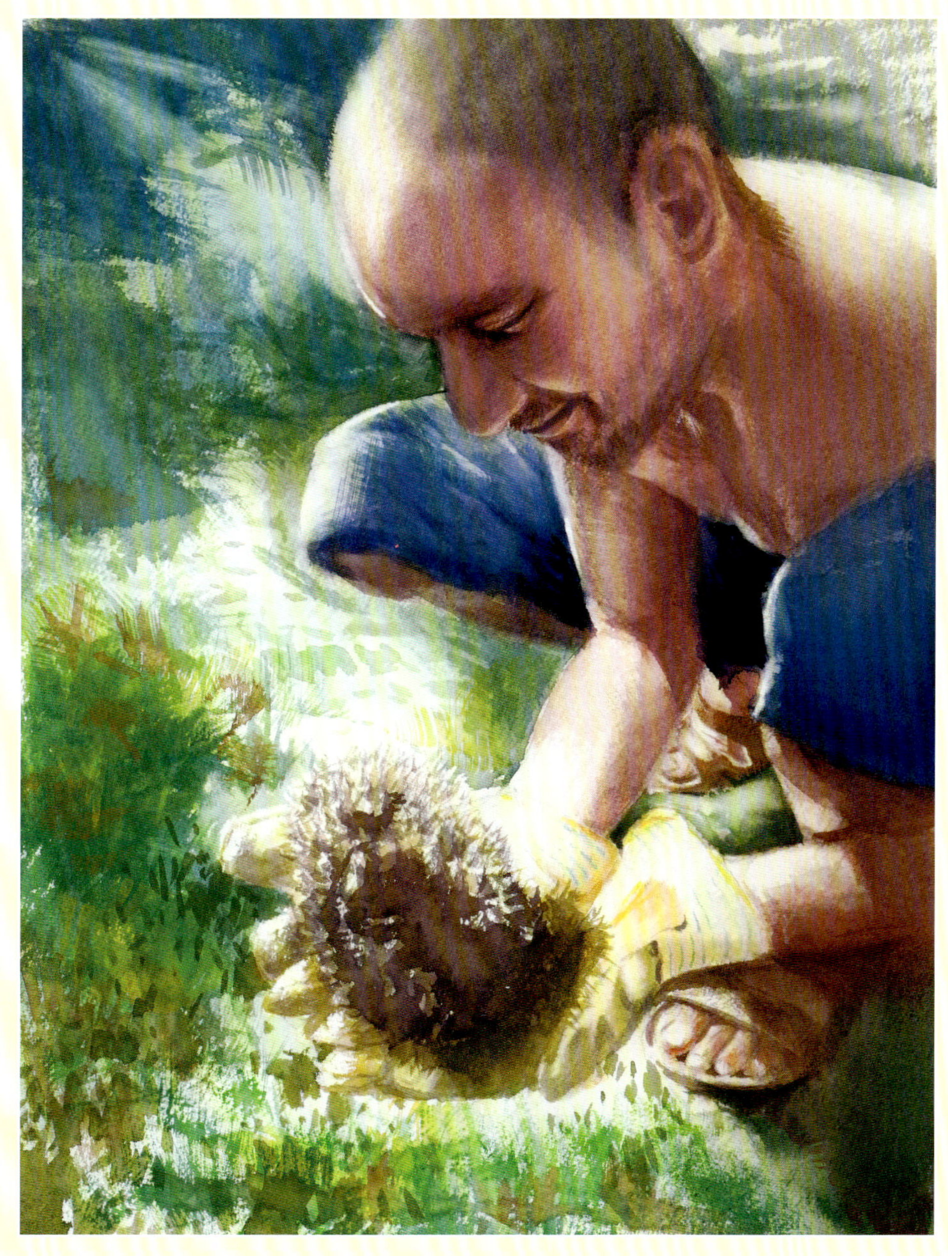

눈맞춤 1 | 60.6 x 72.7 | 종이에 수채

사위가 정원 손질을 하다가 고슴도치 가족을 발견했다.

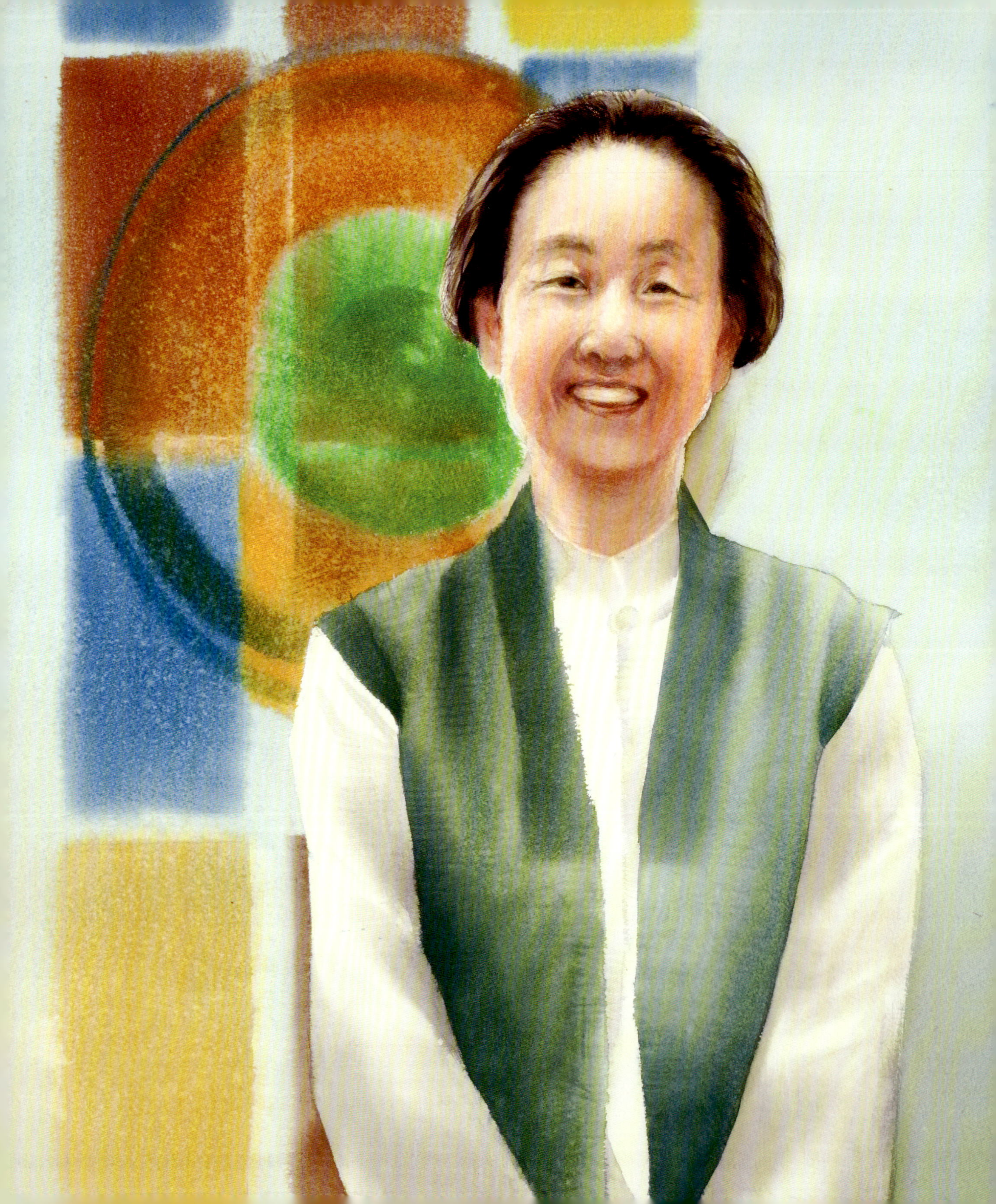

빛과 생명의 판타지

– 내가 만난 방혜자 선생님

선생님은 온돌방도 황토집도 이웃에게 다 열어 놓고 언제라도 와서 흙의 좋은 기운을 받고 가라고 하셨다. 늘 입에 붙은 말씀이, "사랑을 많이 주고 가야지!"였다. 내 것을 다 내어 주며 웃으시는 선생님은 성인의 경지에 이르신 분 같았다.

방혜자 선생님 | 60.6 x 72.7 | 종이에 수채

2007년 환기미술관 전시 때. 선생님, 원래 감색이던 겉옷의 색을 바꾸었으니 양해 바랍니다.

3년 전 나는 빛 바랜 엽서 한 장을 들고 파리의 중심인 몽파르나스가 171번지 레스토랑 '백합꽃밭La Closerie des Lilas' 을 찾아갔다.

30여 년 전, 남편이 파리 출장 때 귀빈을 대접할 일이 있어 이곳에 왔었고 이 집 전용의 엽서를 고국에 있는 내게 띄어 주었다. 아름다운 귀부인의 모습이 그려진 그 엽서에는 함께 못 온 아쉬움이 적혀 있었다.

그림도 예쁘고 글도 고마워서 고이 보관해 두었던 그 엽서 한 장이 우리를 이곳으로 안내해 준 셈이다. 딸아이 부부와, 딸의 결혼을 축하하러 나와 함께 프랑스에 온 딸의 단짝 친구 조현정과 방혜자 선생님을 모시고 이곳에서 점심식사를 하기로 한 것이다. 딸은 나흘 후 파리 외곽에서 결혼식을 올리는데, 연로하신 선생님께서 이 추위에 거기까지 오실까 봐 내가 '시내에서 아이들 인사 시키겠습니다.' 하고 제안했다.

오랜 세월 프랑스 문화계의 살롱으로 역사를 자랑하는 이 레스토랑은 자부심이 느껴지는 분위기였다. 나는 미리 가서 매니저에게 옛 엽서를 보여 주었다.

"내 남편이 30년 전에 이곳에 와서 식사하며 저에게 보냈던 엽서입니다. 오늘은 제가 귀빈을 대접하니 좋은 자리 부탁합니다."

매니저는 내 말에 빙긋이 웃으며 이 계절에 한창 아름다운 시클라멘 화분이 놓인 창가 자리로 안내해 주었다. 그는 이어서 요즈음 쓰고 있는 엽서도 가져다 주었다. 거기에도 역시 같은 솜씨로 귀부인이 그려져 있었다. 아마 이 레스토랑 전속 화가가 있는 듯 했다.

이 식당은 헤밍웨이의 단골 식당이었다고 한다. 메뉴판에는 그가 즐겨 먹던 음식인지 헤밍웨이 스테이크도 있었다.

이국의 거리, 유리창 밖으로 택시에서 막 내려서는 자그마한 체구의 여인을 나는 한눈에 알아보았다. 아, 방혜자 선생님! 달려 나가 마중을 하고 얼싸안다시피 모시고 들어왔다.

선생님은 자리에 앉으시며 약간 흥분된 어조로 말씀하셨다.

"와 보니… 글쎄, 여기가 바로 그 집이에요!"

"네?"

"오늘, 조경씨 덕분에 내 50년 전 꿈이 이루어졌어요!"

1961년, 꼭 반세기 전 대학을 갓 졸업하고 파리로 온 젊은 화가는 캔버스 살 돈이 떨어지면 치마폭을 찢어 내어 그림을 그렸다. 그림이 팔리면 먼저 물감과 캔버스부터 샀던 그 시절, 이 거리를 지나다가 겉모습 만으로도 눈길을 끄는 이 식당 문 앞에서 동료 화가와 약속을 했었다고 한다.

"우리 이 다음에 성공하면, 꼭 이 식당에 들어가 보자!"

그러고는 한참을 잊고 살았다는 선생님은 감회에 젖어 한동안 말씀이 없으셨다.

듣고 있던 우리도 낮은 탄성을 터뜨렸다.

"소설 속 장면이네요."

선생님은 내가 한국에서 가져온 엽서를 다시 보자시더니 오래 들여다 보셨다. 사연을 듣고는 "아름다워요"하며 눈물을 글썽이셨다.

처음 선생님의 글과 그림을 대했을 때를 잊을 수가 없다.

6년 전 10월, 환기 미술관으로 '방혜자 전시회'를 보러 갔다. 어떤 분인지 들어 알고는 있었으나, 전시되어 있는 그림들이 내 마음에 경탄의 파동을 일으켰다. 그 그림들에서 나는 구도자의 깨달음의 경지가 느껴졌었다.

나는 바로 안내인에게 물었다. 혹시 이 화가의 책을 구할 수 있겠느냐고.

사람을 알 수 있는 것이 글이라는 생각에서, 어떤 분이기에 이런 놀라운 그림을 그릴 수 있는지 더 알고 싶었다. 마침 방 선생님의 두 번째 수필집인 〈마음의 침묵〉을 구할 수 있었다. 이 무렵 방 혜자 선생님이 들어오셨다. 선생님은 몸집은 작으시지만 범상치 않은 기운을 느끼게 했다. 그날은 선생님의 그림과 글, 그리고 운 좋게도 선생님까지 그 자리에서 만났으니 나에게 귀한 인연이 맺어지는 길일이었다.

그날 밤으로 책을 다 읽었다. 이렇듯 고결하고 순수하신 인품을 가진 분의 그림은 사서 걸어 두고 보고 싶었다. 다음날 바로 선생님이 계신 영은 미술관으로 갔다.

"선생님 그림 중 원형으로 그리신 그림 세 점을 나란히 저의 집 거실에 걸고 싶습니다. 그리고 또 세 점을 더해서 저의 며느리에게도 주고 싶어요."

선생님은 손수 액자의 크기와 색을 정해서 단골 화방에 부탁해 주셨다.

"배달은 모두 며느리네 집으로 해 주세요, 그 아이가 먼저 고르게요."

"아니, 며느님을 그렇게 사랑하세요?" 선생님이 놀라워 하셨다.

며칠 후 그림이 집에 온 날 신기한 일은, 내 집 거실에 선생님의 그림을 거는데, 액자의 크기와 꼭 맞게 벽 아래 위에 홈이 패어 있었다. 마치 선생님 그림을 맞이하기 위해 준비하고 있었다는 듯이.

그림들의 제목은 '빛의 입자들' 인데, 이 빛들의 입자 하나하나가 내 안으로 들어와 마음을, 생각을 환하게 밝혀 준다. 나는 만다라를 보듯이 이 그림들을 바라보며 산다.

선생님의 그림을 관통하는 주제는 '빛'이다. 선생님의 첫 작품 '서울 풍경'에서부터 빛이 있었다. 배채법背彩法으로 그리는 선생님의 그림에서는 안쪽에서부터 빛과 색이 배어 나온다. 마치 선생님의 글에서 감출 수 없이 고결하신 인품이 배어 나오듯이.

프랑스의 시인 샤를르 쥴리에 씨는 선생님의 그림에 다음과 같은 헌시를 썼다.

내면을 이루고 있는 것은 이제 눈길뿐

자신을 밝히려 온힘 기울이는 눈길

가장 깊이 파묻혀 있는 것 꿰뚫어 보고

내면의 내면으로 가 닿으려는 눈길

거기에는 평화와 빛

지극한 깨달음의 보석 영롱하여라.

남 프랑스의 산간지대인 아흐데쉬Ardeche에 선생님의 시골 화실이 있다. 해발 700m의 고지인데 인간의 생존 조건에 최적의 고도라지만, 그보다는 선생님은 빛에 더 가까이 가고 싶으셨던 게 아닐까 생각한다. 몇 년 전 여름, 딸아이 부부와 함께 그곳에서 며칠을 머무는 호강을 했다. 청정지역이고 풍광도 아름다워 관광자원이 많다 보니 주변에 민박촌이 있었다.

선생님 댁은 자랑스럽게도, 그 중세의 옛 마을에서 가장 번듯하고 우아한 건물이었다.

건축가인 아들이 어머님을 위해 온 마음을 다해 지어 드렸다.

우리가 도착했을 때 별채로 황토방이 거의 다 지어져 가고 있었고 내 사위와 딸이

들어서서 마무리 삽질을 했다. 선생님과 나는 손바닥으로 흙을 다지며 잔돌을 골라 내었다. 그 참여의 공로로 우리는 평생 출입증을 받았다.

 선생님은 온돌방도 황토집도 이웃에게 다 열어 놓고 언제라도 와서 흙의 좋은 기운을 받고 가라고 하셨다. 늘 입에 붙은 말씀이, "사랑을 많이 주고 가야지!"였다. 내것을 다 내어주며 웃으시는 선생님은 성인의 경지에 이르신 분 같았다.

 나를 위해 내어 주신 방은 천장이 유리로 되어 있어, 밤이면 주먹만한 별들이 가득히 들어찼다. 매일 밤 오래오래 별들을 보느라 잠들기가 아까웠다. 시처럼 동화처럼 아름다운 단편, <별>을 쓴 알퐁스 도데가 바로 이 지방 사람이라는 것을 여기 와서야 알게 되었다.

 '남들보다 더 별들과 가까이 지내므로, 평지에 사는 사람들보다는 별나라에서 일어나는 일을 더 잘 알 수 있다.'던 목동의 말이 실감 나는 곳이다.

 머무는 동안, 선생님의 강력 추천으로 몇 군데 관광을 다닌 중에 샤또 보귀에-보귀에 성-를 가보았다. 그냥 고적으로만이 아니라, 성 안을 문화공간으로 활용해서 그림전시가 열리고 있었다. 보통의 우리나라 전시장의 열 배는 될 듯한 공간인데, 2012년 여름 석 달 동안 방혜자 선생님의 그림전시가 있었다. 그 기간 내내 선생님은 직접 그 자리에서 아이들에게 미술교실까지 열어 주셨다.

 "내 강의를 들은 아이들 중 한 사람이라도 화가가 나오면 보람이지요." 하며 웃으셨다.

 나는 가끔 생각한다. 혼을 쏟아 부은 것 같은 예술작품을 끊임없이 내어놓으시며, 또 그 전시를 위해 온 유럽과 한국을 부지런히 오가시는 그 힘은 어디서 나올까.

내 나름으로 답이 나온다. 선생님은 이세상에 빛과 사랑을 주려고, 생명과 평화를 사랑하는 마음을 밝혀 주려는 사명을 띠고 오신 분이라 여겨지는 것이다.

영롱한 한 줄기 빛이 되고자 이 세상에 왔습니다.
빛은 저에게 생명이자 평화입니다.
빛을 그리며 생명의 실상을 찾아
우리 몸의 억만 세포가 모두 빛으로 환원되기를
간절히 바라며..., 그림 그리는 일은 새로 태어나는 길,
천지에 마음의 빛 뿌리며 갑니다.
─방혜자 선생님의 글 중에서

그 사명감이 초인적인 작업을 계속하게 하는 듯하다. 문득 나는 예전에 본 영화 ‘미션 mission’을 떠올렸다. 가브리엘 신부가 오보에 연주로 ‘넬라 판타지아 Nella Fantasia’를 들려주듯이, 선생님은 글과 그림으로 빛과 생명의 판타지를 보여 주신다는 생각이 든다.

마음의 소리를 들으며 안으로 깊이 들어가
내면의 공간을 열어 생명의 숨결을 그린다.
마음의 침묵 속에 평화를 찾아
마음의 뜰을 열어 투명한 공간을 그린다.

마음의 불꽃을 밝혀 몸과 마음을 다 태워

시공을 뚫고 무한 속에 안긴다.
—방혜자, <마음의 침묵> 중에서

언젠가 선생님께 여쭈어 본 적이 있다. "선생님의 종교는요?" 하니까, "다 좋지요, 구태여 가를 게 있나요?" 이 말씀에 얼마나 부끄러웠던지..., 선생님은 이미, 모든 종교를 넘어서는 경지에서 마음으로 몸으로 원융무애圓融无涯를 실천하며 살아오셨던 것이다.

선생님은 아침을 기공체조로 여시는데, 그러면 몸이 가벼워지고 활력이 솟는 것 같다고 하신다.

내가 보기에 선생님은 오늘이 있기까지, 이국땅에서 만만치 않은 애로를 겪어 내시며 최선의 노력을 다 하셨고 남들에게 좋은 일도 많이 해 오셨기에 이렇게 축복을 받고 계시나 싶다. 존경받는 작가, 화가이기도 하시지만, 무엇보다 파리의 한국 유학생들에게 어머니 같은 존재다. 여러모로 챙겨 주시고 다리가 되어 주신다. 프랑스에 정착하느라 어렵고 외로웠던 당신의 젊은 시절이 생각나서일 것이다. 누구라도 한국인 예술가의 전시가 열리는 곳에는 내 딸 부부에게도 꼭 와 보라고 연락을 주신다.

앞으로 오래오래 더 많은 작품활동을 빌어 드리며, 선생님 대하듯 그동안 주고받은 편지 하나 꺼내어 읽어 본다.

항상 기쁨 속에 사시는, 겸허하신 자세를 배우며.

감사와 사랑으로
기쁨이 가득히 담긴 편지를 여러 번 읽었습니다.

몇 해 전에 주신 불가마를 가슴에 품고 겨울을 따뜻하게 지냈습니다.

설날부터 갑자기 봄이 온 듯, 온천지가 수액을 머금은 듯, 봄풀이 쑥쑥 오르는 소리 들리는 듯 합니다.

햇님과 달님과 놀면서 시몽의 마음이 담긴 새 화실에서 작업하면서 잘 지내고 있습니다.

밤에는 산 뒤에서 솟아오르는 별들과 함께 잠들고, 새벽별과 함께 잠이 깹니다.

올 한 해도 지혜의 빛 가득하시어 주변에서 함께 살아가는 우리들에게 기쁨을 나누어 주시고, 주시는 기쁨 속에 행복하시기를 빕니다.

2011년 2월 8일 방혜자 모심

하늘을 나는 고래 이야기

– 유진이와 미구엘의 결혼식

훗날, 사람들은 이런 전설을 얘기할지도 모르겠네요. 바닷물결 주름 옷을 입은 한 마리 귀여운 고래가 갈매기를 만나더니 그의 날개를 타고 함께 바다 위로 신나게 날아오르더라고요.

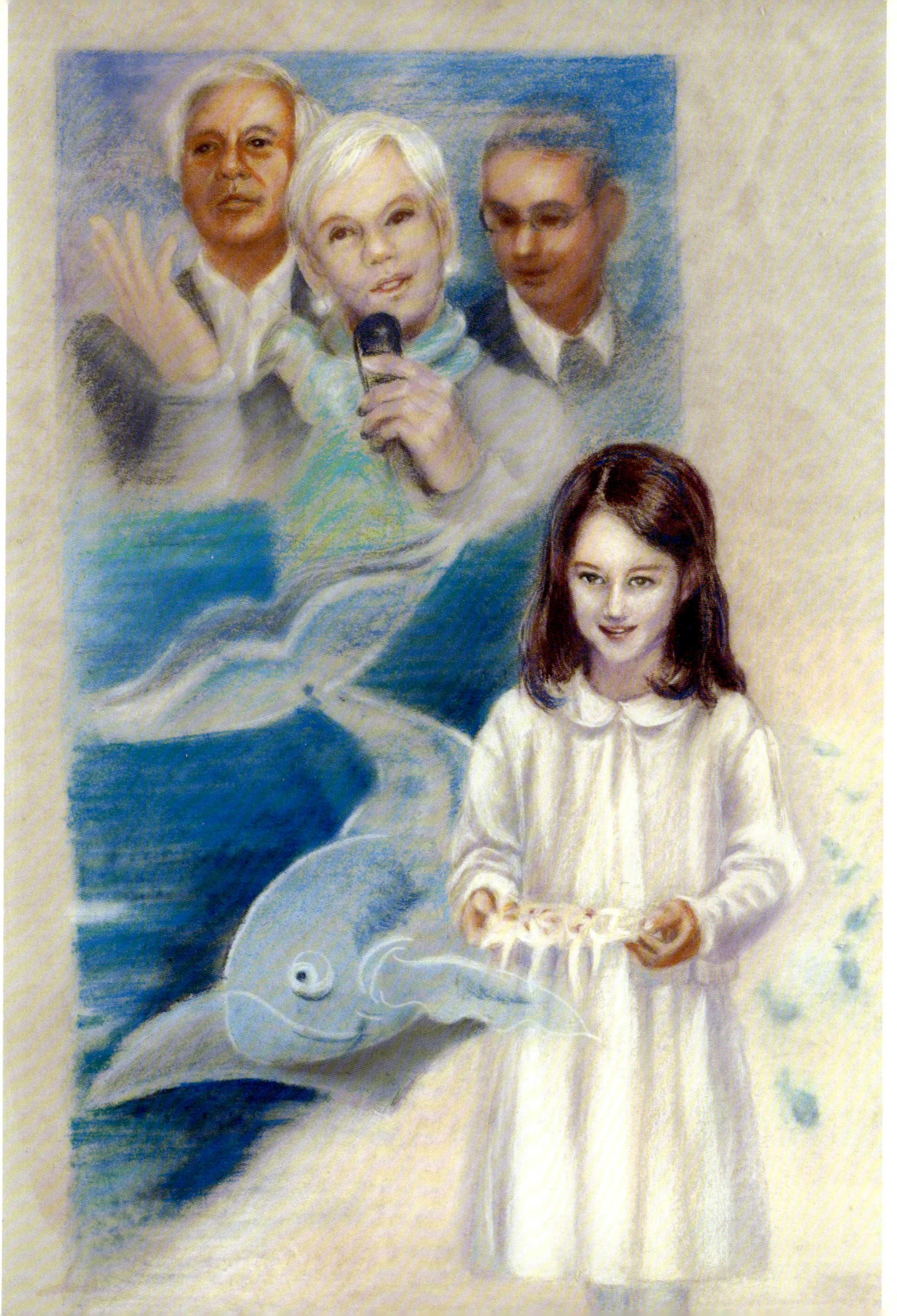

여기는 파리 시내에서 조금 떨어진 곳에 있는 적십자 아동병원의 작은 홀이에요. 전에 이곳의 아픈 어린이들에게 그림을 지도해 주었던 화가 아저씨가 오늘 결혼을 한답니다. 저는 이 결혼식에서 제 또래 친구들이 부러워하는 역할을 맡게 되었어요. 제가 바로, 결혼식에서 신랑, 신부가 서로에게 전해 줄 반지를 들고 들어가는 소녀로 뽑혔답니다. 제 이름은 엘레오노어, 나이는 일곱 살이에요. 궁금해져서 제가 먼저 이 반지를 자세히 들여다 보니 고래와 새의 모양이 새겨져 있네요. 신랑 아저씨가 직접 그린 거래요.

드물게 보는 일인데, 밖에는 눈이 엄청 많이 와서 세상이 온통 하얀 옷을 입었고, 홀 안에는 가운데로 길게 하얀색 카펫이 깔려 있네요. 그 위로 파랑색 물고기들이 헤엄치고 있는 것 같죠? 파랑색 헝겊으로 오려 놓은 물고기들을 제가 뿌리며 걸어온 거랍니다. 마치 바닷속을 걷듯이. 저는 그 길 위를 일부러 아주 천천히 걷고 있어요. 박수를 오래 받고 싶거든요. 두 손으로는 반지들이 놓인 쿠션을 아주 조심스럽게 받쳐들고 들어가요. 이때 노래를 부르고 있는 이는 신부의 친한 친구인, 박재연 언니인데, 음악 선생님이라 신부가 쓴 시詩에 곡을 붙여 노래로 부르고 있는 거랍니다. 노랫말이 얼마나 예쁜지 잠시 귀 기울여 보실래요?

... 바다를 사랑하던 한 마리 작은 고래가

아름답게 노래하는 갈매기를 만나

자기가 사랑스럽다는 것을 배우고

자기가 날 수도 있다는 것을 배우고

이제 날아오릅니다, 당신의 날개로.

축하하러 오신 분들은 가족하고 친구들 합쳐서 모두 60명 정도에요. 신랑 신부와 함께 다들 한가지씩 맡아서 결혼식 준비를 했답니다. 신랑 신부가 똑같이 바다를 좋아해서 오늘의 실내 장식은 바다 만들기래요. 바다 그림을 그려 벽을 장식하고 안내장에도 바다 그림을 넣어 만들고 테이블도 그렇게 꾸미고요. 밖에는 하얀색 눈 세상, 안에는 파랑색 바다 세상이네요! 물론 노래들을 많이 불러 주고 함께 춤도 추지요. 꼭 우리들 학예회 같아서 우리들이 더 신나고 들떠 있답니다.

아, 참 소개할 것이 또 있군요. 이 세상에서 제일 깜찍한 촛대가 테이블 위에 있답니다. 저하고 이름이 꼭 같은 신랑의 어머니 엘레오노어가 쟝 아저씨와 함께 멀리 신랑의 고향 바다에서 하얀색 커다란 조개껍질을 60개, 은빛 모래를 한 자루 싣고 와서 만든 촛대에요. 바다에서 온 촛대, 어떻게 만들어졌나 상상해 보세요. 촛불이 정말 기뻐서 춤을 추는 듯이 보이겠죠?

저의 뒤를 이어 드디어 신부가 하얀색 장미 꽃다발을 안고 걸어 들어오고 있어요. 패션 디자이너인 신부가 손수 만들어 입은 드레스라는데, 앞부분에 온통 바닷물결을 닮은 주름이 가득하네요.

우리가 동화책에서 읽은 신데렐라가 결혼식을 하면 이런 모습일 것 같아요.

신랑이 신부의 눈을 들여다보며, 자기가 써 온 긴 편지를 읽어 나갈 때, 신랑어머니 엘레오노어가 눈물을 닦는 걸 제가 살짝 보았는데, 잠시 뒤에는 언제 그랬느냐는 듯이 앞으로 나가 마이크를 잡더니 웃음 지으며 노래를 부르시는 거예요!

'어느 사랑 이야기, 작은 물고기와 작은 새' 라는 노래인데, 가사가 하도 귀여워서 동요인 줄 알았더니, 어른들이 그러시는데 예전에 줄리엣 그레꼬 라는 여가수가 불렀던 유명한 노래라고 해요. 홀 안의 사람들이 어느새 다들 함께 따라 불렀어요.

작은 물고기와 작은 새, 서로를 다정하게 사랑했다네

어쩌면 좋을까

작은 물고기는 물 속을 헤엄쳐야 하는데

작은 물고기와 작은 새, 서로를 다정하게 사랑했다네

어쩌면 좋을까

작은 새는 물 위를 날아야 하는데

물 위의 작은 새

하얀 구름이 떠다니는 파란 하늘을 날며

작은 새는 물 아래를 바라본다네

헤엄치는 사랑스런 물고기를 내려다보며

아, 날개를 지느러미로 나무들은 물가 바위로

하늘을 바다로 바꿀 수 있다면 !

바닷속 작은 물고기, 하늘에서 비가 쏟아지면 좋겠네

비야 내려서 하늘의 안부도 전해 주고

엘리자의 백조들이 오빠들로 바뀌었듯

작은 새의 날개를 비늘로 바꾸어 주렴

물 속 해초들은 밀짚으로 바꾸어 주렴

커다란 축하 케이크 맨 꼭대기에는 신랑 신부 모양을 한 과자가 장식되어 있어서
'저렇게 예쁜 걸 과연 누가 먹을까?' 궁금했는데, 어느새 신랑 어머니 엘레오노어가

신랑 신부에게 주려고 재빨리 가져가시더라고요. 아주 조금 섭섭했지요...그 대신 우리들은 결혼식이 끝나자마자, 경쟁하듯이 카펫 위의 물고기를 집어 갖느라 법석이었답니다. 순식간에 하나도 안 남기고 없어졌어요.

훗날, 사람들은 이런 전설을 얘기할지도 모르겠네요, 바닷물결 주름옷을 입은 한 마리 귀여운 고래가 갈매기를 만나더니 그의 날개를 타고 함께 바다 위로 신나게 날아 오르더라고요.

Une baleine volante dans le ciel : cérémonie de mariage d'Eugène et Miguel

Nous sommes dans une petite salle de l'Hôpital pour enfants de Margency de la Croix rouge Française non loin de Paris. Monsieur le peintre, celui qui autrefois donnait le cours de peinture aux enfants malades, va se marier aujourd'hui. Moi, à ce mariage, je vais jouer le rôle envié par mes copines. On m'a choisie comme demoiselle d'honneur, celle qui s'occupe des alliances pour les mariés. Je m'appelle Eléonore et ai sept ans. Curieuse, regardant de tout près les alliances, je trouve une baleine et un goéland. C'est le marié qui les a peints.

Il est vraiment rare de voir ainsi énormément de neige qui couvre le monde. Vous voyez ces poissons bleus qui semblent nager sur le tapis blanc étendu au centre dans la salle. C'est moi qui ai répandu ces poissons en tissu bleu en marchant tout doucement, comme si je marchais sur la mer. Je marche très très lentement tout exprès. Parce que j'aimerais bien être applaudie le plus longuement possible. Je tiens tout précieusement avec mes mains un coussin sur lequel les alliances sont posées. Une amie très proche de la mariée est en train de chanter. Professeur de musique, Jae-youn Park a composé la mélodie d'un poème écrit par la mariée. Aimeriez-vous écouter ces très jolies paroles ?

Une petite baleine nageant dans la mer
Rencontre un goéland chantant de sa belle voix
Elle comprend qu'elle est belle, qu'elle peut voler
Et s'envole alors avec lui.

Les invités sont à peu près une soixantaine pour ce mariage. Ce sont notamment les familles et les amis des mariés. Tout le monde a participé avec les mariés à préparer la cérémonie. Le thème de la cérémonie d'aujourd'hui est la mer qu'ils adorent tous les deux. Le motif de la mer est partout présent : sur le mur, sur les cartes d'invitation, sur les tables. Au-dehors, c'est le monde de la neige, toute blanche ; à l'intérieur, c'est le monde de la mer, toute bleue ! On chante et danse sans cesse. C'est comme la fête de l'année de l'école et nous sommes super contents et excités !

Il y a une chose que je veux vous présenter : un chandelier, le plus joli du monde qui est sur la table. La maman du marié qui s'appelle Eléonore comme moi et son ami Jean ont apporté une soixantaine de grands coquillages blancs et un sac de sable de couleur d'argent pour faire ce chandelier. Figurez-vous un chandelier venu de la mer. Les flammes des bougies semblent en danser de joie!

Derrière moi, enfin, la mariée avance avec un bouquet de roses blanches. Comme elle est styliste, c'est elle-même qui a fait sa robe. Le devant de la robe ondule comme une vague dans la mer. J'imagine que le mariage de Cendrillon aurait été comme celui-là.

Lorsque le marié a lu sa longue lettre en regardant les yeux de sa promise, j'ai remarqué qu'Eléonore, sa maman, s'essuyait les yeux. Mais maintenant, elle est devant un micro à chanter une chanson en souriant!

Cette chanson est intitulée *Un petit poisson, un petit oiseau*. Comme les paroles sont pleines de tendresse, je me disais que c'était une chanson pour enfants. Pourtant, selon les invitées, c'est une chanson bien connue autrefois, chantée par Juliette Greco. Tout le monde a chanté tous ensemble avec Eléonore.

Un petit poisson, un petit oiseau
S'aimaient d'amour tendre

Mais comment s'y prendre

Quand on est dans l'eau

Un petit poisson, un petit oiseau

S'aimaient d'amour tendre

Mais comment s'y prendre

Quand on est là-haut

Quand on est là-haut

Perdu aux creux des nuages

On regarde en bas pour voir

Son amour qui nage

Et l'on voudrait bien changer

Ses ailes en nageoires

Les arbres en plongeoir

Le ciel en baignoire

Quand on est dans l'eau

On veut que vienne l'orage

Qui apporterait du ciel

Bien plus qu'un message

Qui pourrait d'un coup

Changer au cours du voyage

Des plumes en écailles

Des ailes en chandail

Des algues en pailles

Au sommet du grand gâteau, il y avait une sorte de biscuit représentant les mariés. J'étais curieuse de savoir qui allait prendre cette si jolie partie. Mais bon, Eléonore les a pris très rapidement pour les ramener aux mariés. J'étais un tout petit peu déçue. Mais dès que la cérémonie fut finie, nous nous sommes dépêchés de ramasser les poissons sur le tapis. Tous ces poissons ont très très vite disparu.

Un jour, on racontera une histoire : celle d'une baleine toute mignonne habillée d'une robe pleine de vagues marines qui a rencontré un goéland pour s'envoler, sur ses ailes, au dessus de la mer !

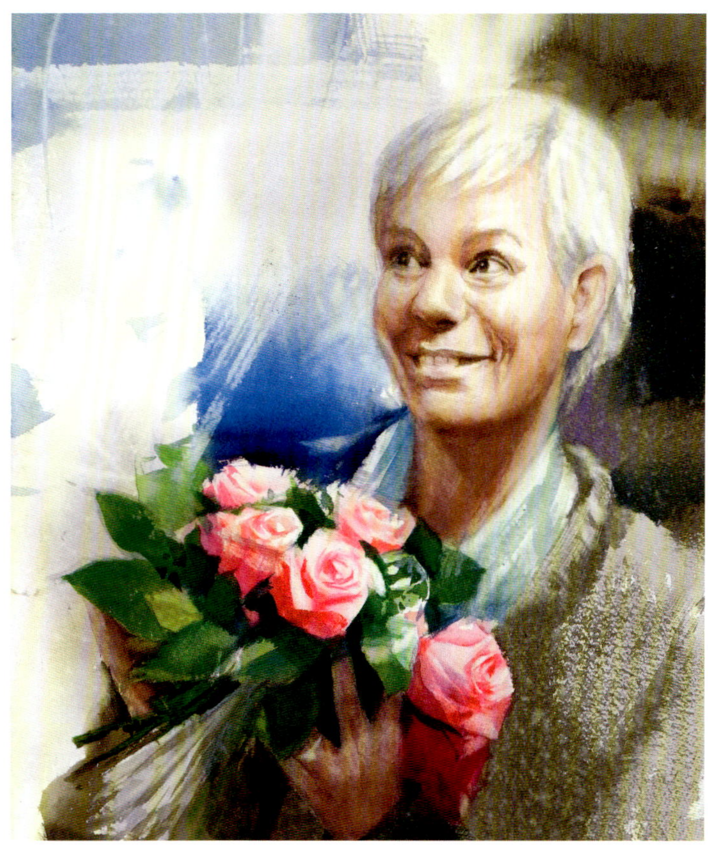

며느리에게 꽃다발을 받아 든 시어머니

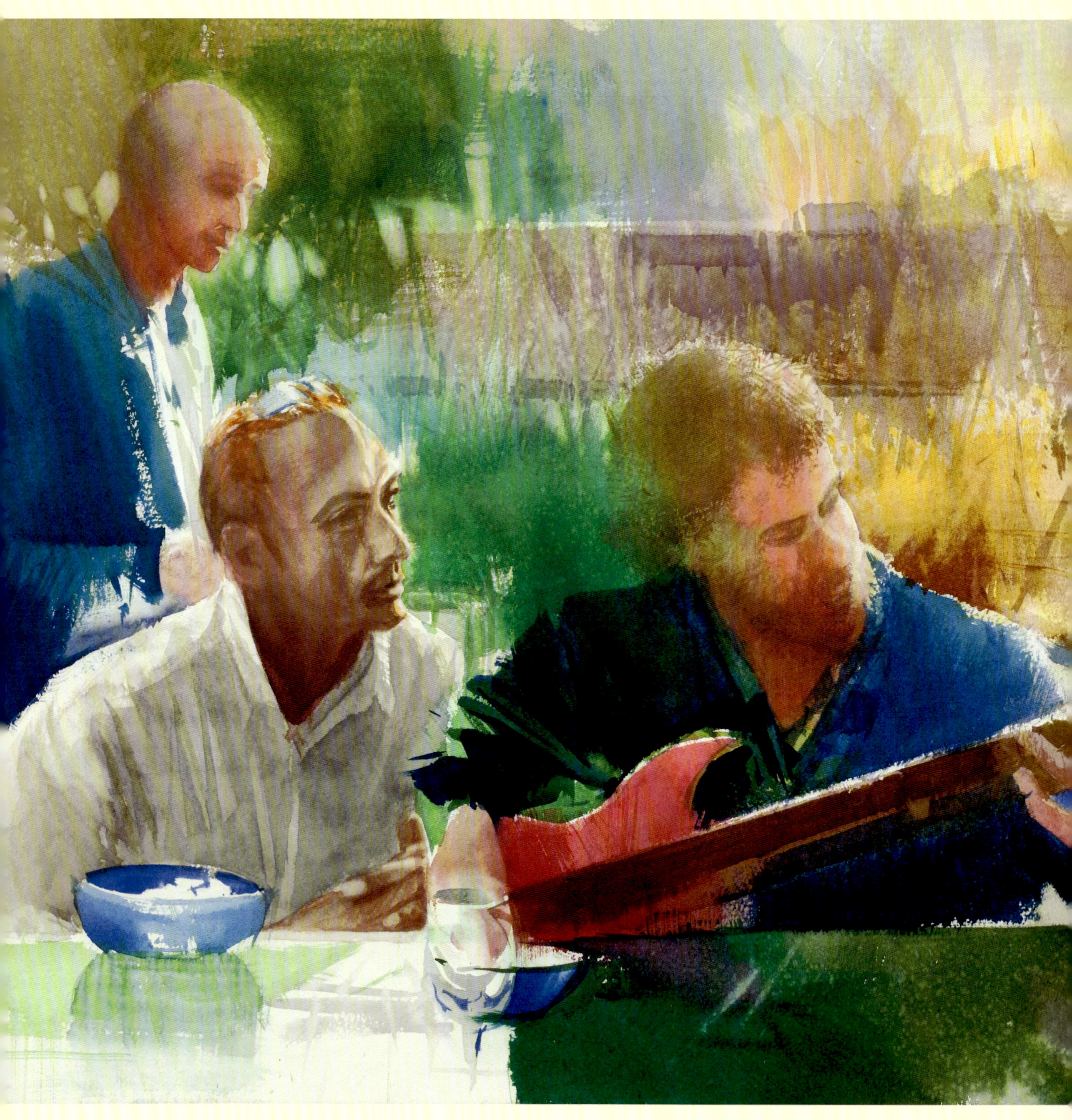

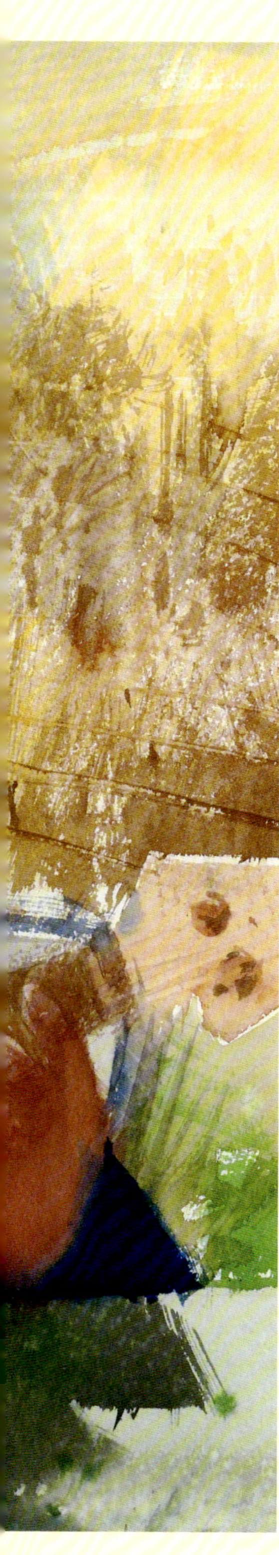

어디쯤일까? 나의 좌표는

– 길 위에서

무한과 일순一瞬이 겹쳐왔다. 나는 엄중한 나의 실존
감으로 벅차 오르며 생각했다. 여기 이 공간과 시간
이라는 날줄과 씨줄 속에서 나의 좌표는 내 전全 인
생길 어디쯤일까. 나의 '지금 여기'를 운명의 직녀織
女 클로토는 어떤 무늬로 짜고 있을까.

석양 무렵 | 65.2 x 53 | 종이에 수채

사위의 사촌 누이 카트린네집 뜰. 쥴리앙의 전자기타 연주에 취한
미구엘과 필립

7월 하순의 무더위가 한창일 때 나는 한국에서 파리행 비행기에 올랐다. 8월 한 달 동안 딸아이 부부와 프랑스 몇 군데를 여행하기로 한 것이다. 파리의 날씨는 초여름처럼 쾌적했다. 딸네 집은 파리 근교인데, 그 동네에는 집집마다 넓은 뜰에 꽃나무들을 가꾸면서 이웃 간에 가깝게 지내고 있어 도시 같지 않은 푸근함이 있었다. 장 보러 다니는 길은 한적하면서도 아기자기한 볼거리가 많아 자주 걷고 싶어질 정도였다. 사위가 정성스레 가꾸는 뜰에는 장미 송이가 유난스럽게 크고 향기로워서 벌들이 윙윙거렸다. 프랑스에 오면 부러운 것들 중 하나가 벌들이 많은 것이다.

이번 여름, 우리에게 제일 중요한 행사는 화가인 사위의 그림 전시회였다. 프랑스 서북부인 브르타뉴 지방이 사위의 고향이어서 그곳의 아름다운 휴양지 쌩말로 St.Malo에서 전시하기로 했다. 사위에게 그곳을 지도로 그려달라고 하니, 간단하게 사람의 옆얼굴을 그리더니 파리가 눈이고 브르타뉴가 코, 그 밑으로 보르도를 흐르는 강이 입이라고 했다.

전시회는 축제 같은 분위기여서 사람들로 북적였다. 딸네 옆집 노부부가 자동차로 5시간을 달려와 축하를 해 주셨고, 딸이 의상 한 점을, 그리고 내가 그림 한 점을 찬조 출품했다. 음악 연주와 노래와 댄스가 이어지고 사위는 즉석에서 드로잉 쇼를 보여주기도 했다.

어느 날 우리는 쌩말로의 해변으로 나갔다. 모두 맨발이 되어 물 속의 모래를 밟으며 걸었다. 어린 시절 맨발로 땅 위를 걸어본 뒤 처음이었다. 짜릿한 쾌감이 온몸을 관통했다. 그 느낌을 확실하게 몸에 새겨 두고 싶어서 오래 그렇게 걸었다. 해변을 따라 길게 성곽이 이어지는데 성곽 위에는 길이 나 있어서 많은 관광객들이 그 길을 가득히 메우며 걷고 있었다. 우리 일행도 물에서 나와 그 틈에 끼여 걸었다. 가끔 길이 굽어질 때마다 그 달라지는 각도에 따라 바닷물의 색깔이 달라졌다. 햇빛을 받아 은빛으로 반짝이다가 바로 옥색이더니, 몇 걸음 더 가니 비취색이 되고 다시 각도가 꺾이니 짙은 에메랄드색이 되었다. 바다와 한 몸인듯한 하늘도 같은 톤으로 바뀌어 가는 듯 보였다. 마치 카멜레온을 보는 듯, 바뀌는 색에 넋을 잃고 아예 멈추어 섰다. 그때 한 생각이 스쳤다. 저게 인생이야! 우리가 걷는 인생길에서도 시각을 바꾸면 삶의 색깔이 달라 보인다. 딸아이가 프랑스 남자와 결혼을 하겠다고 했을 때, 나도 처음에는 놀라서 멈칫했다. 다른 게 너무 많은데, 어쩌려고! 그러나 긍정의 눈으로 바라보니 사랑에 빠진 그들을 축복할 일이지, 걱정할 일이 아니었다. 그들의 인연 덕분에 내 삶까지도 더욱 풍성해졌지 않은가.

숙소는 인근 도시 디낭Dinan으로 잡았다. 디낭은 중세의 고도古都여서 오래된 건물과 어우러진 자연이 아름다운 관광지였다. 이곳에 사돈댁이 있었다. 나는 프랑스로 오기 직전까지 어거지로 초급불어책 한 권을 공부했다. 비행기 안에서도, 케이스 별로 메모해 온 불어 회화 문장들을 달달 외었다. 여기 사람들과 사귀고 친해지려면 불어가 필수란 생각에서. 처음에는 넉살좋게 초급 불어의 단문으로 곧잘 응수를 했다. 그러면 상대는 반가워서 길게 애기를 덧붙였지만 나는 더 이상 대화를 이어가지 못했다. 딸아이가 늘 옆에서 동시통역을 해주었으나 그것도 한계가 있었다. 미리 충분히 공부를 해 오지 못한 것이 어찌나 아쉽던지.

어느 날엔 내가 스스로 자충수를 두었다. 내 숙소의 방 이름이 에바지옹－일탈逸脫－이라 붙어 있더라고 하니까, 듣고 있던 좌중이 일제히 웃으며 말했다.

"딸, 사위 데리고 여행 나섰으니, 꼭 맞네요. 축하드려요!"

거기까지였더라면 좋았을 텐데. 단어 하나로부터 그들은 수백 마디의 문장을 끌어내었다. 그들의 이야기 능력에 나는 놀랐으나 알아들을 수가 없었다. 짐작건대,

일탈의 필요와 묘미와 그와 관련된 온갖 사례들을 이야기 나누는 토론의 장場이 되고 있는 듯 싶었다. 나는 그들이 이야기하는 동안 그 자리에서 섬이었다. 수준 높은 대화에는 한 마디도 끼어들지 못하는 나의 불어 실력은 일찌감치 바닥을 보인 셈이었다. 왜 옛날 사람들은 하늘 무서운 줄 모르고 바벨탑을 쌓아 이런 언어 불통의 징벌을 자초했던가. 나는 또 왜 실마리를 던져 스스로 고립을 불러들였나! 이번에 한국 돌아가면 바로 불어 공부 열심히 해서 다시 오리라 각오를 단단히 했다.

 다행히도 안사돈이 내 상황을 알아차리고 화제를 돌려 음악을 듣자며 나에게 음반을 고르게 했다. 나는 안드레아 보첼리의 것을 골랐다. 그 순간의 나로서는, 앞이 안 보이는 그 가수의 심정이 얼마나 답답한지를 조금이나마 알 것 같았다. 그 후에도 부인은 내가 무료하지 않도록, 긴 애기 안 해도 소통이 될 자료들을 계속해서 내어 놓았다. 그것은 배려이고 친절이고 사랑이었다. 자기 가족의 오래된 사진첩들하며 많은 명화집들을 수북히 내어 놓고 틈틈이 보라고 했다. 또 자주 내 곁에서 함께 그것들을 들추어 보며, 눈짓으로 미소로 혹은 고개를 끄덕이며 마음을 나누었다. 그렇구나, 말이 다가 아니었구나! 디낭의 고풍스러운 거리를 부인과 나는 별 말이 없이도 함께 오래도록 걸었다. 오래된 잿빛 석조 건물들은 풍상에 낡고 바래인 채였다. 나는 위엄이 서렸으면서도 아늑한 건물의 잿빛을 오래도록 응시했다. 그것은 오랜 세월 견뎌 온 침묵의 빛이었다. 우리 두 어머니의 마음속 풍경도 마치 그곳 디낭의 풍경처럼 말이 없는 가운데에도 아늑했고 서로를 존경하고 있다는 느낌이 통하고 있었다.

 그러던 어느 날 사위의 사촌 누이가 시골의 빈집을 봐 달라는 청을 했다. 나와 딸 부부는 기꺼이 응하기로 했다. 그곳은 디낭에서 가까운 시골, 랑그홀레Langrolay

였는데 랭스Rance강이 흘러들어 숲이 울창하고 태고의 정적이 고스란히 이어져 온 듯이 고즈넉했다. 여기에 건축가이신 누이의 아버지께서 주변의 자연과 어울리게 원목原木으로 아담한 집을 지어 주셨다. 집안의 곳곳에서 딸을 위한 아버지의 배려와 사랑을 읽을 수 있었다. 별로 가꾸지 않은 자연 그대로인 뒷마당과 그 앞의 야외 데크도 정겨웠다. 집주인인 누이는 교사인데 이번 여름방학에 장애인들을 인솔해서 여행을 다녀온다고 했다. 그래서 비어 있게 될 집을 우리가 지켜주기로 한 것이다. 누이는 고맙다면서 근사한 점심을 만들어 주었는데 그때 자기 특기라며 구워 낸 초콜릿 케이크의 맛은 일품이었다.

 조용하고 아름다운 마을길을 산책하노라면 아담한 돌집들에 딸린 너른 마당 안으로 꽃나무들이 가득했다. 골목 길가에도 군데군데 무더기로 피어 있는 수국이 얼마나 많던지. 그 은은하면서도 화려한 파스텔조의 색깔이 고요한 동네를 동화의 나라로 만들어 주었고 우리는 왔던 길을 되짚어 걸으며 동화 속의 여행을 즐겼다.

 그곳에서 바다가 멀지 않았다. 가끔 바다로 향한 숲길로 들어서면, 울창한 숲 속은 한낮에도 어둡고 서늘하고 공기는 달았다. 숲길을 걷다가 손만 뻗으면 검붉게 익은 야생딸기가 지천이었다. 한여름에 이렇게 시원하고 먹을 것까지 널려 있는 길을 걷고 있으려니, 또 여기가 내 인생길의 꽃봉오리인가 싶어 혼자 웃었다.

 바다에 이르면, 물가에서 자라 별명이 마린보이인 사위는 수영을 즐기고 딸은 사진을 찍었고, 나는 물가를 따라 걸었다. 어느 날엔가, 나는 인적 드문 곳에 문득 멈추어 섰다. 눈 앞에 가득 망망대해가 펼쳐져 있었다. 바다와 맞붙어 있는 하늘도 아득히 멀었다. 아, 저게 바로 영겁이구나. 그곳은 공간이면서 시간을 보여 주고 있었다. 나는 아주 작은 하나의 점이 되어 스스르 억겁의 시간과 합쳐지는 느낌이었다. 얼마나 시간이 흘렀을까, 철썩! 하고 들려오는 물결 소리가 한 순간임을 깨우쳐 주었다. 무한과 일순一瞬이 겹쳐 왔다. 나는 엄중한 나의 실존감으로 벅차오르며 생각했다. 여기 이 공간과 시간이라는 날줄과 씨줄 속에서 나의 좌표는 내 전全 인생길 어디쯤일까. 나의 '지금 여기'를 운명의 직녀織女 클로토는 어떤 무늬로 짜고 있을까.

 때가 여름 휴가철이어서 여행객들이 이 시골집을 지나가는 간이역 삼아 연달아 들어섰다. 우리를 만날 겸 모여드는 지인들이었다. 잠시의 호젓한 휴식을 접고 나와 딸 부부는 모드전환을 해 여관 주인이 되어야 했다. 부지런히 장을 봐다 식사 준비를 했다. 파리에서 온 음악 교사부부와, 멀리 오를레앙에서 어머니 모시고 온 모녀, 또 인근 승마클럽에서 승마지도를 하던 또 다른 사촌 누이 일행 등, 한 팀이 2~3일 묵어가면, 다음 사람들이 이어졌다. 어느 때엔 대가족이 되기도 했다. 어느 날 석양 무렵에는 사위의 동생 쥘리앙Julien이 전자기타를 들고 친구와 방문을 했다. 우리 모두는 넘어가는 황금빛 노을에 물든 채 그의 멋진 연주에 황홀하게 취했다.

 방문객들과 며칠씩 숙식을 함께하며, 그들 인생의 단면들을 보고 듣고 하는 동안 나는 많은 생각을 하게 되었다. 피부색이나 언어 등 겉으로 보이는 다른 점들은 사소한 것에 지나지 않았다. 우리는 함께 같은 시대를 살아가고 있는 지구촌 위의 한 가족이라는 점이 훨씬 강하게 다가왔다. 또한 너, 나 없이 모두가 인생길 위의 순례자들이라는 것을 가슴 뭉클하게 느꼈다. 순례의 길을 가고 있는 사람들에게는 언어 너머의 언어가 있다. 그것은 동지 의식 같은 사랑이다. 사랑은 또한 만국 공통의 언어였다. 내가 불어가 딸려 전전긍긍했던 것은 쓸데없는 일이었다. 배려와 친절, 사랑이면 다 되었다.

그 당시 매일 기록해 두었던 나의 일기 중의 하루를 다시 펼쳐 본다.

  2011년 8월 13일, 토요일

 매일 매일이 새롭다. 그래서 나도 활력이 솟는다. 새로운 사람들과의 만남을 즐거워하는 내가 신통하다. '시각을 바꾸어라!'고 쌩말로의 바닷물이 나에게 마법을 걸었나? 아침 식사 준비를 함께하며 유진이가 내게 물었다.

 "엄마가 생기있어 보여 다행이에요, 정말 안 피곤하세요?"

 "좀 피곤하긴 해, 긴장도 되고. 그렇지만 생각하기 나름 아니니! 한가하고 무료한것보다 다양한 사람들 만나 얘기하는 재미가 훨씬 좋구나."

 니꼴Nicole 모녀가 가고 나니, 다비드David와 재연Jae-youn 부부가 왔고 어제 새벽에는 이 집주인 카트린Catherine의 언니 마리아닉Maire-Annick-말에 반해서 사는 여인이란다-이 이 동네 승마클럽의 행사에 참가하느라 친구와 함께 와서 이층방에서 지내게 되었다. 그 친구는 한국에 가 본 경험이 있고 아시아 쪽에 여행한 경험이 많다고 하며 한국의 매운 라면이 좋아서 비상식량으로 갖고 다닌다고 했다.

 나는 이들과 함께 지내며 마치 카미노 데 산티아고를 걷고 있는 것 같다고 생각되었다. 처음 만났어도 같은 길을 걸으며 숙식을 함께하며 금방 친해지는 이 느낌이 순례의 길에서 만난 길동무 같은 것이다. 오늘도 나는 그들과 아낌없이 마음을 나누었다. 우리는 서로에게 위안이었다.

 내일은 또 어떤 길손이 오려나... 나는 여관 주인이 다 되었다. 사랑할 준비를 하고.

Où suis-je dans mon existence? Sur le chemin de la découverte...

Je pris l'avion à destination de Paris au moment où la chaleur de fin du mois de juillet s'intensifiait en Corée. J'allai faire un voyage en France avec ma fille et mon gendre durant le mois d'août. Le temps était très agréable à Paris comme un début d'été. Leur maison se trouve en banlieue parisienne. Dans leur quartier, chaque maison possède un grand jardin fait de fleurs et les habitants sont en bons termes les uns avec les autres. Tout cela donnait une convivialité champêtre. Le chemin qu'on prenait pour aller faire des courses était calme et une foule de détails captant mes regards me donnait l'envie de venir souvent m'y promener. Dans le jardin qu'entretenait mon gendre, bourdonnaient, au milieu de grandes roses parfumées, les abeilles que j'aurais voulu avoir chez moi.

L'évènement le plus important de cet été était l'exposition de mon gendre, peintre de profession. Étant originaire de Bretagne, région située au nord-ouest de la France, il avait décidé de l'organiser sur le beau site touristique de Saint-Malo. Quand je lui avais demandé de me situer la Bretagne sur un dessin, il avait esquissé un profil humain où Paris figurait l'œil, la Bretagne, le nez, et l'estuaire de la Gironde, la bouche.

Il y eut beaucoup de monde lors de l'exposition qui se déroula dans une ambiance festive. Les voisins de ma fille et de mon gendre, un vieux couple, étaient venus après cinq heures de conduite exprès pour les féliciter. Un vêtement conçu par ma fille et un de mes tableaux côtoyaient les œuvres de mon gendre. Nous dansions au son de la musique et des chansons. Mon gendre réalisa *in situ* une performance picturale.

Un jour, nous passâmes une journée à la plage. Nous marchions tous dans l'eau, pieds nus. Cela me rappela un souvenir de mon enfance que j'avais oublié depuis longtemps : petite, j'avais marché sans chaussures sur le sol. Mon corps était traversé par d'intenses sensations. Je marchais ainsi, longuement, pour m'en imprégner à jamais. La plage longeait une citadelle sur laquelle de nombreux touristes marchaient le long d'un chemin. En sortant de l'eau, nous marchions parmi eux. Chaque fois que le chemin tournait, la couleur de la mer changeait. La mer étincellait de couleurs, argentée au clair de soleil, soudain cyan, puis quelques pas après, jade. Après un virage, la mer prit une couleur émeraude foncé. Même la couleur du ciel qui s'unirait à la mer suivrait le changement de la couleur de la mer. Devant la variété de la couleur changeant comme un caméléon, je me suis éblouie, complètement figée. Une idée m'est venue : C'est la vie! Sous un autre regard, un autre angle, la couleur de la vie devient différente. J'avais hésité, surprise, lorsque ma fille m'avait annoncé sa décision de se marier avec un Français. Comment faire face à tant de différences! Pourtant, sous un regard bienveillant, il fallait bénir le couple amoureux sans que j'en éprouve de l'inquiétude. Leur amour m'a permis d'élargir l'horizon de ma vie. C'est une richesse !

On avait réservé un hôtel à Dinan. C'est une vieille ville de l'époque médiévale. La beauté de la nature était en harmonie avec la vieille architecture. La belle-famille de ma fille habite cette ville. Avant de partir en France, je m'étais obligée à apprendre le français à l'aide d'un petit manuel pour débutants. Même dans l'avion, je m'étais répété des dialogues que j'avais notés car convenant à chaque situation, en me disant que le français serait nécessaire pour me rapprocher des Français. Au début d'une conversation, j'étais capable de répondre en usant des phrases courtes et simples. L'interlocuteur, content de mon français, engageait plus loin la discussion, mais je ne pouvais plus comprendre. Ma fille traduisait toujours simultanément à mes côtés, mais les conversations étaient souvent limitées et j'ai regretté de ne pas m'être suffisamment préparée.

De plus, avec mes seuls mots, je fus bien en peine. En citant le nom de ma chambre *Évasion*, je reçus une vive réaction des autres : « C'est vraiment pour vous ! Vous êtes partie loin de votre pays, accompagnée de votre fille et de votre gendre. Félicitations ! » Ce n'était que le début. A partir du mot *Évasion*, les paroles s'enchaînèrent. Ils sortaient des milliers de phrases. J'étais surprise par leur capacité à alimenter sans cesse une conversation que je ne pouvais comprendre. Il me semblait qu'ils débattaient ou échangeaient leurs opinions sur la nécessité de l'évasion, sur son charme et ses possibilités diverses. Pendant leurs échanges, je me sentis telle une île isolée. Je ne pus pas participer à cette conversation compliquée avec mon français dont je constatai vite les limites. Voilà pourquoi nos ancêtres avaient construit la tour de Babel sans craindre le châtiment du Ciel qui fut de brouiller la communication entre les hommes! Pourquoi créai-je mon propre isolement? Je décidai fermement que, dès mon retour en Corée, je travaillerais dur mon français pour revenir en France.

Heureusement, la belle-mère de ma fille, s'apercevant de mon embarras, proposa un autre sujet : la musique. Elle me fit choisir un CD. Je choisis celui d'Andrea Bocelli. A ce moment-là, je compris un petit peu à quel point ce chanteur aveugle se sentait prisonnier. Elle continua à me montrer des documents qui ne nécessitaient pas de longs discours afin que je ne m'ennuie pas. Pour moi, ces gestes montraient sa prévenance, sa gentillesse et son amour. Elle sortit de vieux albums photos de sa famille et des ouvrages sur l'histoire de l'art de la peinture pour que je les consulte à ma guise. Elle était souvent à mes côtés pour les feuilleter avec moi, et nous partagions nos impressions tantôt avec un sourire ou un échange de regards, tantôt avec un hochement de tête d'appréciation. Il est vrai que la parole n'était pas tout. Je marchais longuement avec elle en échangeant peu de mots dans les vieux quartiers de Dinan. Les vieux bâtiments gris étaient abîmés et décolorés par le temps. Mon regard restait longument sur la couleur grise de ces bâtiments à la fois remplis de dignité et accueillants. C'était la couleur du silence qui a subsisté pendant des siècles. Le paysage intérieur de nos cœurs de mères était également chaud, malgré le silence, comme ce vieux quartier et nous ressentions un grand respect mutuel.

Un jour, une cousine de mon gendre nous demanda de garder sa maison de campagne pendant son absence. Ma fille, mon gendre et moi acceptâmes volontiers. La maison était à Langrolay, à la campagne près de Dinan : un endroit entouré d'une forêt épaisse, due à la présence de la Rance, et qui gardait depuis toujours le silence de son origine. C'était son père, architecte, qui avait construit cette agréable maison en bois en harmonie avec la nature. Je ressentais partout l'attention et l'amour d'un père. Le jardin peu soigné derrière la maison gardait la nature, et la terrasse libérait une atmosphère très conviviale. La propriétaire de cette maison, une enseignante, allait partir en voyage pendant ces vacances d'été pour accompagner un groupe de personnes à mobilité réduite. C'est pour cette raison que nous avons accepté sa demande. Pour nous remercier, elle nous a offert un magnifique déjeuner et son fameux gâteau au chocolat, dont le goût était excellent.

En me promenant sur les beaux sentiers calmes, j'étais entourée de toutes les sortes de fleurs de grands jardins appartenant à de jolies maisons en pierre. Il y avait tellement d'hortensias en bordure du chemin ! Leurs somptueuses et douces couleurs pastel transformaient ce village tranquille en un pays de conte de fée. En y faisant des allers-retours, nous nous réjouissions du voyage dans ce pays féerique.

La mer n'était pas loin. Quant on prenait le sentier vers la mer, la forêt était un peu sombre et fraîche même à midi, et l'air y était exquis. En y marchant, je pouvais découvrir des mûres de chaque côté. Je souriais toute seule en marchant au milieu de ce frais chemin bordé de délicieuses nourritures magré la pleine saison estivale : c'était ici, maintenant, que je vivais l'âge d'or de ma vie.

En arrivant à la plage, mon gendre – qui, en grandissant à la plage, s'appelait *Marine Boy* – nageait, ma fille prenait des photos. Moi, je marchais en suivant la plage. Un jour, je me suis arrêtée dans un endroit où les traces humaines se faisaient rares. La mer immense s'étendait devant mes yeux. Le ciel qui se confondait avec la mer était également si loin. C'était l'infini ! Cela montrait à la fois l'espace et le temps. J'avais l'impression que j'étais un tout petit point qui s'unissait avec cet infini. Combien de temps s'est écoulé depuis ? Le bruit des vagues m'a réveillée en faisant comprendre que c'était un instant. L'infini et un instant se sont superposés. Émue par le sentiment d'existence, je me suis demandée : mon existence dans cet espace comme la trame et dans ce temps comme la chaîne, quelle place occupe-t-elle dans ma vie entière ? Avec quel motif, Clotho, une des Trois Destinées, était en train de tisser mon « ici, maintenant » ?

Comme nous étions en pleine saison des vacances, des visiteurs passaient sans cesse dans cette maison comme si c'était un hall de gare. C'étaient nos proches qui venaient nous voir. En arrêtant pour le moment notre tranquillité, nous, devenus des hôtes accueillants, faisions sans arrêt des courses pour préparer les repas.

Parmi nos visiteurs, il y eut un couple d'enseignants de musique de Paris, une jeune fille accompagnée de sa mère qu'elle était allée chercher à Orléans, et une autre cousine de mon gendre qui donnait des cours d'équitation dans un club près de la maison. Un groupe restait pour deux ou trois jours, puis un autre arrivait. Parfois nous étions une grande famille. Un soir, au coucher du soleil, Julien, le petit frère de mon gendre, avec sa guitare électrique et un de ses amis nous rendirent visite. Nous fûmes tous émerveillés par son excellente prestation sur fond de lumière dorée du soleil couchant. Durant les quelques jours passés en leur compagnie, j'ai réfléchi sur bien des choses en découvrant ces différentes tranches de vie. Les différences extérieures telles que la couleur de peau et la langue sont de petites cho-ses. Nous sommes une même famille dans le village planétaire vivant le même temps. C'est plus important. De plus, le fait que nous soyons tous des pèlerins sur le chemin de la vie me toucha profondément. Les pèlerins ont une langue commune au-delà de leur propre langue. C'est l'amour comme la solidarité. L'amour est une langue universelle. La tension causée par mon pauvre français devenait inutile. De l'attention, de la gentillesse, et de l'amour suffisaient.

Je relis mon journal intime que j'ai écrit lors de ces vacances.

Samedi 13 août 2011

Chaque jour, on découvre de nouvelles choses qui me donnent une force nouvelle. Me réjouir des rencontres avec des inconnus, cela m'encourage moi-même. Je me demande si la mer de St. Malo m'a enchantée en disant « changez de point de vue ! »

Ma fille m'a posé une question :

– Maman, je me rassure que tu aies l'air content. Tu n'es vraiment pas fatiguée ?

– Je suis un tout petit peu fatiguée et parfois même tendue, mais ça va, on peut penser autrement. C'est plus intéressant de rencontrer diverses personnes et de discuter avec, plutôt que passer son temps en loisir en se tournant les pouces.

Après le départ de Nicole et de sa fille, Jaeyoun et son mari sont arrivés. Depuis hier matin, très tôt, Marie Annick, la grande sœur de Catherine, propriétaire de cette maison, accompagnée d'une amie, loge dans une chambre du premier étage. Une amoureuse de chevaux, elle est venue participer à une fête du cheval dans ce village. Elle avait déjà voyagé en Corée et dans beaucoup d'autres pays en Asie. Elle aimait tellement les Ra-myeon, les nouilles pimentées coréennes, qu'elle en emportait partout comme une nourriture d'urgence.

En passant du temps avec ces voyageurs, j'avais l'impression que je participais à la marche sur les Chemins de Saint-Jacques-de-Compostelle. Même si on ne se connaît pas, en marchant sur le même chemin, en partageant la nourriture et l'hébergement, on se rapproche les uns des autres. Cela ressemble à un sentiment partagé avec des pèlerins. Aujourd'hui aussi, j'ai partagé sans retenu mon cœur avec mes compagnons. Nous étions un réconfort les uns pour les autres.

Quel visiteur viendra demain? Je suis devenue une parfaite hôtesse, prête à aimer.

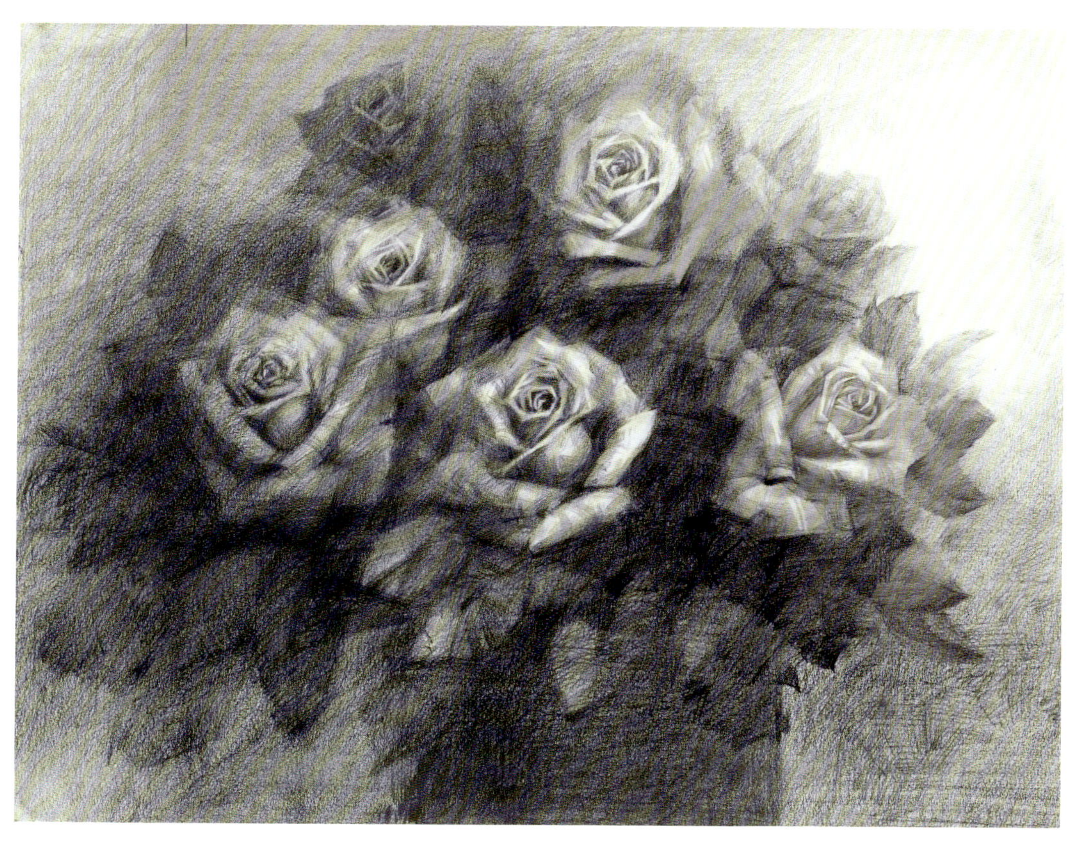

장미 1 | 45.5 x 53 | 종이에 연필

나를 알게 한 만남

– 니꼴 이야기

니꼴을 만난 일은 뜻밖에도 나를 '알게 된' 일이었다. 대충대충, 얼렁뚱땅 꾸려 온 나의 앎이라는 게 얼마나 별 볼 일 없는지를, 그녀를 통해 나를 보았고 부끄러웠다. 나에게 이런 깨달음의 기회를 준 니꼴이 고마워서 나도 선물을 준비했다.

두 여인 | 45.5 x 53 | 종이에 파스텔

니꼴, 줄리엣 비노쉬, 블루

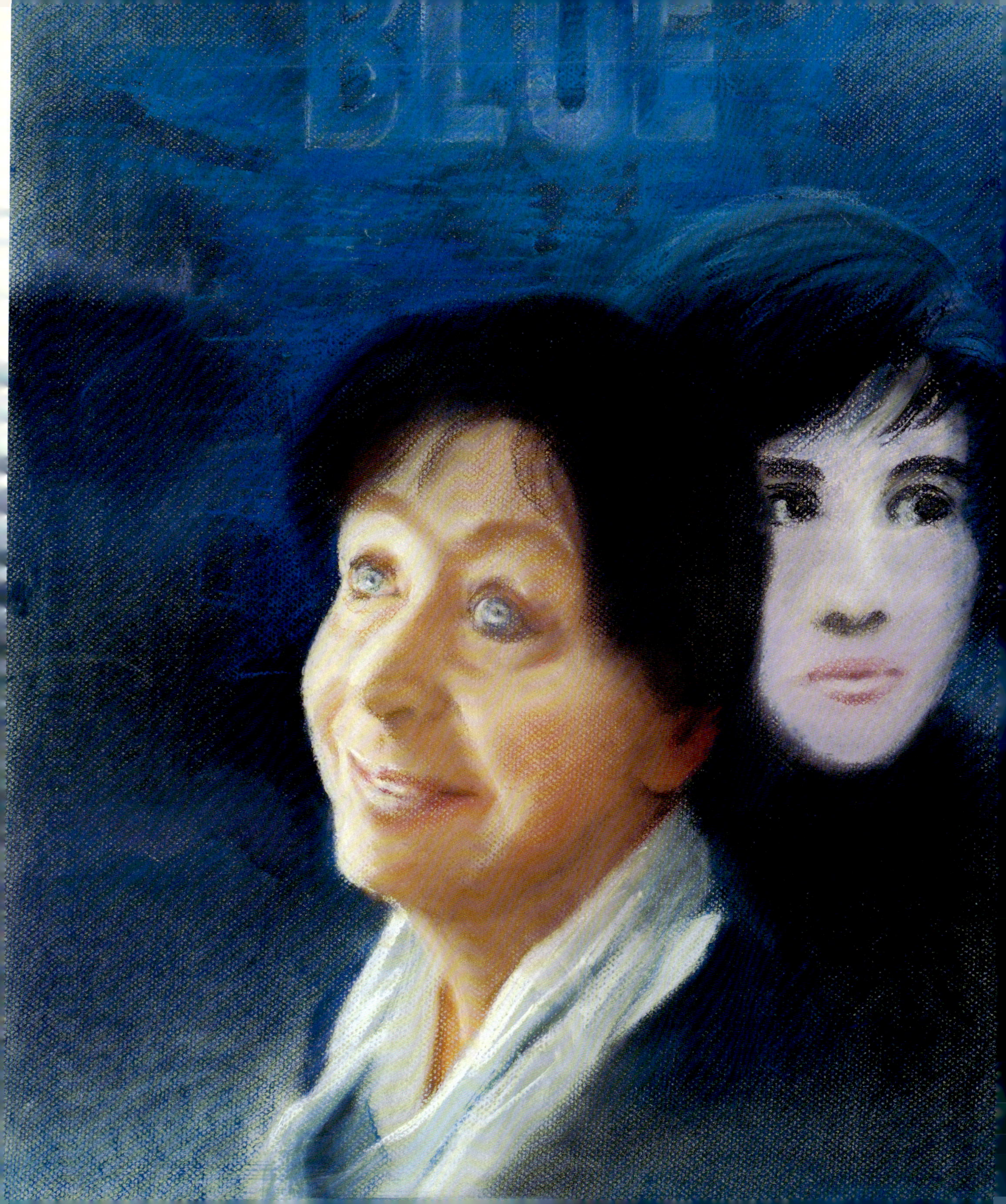
BLUE

몇 해 전 여름휴가를 프랑스에서 보내고 있을 때 니꼴이라는 70대 초반의 부인을 만났다. 그분은 오를레앙에서 혼자 사는데, 딸의 여름휴가에 함께 여행을 하고 있는 중이었다. 그분의 딸, 안느 두쉐는 파리의 적십자 아동병원에서 일하는 물리치료사로 내 딸에게는 잊지 못할 은인이다. 딸아이가 처음 낯선 도시 파리로 갔을 때, 교회에서 알게 된 안느는 자기의 작은 원룸을 일 년간이나 내 딸과 나누어 썼다. 나는 안느를 훌륭하게 키운 그 어머니를 뵙게 된 것이 무척이나 기뻤다. 그 모녀와 우리 모녀와 사위는 디낭에서 반갑게 만나 쌩말로를 함께 관광 다녔고 시골 랑그홀레에서 숙식을 같이했다.

 여행을 함께해 보면 인품을 알게 된다고 한다. 니꼴은 지성과 인격, 열정을 다 갖춘 분이었다. 나하고는 연배도 비슷해서 이야기를 많이 나누게 되었다. 니꼴은 외모로 보아 언뜻 버지니아 울프—영국의 여류 소설가—를 떠오르게 했지만 울프보다 훨씬 더 아름답고 귀티가 났다. 우리가 놀라워한 것은 그분의 의지로 되찾은 건강이었다. 암을 이겨 냈고, 교통사고로 다쳤던 다리를 다섯 번이나 수술하고도 꾸준한 재활치료와 체력관리를 통해서 지금은 다 회복되었다고 했다. 성격도 적극적이고 탐험심이 많아서 쌩말로에 갔을 때에도, 그 긴 해변을 멀리 끝나는 데까지 가 보고야 돌아서 온 사람은, 우리 일행 중에서 그분 뿐이었다. 식사 후 뒷설거지도 팔 걷어 부치고 솔선수범하는 것을 여러 번 보았다. 무엇보다 존경스런 점은 자신의 의식세계를 높여 나가려는 노력을 게을리하지 않는 그분의 자세였다. 자기 집 부엌의 눈길이 잘 닿는 곳에 다음과 같은 글귀를 써 붙여 놓고, 볼 때마다 마음에 새기고 실천에 옮기려고 노력한다는 것이었다.

1. 받아들인다
2. 알아차린다, 분별한다
3. 정화淨化한다

속으로 나도 이런 방법을 흉내라도 내어 봐야겠다 싶었다. discerner을 한국어로 무어라고 하느냐기에 '분별한다' 라고 했더니 열심히 발음을 연습하는 모습이 귀여울 정도였다. 우리는 니꼴이 그 단어를 기억하기 쉽도록 아예 그분의 애칭을 '마담 분별!'이라고 부르며 웃고 다녔다. 자기 의식의 정화와 정신 세계의 성장을 위해 노력하며 사는 자세가 얼마나 귀한 모습인지! 이 정도면 거의 구도자求道者의 삶이 아닌가. 의식의 고양高揚이라면 나도 무심치는 않은 터여서 더욱 감동으로 다가왔다.

어느 날, 니꼴이 말했다. 자기의 350년 전 조상 할아버지가 몰리에르라는 분인데 혹시 아느냐고. 17세기 프랑스 문단의 중심인물이었던 그 유명한 희곡작가가 할아버지라니? 나는 물론 안다고 했다. 루이 14세의 전폭적인 지지를 받았던 것도 알고, 또 헬렌켈러의 자서전에서 '나는 프랑스의 작가 중에서 몰리에르를 가장 좋아한다' 는 구절을 읽은 적도 있다고 했다. 니꼴은 자신도 문학을 좋아하고 그 중에서도 시를 좋아하며 철학에 관한 책 읽기도 즐긴다고 했다. 특히 좋아하는 철학자는 스피노자Spinoza이고 니체Nietzsche이며 그들의 저서를 많이 읽는다는 것이었다. 그가 '필로소피-철학 이야기-'를 틈틈이 화제에 올리는 것에 나는 적잖이 난감했다. 철학적 지식이 별로 없는 나는 슬쩍 다른 얘기로 도망을 쳤다. 그러면 그는 어느새 다시 화제를 그리로 돌려놓곤 하다가 급기야 정공법으로 질문을 던졌다.

"좋아하는 철학자가 누구예요?"

이런 질문, 한국에서는 해 본 적도 받아본 적도 없지 않은가. 당황한 나는 생각이 꽉 막히고 난처해졌다. 몇 템포 늦게야 궁색한 대답을 했다.

"쇼펜하우어Schopenhauer에 공감합니다."

질문은 또 날아들어 기어이 나를 궁지로 몰아넣었다.

"그의 철학의 어떤 이론이 좋던가요?"

내가 제대로 알고 있었다 해도 철학이론을, 그것도 외국어로 설명하기는 만만찮았을 것이지만, 사실은 바로 그 순간 나는 내가 쇼펜하우어를 확실하게 알지 못하고 있다는 걸 깨달았다. 내가 안다고 생각한 쇼펜하우어는 그저 아는 체하고 넘어갔던 것일 뿐 정확히 나의 지식으로 소화된 앎이 못 되었다. 짧은 시간, 내 머릿속으로 생각이 스쳤다. 만약 니꼴이 나에게 질문 하나를 더 던진다면? 가령, '한국의 철학자 중에서는 누구를 좋아하세요?' 라고. 이에 대한 충분한 답은 준비가 되어 있는지를 생각해 보니 이것마저도 자신이 없었다. 이것이 내 지식의 실체로구나. 나에게 직언을 잘 해 주는 딸아이가 전에 나에게 따끔한 충고를 했었다.

"지식은 가볍게 날아 가지만, 사랑은 단단하게 쌓아올린다.

Knowledge puffs up, but love builds up."

이건 아는 체하기 좋아하는 나에게 일침을 가한 조언이었는데, 그 지식마저도 허당이었다니, 나는 적잖이 충격을 받았다. 나의 앎이란 거의 대부분 대충이고 짜깁기이고 어렴풋한 수준에 머물러 있었던 것이다. 나는 이 사실을 왜 하필이면 이국 땅에 와서 이국 여인 앞에서야 통감痛感을 하는가?

니꼴의 화제는 시로 넘어갔다.

"프랑스 시인들 중에서는 누구를 제일 좋아하세요?"

나는 솔직히 프랑스 시를 잘 모르는데다가 특별히 좋아하는 시인도 없는 터였다. 그러나 이럴 때 사실대로 말하면 대화에 맥이 빠지기 십상이다. 거기에 어쭙잖은 자존심인지 애국심인지가 뒤섞여 허세를 부렸다.

"아르튀르 랭보, 아폴리네르, 보들레르…, 다 좋지요."

니꼴은 즉석에서, 자기가 좋아서 외우고 있다는 월트 휘트만의 시 한 대목을 불어로 길게 써서 선물이라며 나에게 주었다. 영문학을 했다는 내가 처음 읽는 시였는데 나중에 알고 보니 그것은 그 유명한 <풀잎의 노래Leaves of Grass>중에 나오는 '나의 노래' 의 한 구절이었다.

　　나는 영혼이 육체와 동등하다고 말했다.

　　그리고 또한 나는 육체가 영혼과 동등하다고 말했다.

　　그리고 그 아무것도, 하나님도, 나의 자아보다 더 위대하지 않다.

　　그리고 그 누구이든 사랑이 없이 걷는 사람은 수의를 입고 자신의

　　장례식을 향해 걷고 있는 것이다.

　　−월트 휘트만, '나의 노래' 부분

　니꼴에게는 또 한 가지 특별한 점이 있었는데, 그것은 짙은 푸른색에 대한 남다른 사랑이었다. 블루 중에서도 검은 색에서 나온 진한 감색−딥 블루−은 자기 생각으로는 그냥 하나의 색을 넘어서는 초월적인 어떤 경지의 세계이며 거기에서 신성神性을 느낀다고 했다. 그 정도면 거의 숭배의 수준이었다. 그분의 의상이나 소품 등 모두가 블루 일색이었음은 물론이다. 특히 딥 블루의 겉옷 안에 흰색 티셔츠나 흰색 블라우스를 받쳐 입는 차림을 즐겼는데, 내가 보기에도 그 이상 멋지고 지성미 넘치는 색 배합이 없을 듯싶었다. 나 역시 감색을 젊었을 때부터 좋아해 왔노라고 말했고 특히 성모 마리아의 옷 색으로 쓰이는 래피스 래줄라이lapis lazuli 빛깔이 신비스럽고 좋다고 했다. 그리고 아르튀르 랭보의 시 <모음母音>에 보면, '감색은 모음 중에 O의 색인데, 그것은 나팔소리이며 온누리와 천사들을 꿰

뚫는 침묵' 이라고 노래한 것이 있더라고 말했다. 그 순간 오래 전 화제의 영화 '세 가지색 블루' 도 떠올랐다. 온통 푸른 빛깔의 화면에 창백한 줄리엣 비노쉬의 모습이 슬프고도 아름다웠다. 영화에서 블루는 슬픔의 빛깔이었고 또한 자유를 상징했다. 푸른 물 속 깊이 잠영潛泳하며 현실의 아픔을 이겨 내는 줄리와, 니콜의 강한 의지가 한 면에서 겹쳐지던 그때의 기억을 나는 잊지 못한다.

　니꼴을 만난 일은 뜻밖에도 나를 '알게 된' 일이었다. 대충대충, 얼렁뚱땅 꾸려 온 나의 앎이라는 게 얼마나 별 볼일 없는지를, 그녀를 통해 나를 보았고 부끄러웠다. 나에게 이런 깨달음의 기회를 준 니꼴이 고마워서 나도 선물을 준비했다. 우리 한국 시인의 아름다운 시를 니꼴에게 보낸다.

　　파랑은 깊다. 깊이를 가늠할 수 없을 만큼 깊다. 드넓음과 고요함에 색깔이 있다면 그건 단연코 파랑이다... 파랑은 심연, 영원의 심상, 신의 신성함과 연결된다. 파랑은 인간이 쉽게 범접할 수 없는 신성의 기미를 머금고 있다... 파랑은 죽임과 죽음이 있는 이승, 생명과 죽음의 순환이 그친 저 너머에 펼쳐진 또 다른 세계의 색깔이다. 파랑은 구원, 안식, 피안(彼岸)의 계시적 예시다. 지치고 힘들 때마다, 파랑의 왕국으로 망명하고 싶다.

　　－ 장 석주, '파랑은 깊이다.' 부분

Une rencontre qui m'a fait me découvrir moi-même : Nicole

Lorsque je passais mes vacances d'été en France il y a quelques années, j'ai rencontré Nicole, âgée d'un peu plus de soixante-dix ans, qui habitait toute seule à Orléans. Elle passait ses vacances avec sa fille Anne Douché qui travaillait comme kinésithérapeute à l'Hôpital pour enfants de Margency de la Croix Rouge Française. Anne était pour ma fille une inoubliable bienfaitrice. Ma fille avait partagé son petit studio toute une année après l'avoir rencontrée dans une communauté chrétienne au début de sa nouvelle vie à Paris. J'ai été très contente de faire la connaissance de Nicole, qui avait si bien élevé Anne. Ma fille, mon gendre et moi les avions rejointes avec joie à Dinan pour voyager jusqu'à St. Malo et séjourner ensemble dans la profonde campagne de Langrolay.

On dit qu'on peut connaître la vraie personnalité d'une personne à travers un voyage. Nicole était quelqu'un qui avait de l'intelligence, de la dignité et de la passion. Comme nous étions du même âge environ, nous avons pu trouver beaucoup de terrains d'entente. Par son apparence, elle m'évoquait Virginia Woolf, mais Nicole était bien plus belle et d'une prestance plus noble que l'écrivaine anglaise. Ce qui nous avait surpris, c'était la santé qu'elle avait retrouvée grâce à sa seule volonté : elle avait surmonté un cancer ; et une de ses jambes, blessée au cours d'un accident, avait désormais complètement guéri après cinq opérations et une intense série de rééducation et d'exercices. De plus, c'était une femme très active qui aimait l'aventure. C'était la seule d'entre nous qui avait parcouru tout le bord de la plage de St. Malo. Je la voyais souvent faire la vaisselle après le dîner. Ce que j'admirais le plus chez elle, c'était ses efforts pour élever son niveau d'esprit. Elle avait collé sur le mur de sa cuisine à hauteur des yeux, trois mots pour les graver dans sa conscience et les mettre en pratique chaque fois qu'elle les regardait.

1. accepter
2. discerner
3. sublimer

En mon for intérieur, j'ai ressenti l'envie de l'imiter. Elle m'a demandé la prononciation du mot coréen qui signifie discerner. Je lui ai dit *boun-byel-ha-da* et elle a alors répété sans relâche. Ah, c'était si mignon ! En riant, nous l'appelions Madame *boun-byel* pourqu'elle puisse en retenir facilement la prononciation. C'est vraiment exceptionnel, cette volonté de purifier et d'élargir son esprit. Sa vie est comme celle d'un chercheur de la voie. Son attitude m'a touchée d'autant plus que je n'ignore pas ce que c'est que d'élever son niveau de conscience.

Un jour, Nicole m'a demandé si je connaissais Molière en disant qu'il était son ancêtre d'il y a 350 ans. Ah, le grand homme du théâtre français du 17e siècle est son ancêtre ? Moi, je lui ai répondu que je savais bien qui était Molière et qu'il avait été soutenu pleinement par Louis XIV et que j'avais lu dans un livre d'Helen Keller que Molière était son écrivain français préféré. Nicole aimait la littérature, et particulièrement lire des poèmes et des ouvrages de philosophie. Ses philosophes préférés étaient Spinoza et Nietzsche dont elle lisait souvent les œuvres. Or, j'étais embarrassée lorsqu'elle proposait souvent de discuter de philosophie. Comme je n'avais pas suffisamment de connaissances dans ce domaine, j'essayais de détourner la conversation en proposant d'autres thèmes. Mais elle insistait subtilement en continuant à proposer des sujets philosophiques. Finalement, elle m'a posé directement cette question.

– Quel philosophe aimez-vous ?

En Corée, je n'avais jamais posé ce genre de question à quiconque, non plus n'avais-je jamais été questionnée sur ce chapitre. Très embarrassée, j'avais du mal à trouver une réponse. Quelques instants après, je lui ai répondu lamentablement.

– J'apprécie Schopenhauer.

Une autre question m'a finalement coincée.

– Quelle idée appréciez-vous chez Schopenhauer ?

Je pensais qu'il serait difficile d'expliquer les théories philosophiques en une langue étrangère même si j'avais des connaissances dans ce domaine. Mais à ce moment-là, j'ai bien compris que je n'avais pas de vraies connaissances sur ce philosophe. Ce que je connaissais sur lui était vraiment superficiel et n'avait pas mûri dans mon esprit. Rapidement, j'ai imaginé une autre question que Nicole aurait proposé : par exemple, « Parmi les philosophes coréens, lequel préférez-vous? » Je me suis demandée si j'aurais pu répondre à cette question. Non, j'aurais manqué de confiance. C'était cela, la réalité de mes connaissances. Autrefois, ma fille qui me parlait souvent de manière très franche, me disait : « Les connaissances sont légères et s'envolent ; L'amour s'accumule d'une façon solide (*Knowledge puffs up, but love builds up*). »

C'était un reproche pour moi, moi qui aimais prétendre connaître. Mais voilà, mes connaissances s'étaient révélées superficielles. C'était comme un coup de point. Mes connaissances manquaient de précision et étaient même vagues. Pourquoi m'étais-je rendu compte de cela devant mon interlocutrice française ?

Nicole a changé de sujet de discussion : la poésie.

– Quel est votre poète français favori ?

En fait, je ne connaissais pas bien les poèmes français, de plus je n'avais pas de poète français préféré. Mais si je m'étais montrée trop honnête, la discussion aurait vite tourné court. Á cela s'est ajoutée une sorte de fierté ou de patriotisme.

– J'apprécie Arthur Rimbaud, Apollinaire, Baudelaire… un peu tout.

Elle m'a tout de suite écrit un long extrait d'un poème de Walt Whitman, qu'elle appréciait tellement qu'elle l'avait mémorisé. Malgré mes études de littérature anglaise, je n'avais jamais lu ce poème. C'était un extrait de *Song of Myself* (Chant de moi-même) dans *Leaves of grass* (Feuilles d'herbe) de Walt Whitman.

J'ai dit que l'âme n'est pas plus
que le corps
Et j'ai dit que le corps n'est pas plus
que l'âme
Et que rien, pas même Dieu, n'est
plus grand aux yeux de chacun
que soi-même
Et que quiconque fait deux cents
mètres sans amour va à ses
propres funérailles vêtu de son
linceul

W. Whitman

Une particularité chez Nicole, c'était son grand amour pour le bleu foncé. Selon elle, parmi les différents bleus, le bleu foncé venu du noir était, au-delà d'une simple couleur, un monde transcendant dans lequel elle ressentait une part de divin. C'était presque une adoration, une révérence. Toujours, s'habillait-elle en bleu et portait-elle des accessoires bleus. Elle aimait tout particulièrement porter un t-shirt ou un chemisier blanc sous un vêtement bleu foncé. Une harmonie intellectuelle et chic, me semblait-il. Je lui ai dit que depuis ma jeunesse, moi aussi, j'aimais la couleur bleue et que j'appréciais le lapis-lazuli, la mystérieuse couleur du manteau de Sainte Marie. Également, j'ai cité *Voyelles* d'Arthur Rimbaud qui avait écrit « O bleu » et « O, suprême Clairon plein des strideurs étranges, / Silences traversés des Mondes et des Anges » Soudain, je me suis rappelé un film connu que j'avais vu il y a longtemps : *Les trois couleurs : bleu*. Juliette Binoche pâle sur le fond tout bleu était triste et belle. Dans le film, le bleu était la couleur de la tristesse et le symbole de la liberté. L'image de Julie, qui plonge dans l'eau bleue pour surmonter la douleur de sa vie, se juxtaposait à celle de la ferme volonté de Nicole. C'était inoubliable.

La rencontre avec Nicole était une occasion de *me découvrir moi-même*. Cela a révélé la légèreté de mes connaissances que j'avais vaguement acquises. J'ai pu me voir moi-même à travers son regard et j'ai eu honte. J'ai préparé un cadeau pour remercier Nicole de m'avoir donné cette occasion. Je lui envoie ce beau poème d'un poète coréen.

Le bleu est profond. Si profond qu'incommensurable. Si l'immensité et le silence avaient une couleur, cela serait évidemment le bleu... Le bleu est lié à l'abîme, à l'image de l'éternité, à Dieu. Le bleu garde un sens sacré inaccessible pour les êtres humains... Le bleu est la couleur d'un autre monde, au-delà du nôtre terrestre où on meurt et fait mourir en un cycle de la vie et de la mort. Le bleu est une révélation évocatrice du Salut, de la Paix, et de l'Au-delà. Quand je suis fatigué et épuisé, je voudrais m'exiler dans le royaume du bleu.

Le bleu est une profondeur (extrait) de Jang Seok-ju

III

도착했다. 지금 여기에

5월의 새로운 환희 속에서
눈을 그리워하지 않듯이
크리스마스에 장미를 갈망하지
않는다네

– 셰익스피어 –

카메라의 위치, 씬의 길이, 섬세한 에코의 조율 등 드러내기보다는 절제의 아름다움을
통해 사물의 본질과 만나게 한다. 〈위대한 침묵〉은 지극히 강렬한 기록이자 예
수이다 _선댄스영화제 〈위대한 침묵〉은 이미지가 보여줄 수 있는 최고의 아름다움과
자체. 이 영화는 결국 우리 자신을 돌아보게 하는
부짜리 환상곡을 있는 그대로 '느낄' 것 _쥐트도이체 자이퉁
편 | 내셔널 포스트 | 필립 그로닝의 〈위대한 침묵〉은 단순한
고 감동하게 하는, 특별한 의식과도 같은 영화
딜란드의 고전 명화를 떠올리게 한다 _

…상, 그 무상의 삶을 들여다보는 독특한 경험 _BBC 뉴스
…되는 영화 〈위대한 침묵〉, 해발 1,300m의 알프스 깊은 산중, 외부 방문객의 출입
…원의 일상이 〈위대한 침묵〉을 통해 처음으로 공개된다

MOVIE

…히 내겐 이 영화가 〈킹콩〉보다도 지루하지 않게 느껴졌다 _뉴스위크
…1984년 …영화제에 초청되어, 해외 언론들로부터 끊임없이
…9년의 오랜 기다림
…62회 베니스영화제
30회 토론토영화제 22회

Wishing you love throughout
this Christmas season.

POST CARD

STAMP HERE

Coming Soon

FROM

TO

Praying God's peace
will fall freshly upon you.

2010년
4월 14일 (수)

나는 아직도 자라고 있다

− 루이스 부르주아Louise Bourgeois

'나는 아직도 자라고 있다. I am still growing.' 라는 작품 앞에
서 나는 합장을 하고 말았다. 갑자기 피돌기가 빨라지며 가슴이
벅차올랐다. 속으로 외쳤다. 그래, 나는 아직도 자라고 있다! 내
온몸의 세포가 일시에 일어나 만개하는 듯했다.

열정 ┃ 31.8 x 41 ┃ 한지에 파스텔

그림 그리는 98세의 부르주아

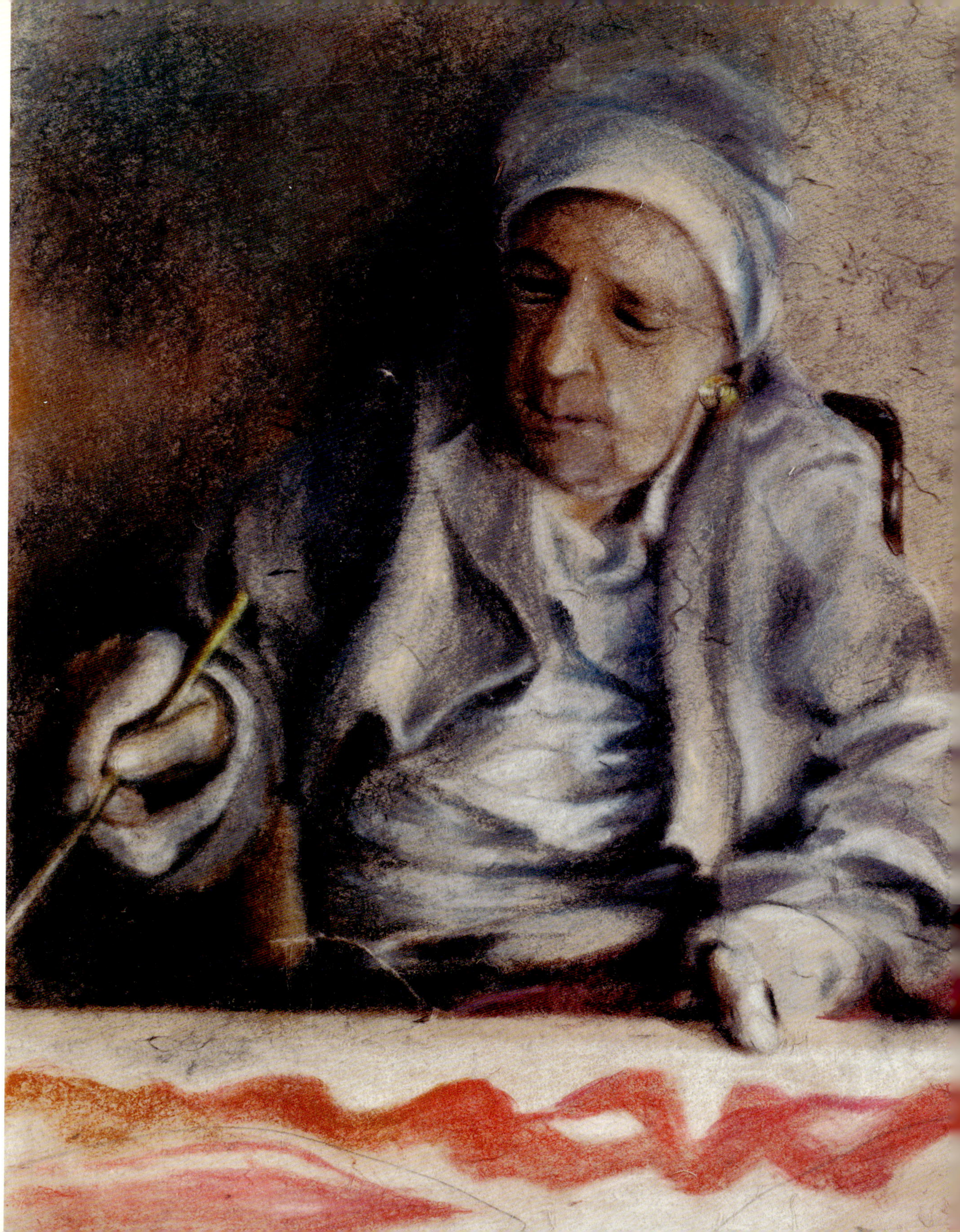

이야기 하나 : 거미조각

2004년 여름, 스페인Spain의 빌바오Bilbao 시에 있는 구겐하임 박물관을 찾아갔다. 마인 강을 끼고 선 이 박물관은 외벽에 은은한 광택의 티타늄 판넬을 한 장 한 장 휘어 붙여 멀리서 보니, 새 같기도, 꽃 같기도 하며 외계선인가 의아하기도 했다. 다가가면서 그 박물관 건물보다 먼저 눈길을 끄는 것이 있었다. 박물관 광장의 거대한 거미 조각이었다. 우선 그 크기와 모양에 놀랐다. 너무나 거대하고 괴기스러웠다. 가까이에서 읽은 그 작품의 제목에 더욱 놀랐다. 그것은 maman엄마이었다. 이 작품으로 1999년 베니스 비엔날레에서 프랑스의 여류 조각가 88세의 루이스 부르주아는 황금사자상을 받았다.

곤충류 중에서도 거미는 유독 모성애가 강하다고 알려져 있다. 거미는 4만여 종에 이르는데 부르주아는 거미의 다양한 모성적 속성을 조합해서 이 조각에 표현한 듯 보였다. 나는 거대한 거미조각 아래에 섰다. 내 키로는 겨우 거미의 발톱마디 정도에 이르렀고 그것은 날카로웠다. 종아리 마디는 불끈했고 털은 긴장한 듯 빳빳했다. 위를 올려다보았다. 여덟 개의 다리가 모여진 부분에 알집이 감싸듯이 안겨 있었다. 지금 저 어미거미는 알집 속의 새끼들에게 제 몸의 체액을 빨아먹히고 있는 중일 수도 있다. 그러면 어미 거미는 빈 껍데기가 되어 죽는다. 그러면서도 모든 위험으로부터 새끼를 보호하기 위해 혼신을 다해 버티고 서 있는 어미 거미.

부르주아의 부모는 태피스트리를 짜고 수선하는일을 직업으로 살았다. 줄을 치며 먹이를 구하는 거미를 보며 실을 다루어 생계를 버는 자기의 부모를 떠올렸을 것이라 짐작된다. 더구나 부르주아는 병약한 어머니를 오래 간병하며 깊어진 유대감으로 어미거미의 모성애를 남달리 받아들였을 것 같다.

　세상의 모든 생명은 어미에서 어미로 이어져 왔다. 어미가 되고 어미로 산다는 것, 그것은 기도이며 구원이고, 진화이며 창조에의 기여가 아닐까. 부르주아의 마망, 그 다리 아래에 서서 이 세상 모든 어미들의 초상을 보는 듯했다. 생명의 역사, 그 장엄하고도 존귀한 흐름에 전율하면서.

이야기 둘 : 부르주아의 꽃

　나는 남편을 보내고 혼자 남았을 때, 이제 그림을 그려야겠다는 생각을 했다. 그해 여름 6주간 열리는 뉴저지의 여름학교에서 크레이그 선생님에게서 수채화를 배웠다. 선생님은 동양적인 것에 많이 끌려 있는 중이라고 했다. 한지에 채색화 그리기를 막 시작했다고 내게 보여 주었다. 그림을 그리기 전에는 명상시간을 가지라며 수업을 시작하기 전에 학생들에게 눈을 감고 침묵한 채 마음을 비우라고 했다. 여름학교에서 그림을 얼마나 배웠을까마는 돌아올 때 적어도 나는 어떤 희망 같은 것을 품을 수가 있었다. 이제부터 내가 그림을 그린다면, 그것은 어떤 의미가 있을까? 멋진 그림을 그려 이름을 떨칠 마음은 없지만, 적어도 내 안에 갇혀 있는 소리와 영상들을 화폭 위에 펼쳐 줌으로써 그것들을 해방시킬 수는 있을 것 같았다.

　그림을 시작한 나는 미술 이론을 다시 공부하지 않을 수 없었다. 부지런히 강의를 들으러 다니고, 미술관이나 전시회도 찾아다녔다. 그러다가 부르주아라는 화가를 처음으로 알게 되었다. 프랑스가 낳은 현존하는 위대한 화가이자 조각가라고 하는 그녀의 꽃 그림은 내게 충격이었다. 왜 꽃을 이렇게 아름답지 않게 표현했을까? 응어리지고 뭉개진, 또는 섬뜩하기도 하고 처절하기까지 한, 그 꽃들을 이해하기 힘들었다. 사실성보다는 추상성이 훨씬 강했다. 꽃의 질감이나 아름다운 곡선이나 빛의 오묘함은 생략되었고, 농담이나 원근도 무시된 채 단면만을 그렸다. 꽃의 해부도라고나 할까. 내가 부르주아에게 관심을 보이는 것을 안 친구가 그녀의 자서전을 구해다 주었다. 그 마음이 고마워서 그날로 사전을 찾아가며 열심히 읽었다. 그 책에는 부르주아에 관해 내가 궁금하던 모든 것이 그녀의 육성처럼 생생하게 씌여 있었다. 부르주아에게는 깊은 상처가 있었다. 그녀는 이렇게 고백하고 있다.

"나는 어려서부터 불안 속에서 자랐다. 1차 세계대전 때 출전한 아버지가 돌아오지 못할까 봐, 병든 어머니가 떠날까 봐, 더구나 나의 가정교사와 아버지의 불륜을 목격한 그 충격, 공포, 혐오, 연민, 불안이 뒤엉킨 나의 내면세계를 잊기 위해 그림에 몰두할 수 밖에 없었다. 나에게 예술은 잊기 위한, 두려움을 넘어서기 위한 작업이다. 그러기 위해서는 화해하고 용서해야 한다. 예술은 나에게 치유이자 구원이다. 그리고 카타르시스, 정화淨化다."

이어서, 부르주아는 자기의 꽃그림에 대해 이렇게 말했다.

"꽃은 나에게 있어 보내지 못한 편지와도 같다. 꽃을 그리며 나는 아버지의 부정不淨을 용서하고 나를 버려 두었던 어머니를 용서하고 또한 병석病席의 어머니를 살려 내지 못한 나의 죄를 용서하게 되었다. 아버지를 향한 나의 적개심도 사그라지게 했다. 꽃은 나에게 있어 사과의 편지이고 부활과 보상을 이야기한다.
이 꽃들은 내게 '나는 당신을 버리지 않을 것'이라고 이야기한다. 나를 포기하지 말라고, 이 꽃잎들이 나를 보호하고 치유하리라고, 함께 꽃을 피우자고 말한다. 이 꽃들은 주기도문이다. 그들은 믿음, 희망, 자비의 꽃들이다. 이 꽃들은 나의 서약이다. 순결의, 헌신의, 침묵의 서약, 영속에 대한 서약, 비밀을 지키기 위한 서약이다.”

부르주아의 글을 읽고 났을 때 그 꽃들이 새롭게 보이기 시작했다. 부르주아의 꽃은 꽃이기 이전에 생명의 본질에 더 가까운 것이었다. 자기 치유를 위한 그의 간절함 앞에서 숙연해졌고 가슴 찡한 연민이 느껴졌다. 수년 전 독일의 인젤 홈브로이히Insel Hombroich 미술관 건물 벽에서 본 문구, ‘예술은 치유다Kunst ist Seelsorge’가 떠오르며 내 마음에 깊은 울림을 주었다.

이야기 셋 : 나는 아직도 자라고 있다

루이스 부르주아는 1911년 파리Paris에서 태어나 솔본느Sorbonne 대학에서 수학과 기하학을 배웠으나 어머니가 돌아가신 후에 그림으로 바꾸었다.

1938년 미국 출신의 미술사학자 로버트 골드워터 Robert Goldwater와 결혼해서 뉴욕으로 옮겨 미국의 새로운 예술가들과 만나게 되었다.

루이스 부르주아의 작품 세계는 전 생애에 걸쳐 인간의 본성, 가족, 모성에 대한 탐구이다. 그림일기와도 같은 드로잉, 조각, 연필, 수채화, 과슈 또는 형겊으로, 설치미술에 이르는 다양한 장르를 넘나들며 강렬한 선, 과감한 형태와 색깔로 자신만의 정서를 자신만의 방식으로 표현, 분출시킨다. 부르주아는 세간의 미술 사조에는 관심 없는 듯, 동시대의 많은 예술가들과는 다른, 독자적인 영역을 추구하여 새로운 예술로 인정받을 수 있었다.

루이스 부르주아가 98세 때의 작품에 붙인 제목, ‘나는 아직도 자라고 있다. I am still growing’은 나를 놀라게 했다. 이 진행형의 문장이 나에게 용기를 주었다.

나는 그림을 그리면서 때때로 회의했다. ‘이미 너무 늦은 게 아닐까. 이제는 좋은 시절은 다 지나갔구나.’ 하는 아쉬움에 빠지다 보니, 발전이 느껴지지도 않았다. 창조를 꿈꾼다는 게 무리겠다 싶다가도 내 안에 있는 그 무언가가 아직 나오지 않은채 묻혀만 있는 것 같아서 안타까웠다. 그런데 98세의 그녀가 저 시든 꽃 속에서 ‘나는 아직도 자라고 있다’고, 노년이 휴지기가 아님을 말하고 있었다. 그 말은 내게 희망이었다.

그 작품의 꽃은 분명 시들어가고 있다. 그래서인지 줄기와 잎과 씨방을 감싼 꽃잎은 무채색으로 처리했다. 그런데 꽃 속의 가운데 혈관처럼, 푸른 체관은 연약해 보이면서 뚜렷하다. 그 푸른 선들이 생명을 일깨운다. 살아 있다는 것은 저토록 부드럽고 연약한 것이다. 우리의 삶은 육신과 영혼의 이중주다. 비록 육신은 삭정이처럼 굳어진다 해도 그 안에 깃든 정신은 저렇게도 유연하게 성장을 계속할 수가 있다. 나는 ‘나는 아직도 자라고 있다.’ 라는 작품 앞에서 합장을 하고 말았다. 갑자기 피돌기가 빨라지며 가슴이 벅차올랐다. 속으로 외쳤다. 그래 나는 아직도 자라고 있다! 내 온몸의 세포가 일시에 일어나 만개하는 듯했다.

부르주아는 이듬해인 99세에 이승을 떠났다.

깊은 중심에 푸른 생명의 기운을 안고 떠났을 것이다.

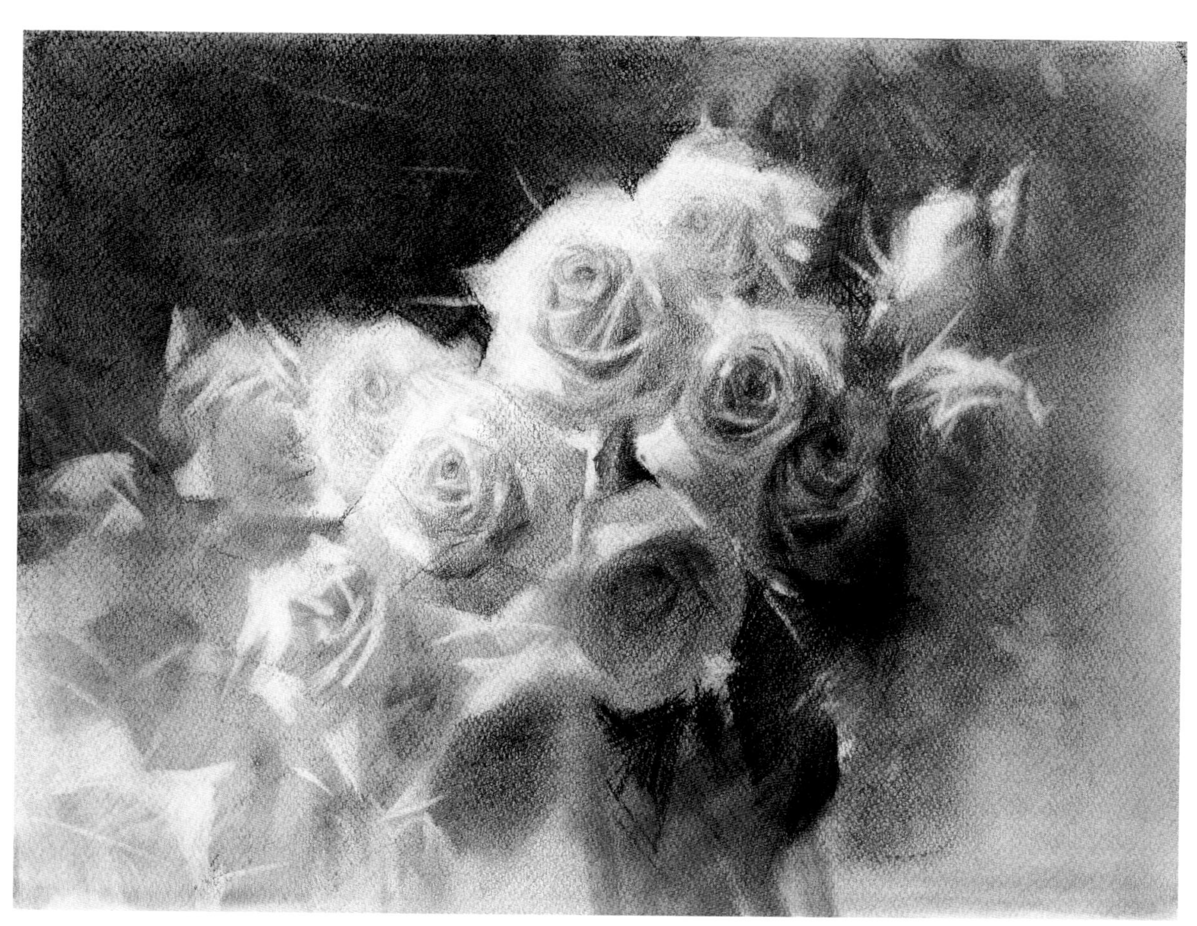

장미 2 | 42 x 29 | 종이에 연필

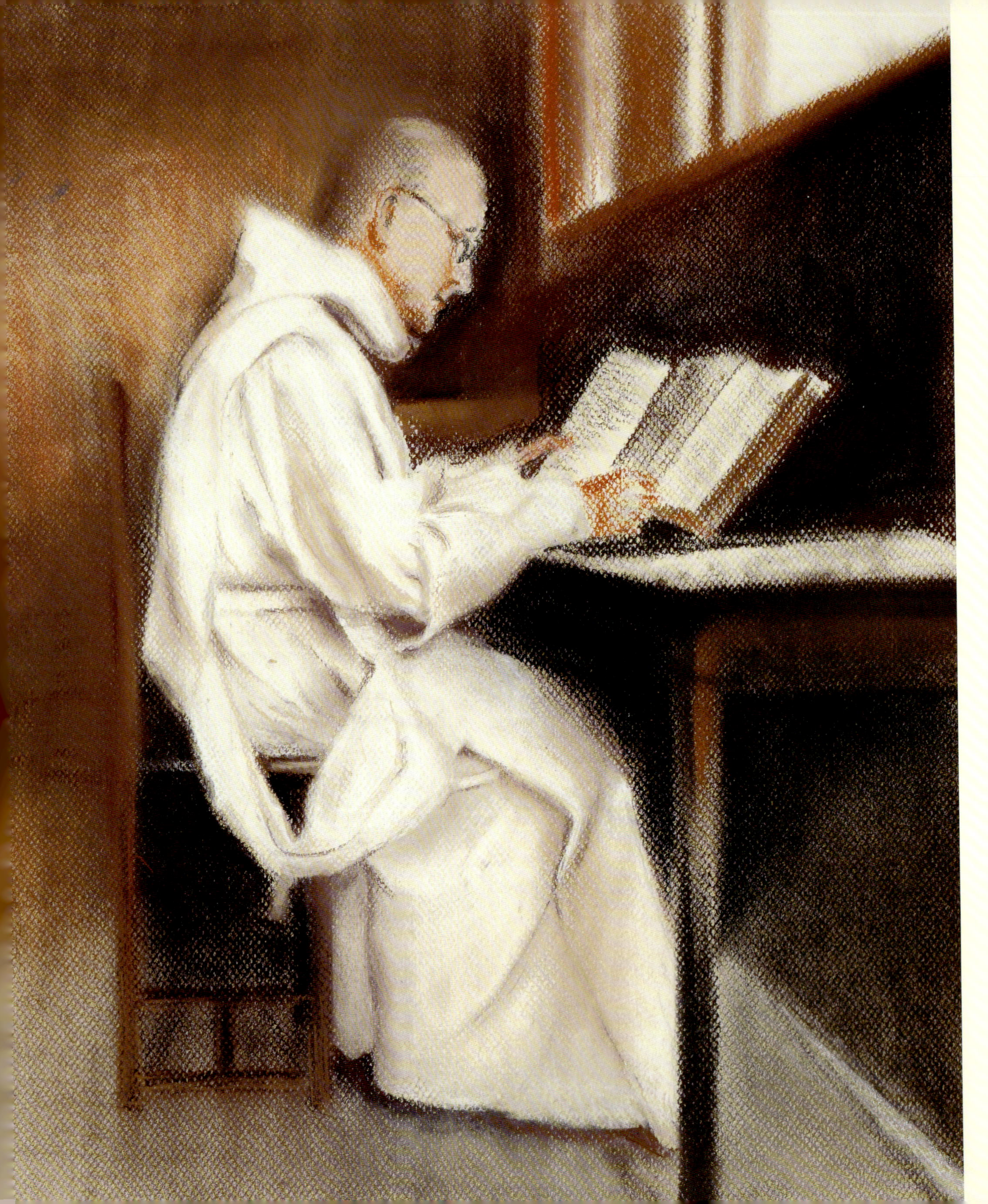

진리를 구하는 시간의 영상

– 위대한 침묵

그들은 오직 신에게로 더 가까이 다가가고자 세상의 모든 것들과 절연하
고 이 침묵의 공간으로 들어섰을 터인데, 그 소망을 이뤘을까? 이곳에
묻혀 있는 분들은 어떤 기도와 묵상을 했을까? 그들은 신에게 우리가 잊
고 사는, 아니 짐짓 외면하는, 존재론적인 진리를 묻고 있지 않았을까?
얼마나 오랜 시간이 걸려야 구원이나 진리에 다다를 수 있는 것일까?
십자가 위의 예수를 볼 때처럼 장엄한 슬픔이 내 온몸에 흘렀다.

수도사 | 38 x 45.5 | 종이에 파스텔

영화, '위대한 침묵' 에 나오는 수도사의 일상 중에서

영화의 첫 장면은 빨간 불꽃이 타오르는 것으로 시작된다. 화면 가득히 넘실대며 타오르는 불꽃은 꽤 오래 계속되어서 열기마저 느껴졌다. 아니, 불꽃이 화면 밖으로도 번져 나와 나를 데일 것만 같았다. 이 장면만으로도 적잖은 충격이었다. 영화는 수도사들의 일상을 다룬 '위대한 침묵 Into Great Silence' 이다. 화면을 계속 응시하는 동안 몇 가지 생각이 떠올랐다. 꽤 시간이 걸리도록 이글거리는 불꽃은 무엇을 상징하는 것일까? 긴 침묵에 들려면 세상의 소음, 언어를 태우고 나서야 가능하다는 걸까? 수도원으로 들어오려면 세속의 온갖 욕망이나 번뇌의 찌꺼기를 다 태우고 오라는 말일까? 영원하고 전지전능한 신에게로 향하는, 유한하고 불완전한 인간의 꺼지지 않는 염원일 것도 같다. 타오르는 불꽃의 붉디붉은 빛깔은 무채색인 수도원의 건물이나 수도사들의 의상과는 극명한 대비를 이룬다.

묵언 속에서 수도사들의 일상은 단조롭게 이어진다. 주로 독방에서 기도와 독서를 하는데, 창을 통해 빛이 스며들고, 하얀 옷의 수도사들은 실내에 서 있거나 앉아 있거나 엎드린 채 마치 정물처럼 고요하다. 무언가를 응시하는 듯 무표정한가 하면 표정이 너무 깊어 심연에 빠져버린 듯도 하다. 이들은 산에서 물을 끌어내는 파이프를 고칠 때나, 머리를 깎을 때, 눈을 치울 때, 일주일에 한 번 산책할 때만 밖으로 나올 수 있고 말이 허용된다. 이런 수도원의 분위기는 언뜻 적막하고 무겁지만 그것은 속인의 눈에 비친 모습일 뿐 오직 저들이 희구希求하는 것은 신에게로 좀 더 가까이 가는 것, 구원을 향해 다가가는 것, 진실을 구하는 것이다.

이번에는 비오는 수도원을 아주 길게 보여 준다. 들리는 소리라고는 빗방울이 지붕 위에, 돌계단에, 뜰의 나뭇잎에, 떨어지며 부딪치는 소리뿐, 아무런 설명도 덧붙이지 않고 대사 한 마디도 없다. 시간은 지루하고 침묵은 무거웠다. 깜빡 졸았던 듯하다. 깨어 보니 시적인 영상이 펼쳐져 있다. 작은 연못의 수면 위로 떨어지는 빗줄기들이 파문을 그리는 장면이 오랫동안 계속된다. 수직으로 내려다 본 파문들의 영상미가 훌륭하다. 아무리 작은 빗방울일지라도 떨어지는 순간, 수면은 그것을 받아 안으며 동심원을 그린다. 물의 속성이 그렇다. 그 어떤 것이라도 물 위에 떨어지면, 물은 바로 그 순간 제 품을 열어준다. 존재의 세계도 물과 같지 싶다. 아무리 사소한 존재일지라도 존재의 자리는 언제나 열리고, 그 존재는 주변에 어떤 식으로든 파문을 남긴다. 감독은 긴 시간을 할애하여 빗방울이 떨어지는 수면을 비춰 준다. 감독의 의도를 가늠해 본다. 이것이 바로 시간의 속성과 흐름을 압축한 형상일 것이다. 시간은 소멸과 생성을 반복하며 계속 흘러간다. 우리들 인간 또한 이 넓은 우주공간에 한 점 빗방울 같은 가벼운 존재로 와서 한 생애 동안 수없이 많은 파문들을 만들어 내면서, 옆의 파문들과 계속해서 겹쳐지고…. 그러다가 흔적도 없이 스러지면, 바로 이어서 새로운 누군가가 그 자리를 메울 것이다. 인연으로 생겨난 세상 모든 것들은 꿈 같고 허깨비 같고 거품 같고 그림자 같다─여몽환포영如夢幻泡影─지만, 그래도 이 세상에 와 본 것이 얼마나 큰 행운인가. 우리의 생이 곧 하늘이 주신 선물이다. 말 없는 가운데 자막이 되풀이된다.

'주님이 나를 이리로 인도하시어 내가 여기에 있나이다.'
'자기의 모든 것을 버리지 않는 자는 나의 제자가 될 수 없다.'

 영화의 거의 마지막에 스무 명 가까운 수도사들의 얼굴을 한 사람씩 클로즈업시켜 소개한다. 모든 이들이 무표정해 보였는데, 다만 눈 먼 수도사의 얼굴만은 기쁨과 평화가 고요히 깃들어 있었다. 그는 말했다.

"나를 장님으로 만든 것은 그게 내 영혼에 더 이로우니까 하느님이 그렇게 배려하신 것이다. 그래서 감사하다."

상황을 넘어설 수 있다는 것은 상황을 받아들인다는 것이다. 신앙은 받아들임의 자세가 아닐까?

말하는 것과 듣는 것, 보는 것이 절제되면 우리의 감각기관은 더 세심하고 깊이 열릴 것이다. 가히 언어의 홍수 속에서, 온갖 정보의 바다 속에서 떠다니는 우리에게 침묵의 162분은 익숙하지 않은 상영물이다. 감독은 어떤 의도에서 이 영화를 만들었을까.

1000년 동안 외부에 문을 열지 않았던, 프랑스의 남동부, 해발 1300m가 넘는 알프스 산자락의 샤르트뢰즈 수도원. 이 문을 노크한 사람은 독일의 영화감독, 필립 그로닝이었다. 1984년 그는 이곳에서 영화를 찍고 싶다는 제의를 했으나 거절 당했다. 그런지 15년이 지나 수도원으로부터 허락한다는 연락을 받았지만 단서가 붙었다. 첫째, 인공조명을 사용하지 말 것. 둘째, 자연적인 소리 외에는 어떤 음악이나 인공적인 사운드를 추가하지 말 것. 셋째, 수도원의 삶에 대한 어떤 해설이나 논평은 금할 것. 넷째, 다른 스탭 없이 혼자 촬영할 것. 꽤나 까다로운 조건이었지만 필립 그로닝은 처음 이 영화를 구상할 때부터 생각한 자기의 컨셉과 일치했기 때문에 그대로 따르기로 했다. 그리하여 그는 6개월을 이 수도원에서 수도사들과 함께 보내며 수도사들의 일정에 참여하는 것은 물론, 그들처럼 독방에서 기거하면서 카메라를 작동하고, 사운드를 녹음하고, 20kg이 넘는 장비를 나르면서 이 영화를 혼자 제작했다. 그런 그가 입을 열었다.

"나는 시간을 영상에 담고 싶었고, 시간을 영화로 찍는 것과 진실을 구하는 것이 비슷하다고 생각했다."

영화를 보면서 몇 년 전에 가 보았던 남프랑스 프로방스의 르 또로네 수도원Le Thoronet Abbey이 떠올랐다. 12세기 초반에 짓기 시작해 13세기 초 완공되었다는 이 수도원은 그러니까 거의 천년을 견뎌 온 셈이다. 로마네스크 양식의 소박하고 단아한 건물은 어느 유명한 건축가가 아닌 수도사들이 인근의 돌만 사용해 직접 지었다고 한다. 돌을 하나, 하나, 들어 올리며 그들은 수억 년의 세월이 깃든 돌의 소리에 귀를 기울였으리라. 출입문은 오른 편 한 구석에 작게 뚫려 있다. 그 문으로 들어가려면 몸을 숙여야 한다. 실내로 들어서자 문득 어둠이 감쌌다. 그리고 작은 창들을 통해 다발로 들이친 빛이 실내를 파편적으로 비췄다. 빛다발들은 벽과 바닥에, 혹은 모서리에 내려앉아 고요히 문양을 만들고 있었다. 이 빛은 천년 동안 이렇게 작은 창을 통해서만 들이쳤을 것이고, 수도사들은 그 빛과 그림자를 밟으며 진실을 구했을 것이다. 검박하나 아름다운, 르 또로네 수도원, 그 내부는 빛과 그림자의 미학이 처연할 정도로 완벽했다. 나는 그 천년의 침묵 가운데 서서 전율하며 속으로 묻고 또 물었었다.

'그 많은 시간 동안, 수많은 수도자들이 극기와 절제와 고독을 거치며 이곳에 거했을 것이다. 그들은 오직 신에게로 더 가까이 다가가고자 세상의 모든 것들과 절연하고 이 침묵의 공간으로 들어섰을 터인데, 그 소망을 이뤘을까? 이곳에 묻혀 있는 분들은 어떤 기도와 묵상을 했을까? 그들은 신에게 우리가 잊고 사는 아니 짐짓 외면하는, 존재론적인 진리를 묻고 있지 않았을까? 얼마나 오랜 시간이 걸려야 구원이나 진리에 다다를 수 있는 것일까?'

십자가 위의 예수를 볼 때처럼 장엄한 슬픔이 내 온몸에 흘렀다. 나는 해답의 아무런 단서도 얻지 못한 채 돌아왔었다. 아무래도 그것은 온전히 각자의 몫일 듯하다. 위대한 침묵 속에 들어보지 못한 사람은 결코 그 세계를 짐작할 수 없을 테니까.

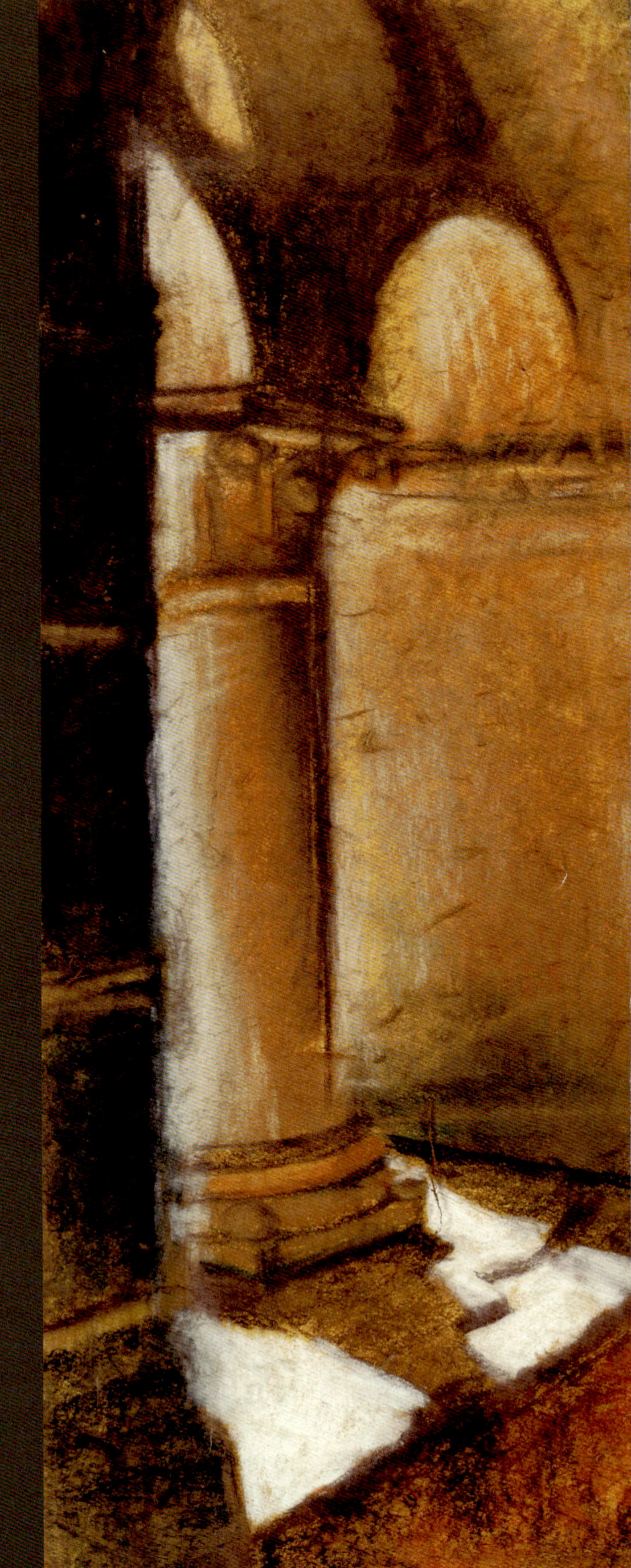

르 또로네 수도원 | 53 x 45.5 | 황금색 한지에 파스텔

인근의 돌 만으로, 수도사들이 지었다고 한다.

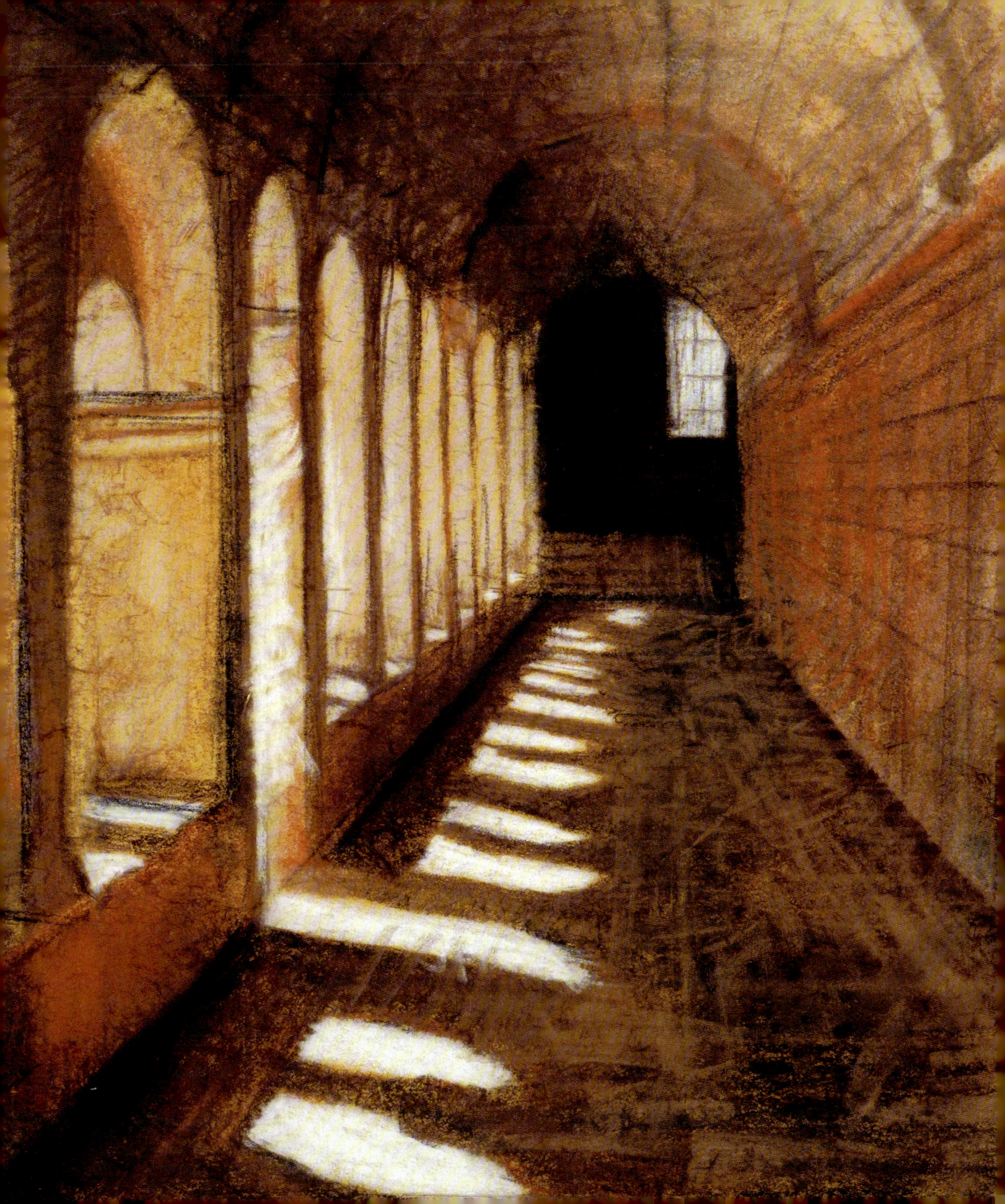

세상의 가장 낮은 곳에 입맞춥니다

– 의사 조병국 할머니

우리가 살아야만 하는 이유는
무수하다. 조병국 할머니 말씀
처럼, 언제 기적이 일어나고
기도에 답이 오고 깜짝 선물이
있을지 모르니까, 끝까지 희망을
붙들고 가야한다. 잠시 눈을
감고 생을 응시해 보면
매일, 매 순간이 다 기적인
것을……

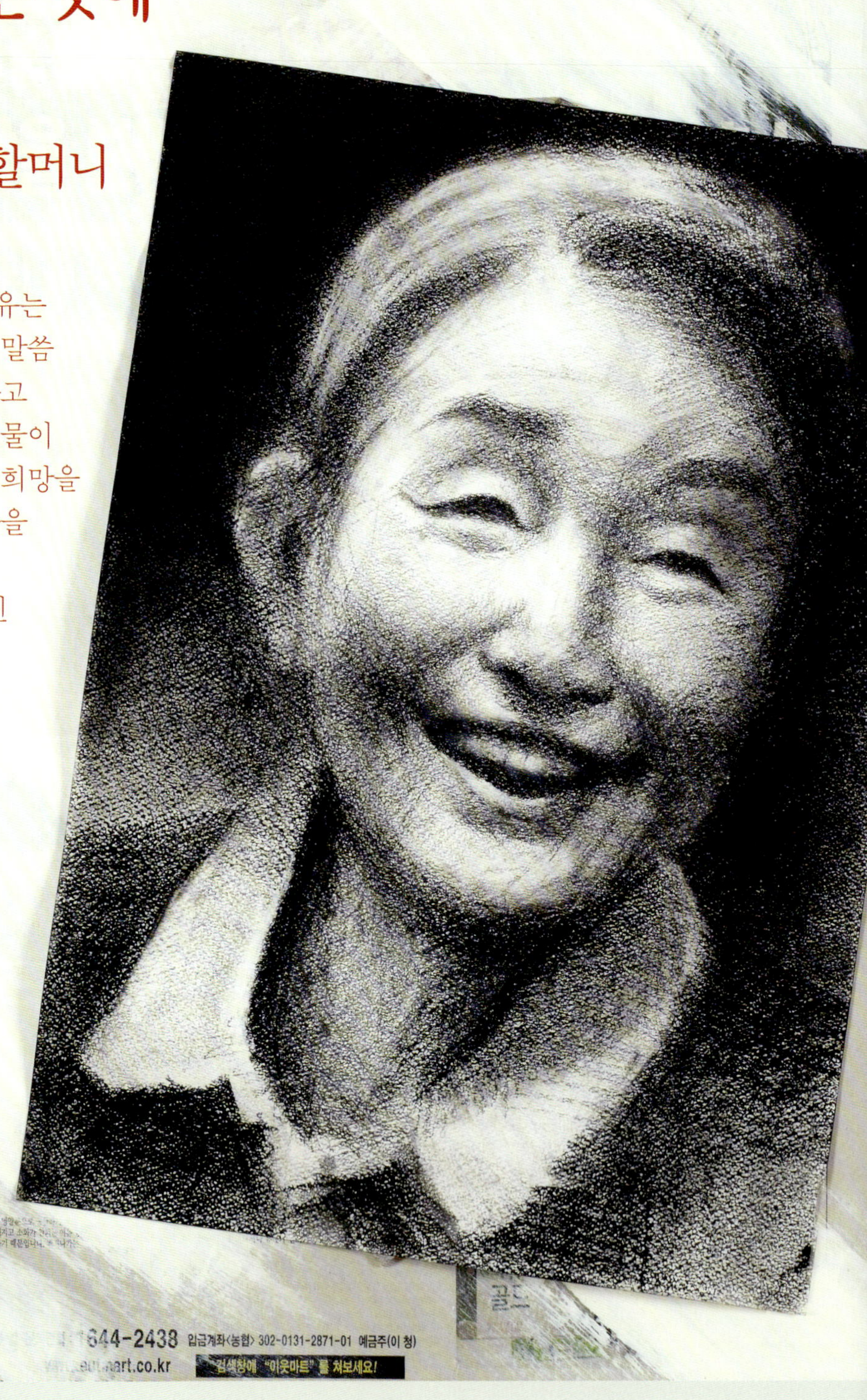

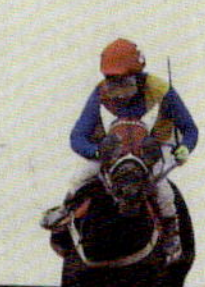

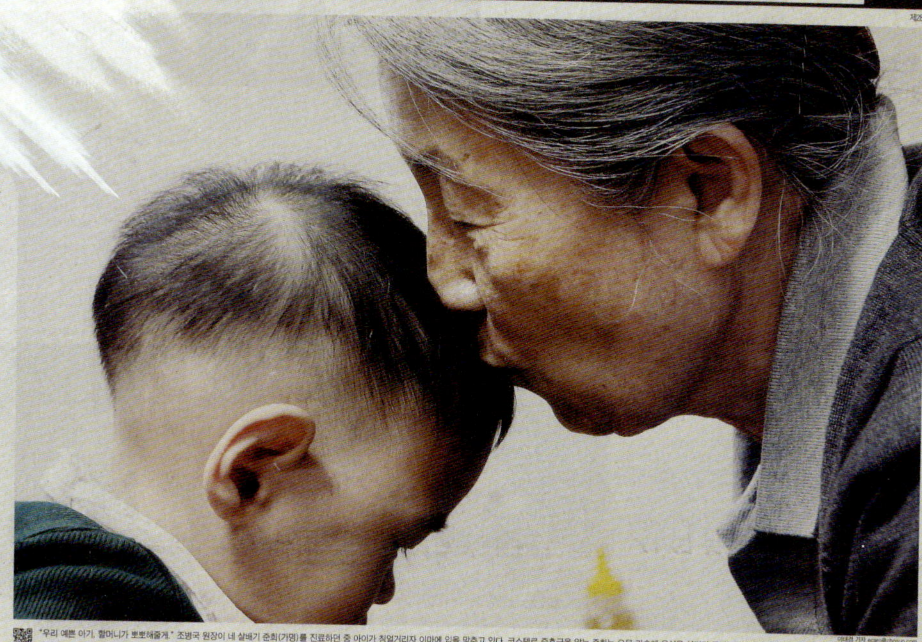

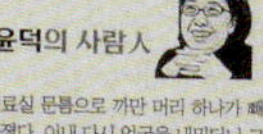
"우리 예쁜 아기, 할머니가 뽀뽀해줄게." 조병국 원장이 네 살배기 준희(가명)를 진료하던 중 아이가 칭얼거리자 이마에 입을 맞추고 있다. 코스텔로 증후군을 앓는 준희는 오목 가슴에 음식을 삼키지 못해 배에 구멍을 뚫어 대체식을 투입하고 있다.

세상의 가장 낮은 곳에 입 맞춥니다, 기적을 만납니다

김윤덕의 사람人   '버려진 아이들' 주치의로 50년간 살아온 '할머니 의사' 조병국

진료실 문틈으로 까만 머리 하나가 빼꼼 들어왔다 사라졌다. 이내 다시 얼굴을 내밀더니 그이에게로 냅다 달려간다. "원장님~" "진수 왔구나." 더러 주사를 놓는 바람에 그이만 보면 울음을 터뜨리는 아이도 있지만 그래뿐이다. 아이들이 겁낼까봐 흰 가운도 입지 않는 그이지만, 몸과 마음 모두 상처투성이인 아이들에게 산처럼 크고 바다처럼 깊은 품이다.

그새 50년이 흘렀다. 서울시립아동병원과 홀트아동병원에서 '버려진 아이들'의 주치의로 살아온 세월이다. 이 고되고 험한 일을 놓을 수 없었던 건 아이들과 함께 겪은 '작은 기적들' 때문이었다고 조병국(79) 박사는 말했다. "나라고 왜 떠나고 싶지 않았겠어요. 사람인걸. 그런데요, 참 희한하게도 그때마다 과학도 하는 사람의 머리로는 절대 이해할 수 없는 일들이 일어났지요."

조병국은 올해 삼성생명 공익재단의 '비추미 여성대상' 수상자로 선정됐다. 정년퇴임 한 지 20년이 돼가지만 변변한 후임 의사가 없어 아이들 곁을 지켜온 그였다. 홀트일산복지타운으로 조 박사를 만나러 가기 전 그의 50년 의료일기인 '할머니 의사, 청진기를 놓다'(삼성출판사)를 찾아 읽었다. '기적'이 그 안에 있었다.

◇청진기를 다시 들다
─비추미대상에 파라다이스상, 국민훈장 동백장까지 올해 상을 많이 받으셨네요.
"소아과 의사가 아이들 돌보는 건 당연한데, 무슨 상이냐며 아이들 뵈줬는지 칭찬하나 봐요. 생의 마지막이 다가오니 그런 것도 같고(웃음), 감사하지요."
─3년 전에 쓰신 '할머니 의사, 청진기를 놓다'를 가슴으로 읽었습니다.
"고마워요. 책을 펴내면서는 이런 얘기를 누가 믿어줄까나, 60~70년대 어렵던 시절 고아원과 입양아를 고생했던 이야기를 요즘 사람들이 이해할까 싶었는데 마음에 와 닿았다니 감사해요. 돌아가신 박완서(소설가) 선생은 한 번도 뵌 적이 없지만, 그분이 이

보다 두 살 위이니 같은 세대라 그러셨을 거예요."
─자서전으로 쓰지 않고 오로지 50년간 만나고 헤어진 아이들의 이야기로 채운 까닭이 있습니까.
"내 이야기란 게 뭐 있어요. 그 생명들이 소중하지. 나를 돌아볼 겨를이 없었어요. 아이가 죽었는지 살았는지 확인하는 일로, 한 줌이라도 숨이 붙어 있으면 살려내는 일로 하루하루가 어떻게 지나갔는지도 몰라요. 어떤 아이는 태반과 탯줄에 달린 채 피로 얼룩진 하반신에 싸여서 들어왔다고요. 처음엔 꾸젓한 남자가 직원 식당으로 고기를 배달하는 건 줄 알았는데.

할머니 주치의, 청진기를 다시 들다
6만명인지, 7만명인지
한 줌 숨 붙어 있으면
살려내는 일로
50년을 하루같이…
그 생명 얼마나 귀한지

경찰이었죠. 핏덩이를 보고 처음에 놀라 지배장는데 하도 많이 보니까… 아이도 아이지만 자궁 수축이 되기도 전 출혈이 멈추지 않는 몸을 끌고 어디론가 도망쳤을 산모는 살았을까 걱정을 하고 그렇지.
─50년간 6만명의 아이를 진찰하셨다고요?
"6만명인지, 7만명인지 세어보지 않아 나도 잘 몰라요. 하루에 적게 보면 80명, 소아과 외래에 하루 223명이 온 게 최대였으니까. 100명 이상은 청진을 못해요. 귀가 아파서. 1972년에 해도 시립아동병원에 입원했던 3세 미만 아이들이 2300명이나 되었지요.
─유난히 버려진 아이들에게 질병이 많은 걸까요?
"추운 겨울에, 그것도 거리에 버려지니 당연히

들어와도 일손이 모자라니 엄마처럼 아이를 안고 우유를 먹이지 못하고 기저귀를 채워 놓고 젖병을 물린다고요. 고개만 살짝 옆으로 돌려도 젖이 빠지니 흘러나온 우유는 기저귀에 다 스며들고, 아기는 영양실조 되고요. 거기다 전염병까지 돌면 아이들을 쑥쑥 자라게 하는 건 발효 우유가 아니라 엄마의 다정한 어루만짐과 따뜻한 눈빛이에요."
─끝내 소생하지 못한 아이도 많았다고요.
"의료 기술이 발달하지 못한 70년대에는 그랬어요. 힘없이 사그라지는 생명을 지켜보며 사망진단서를 써야 할 때 나의 무능함을 탓했지요. 세상 누구보다 불행한 출생을 경험한 아이들인데 마지막 가는 길도 장호지 몇장에 싸여… 내 손으로 서명한 사망진단서의 이름들을 잊지 않게 해달라고 지금도 기도합니다."

아이의 입양 서류에는 '~에 버려졌음'이 아니라 '~에서 발견되었음'이라고 기록한다는 말씀입니다.
"'버려진 아이'는 슬프지만 '발견된 아이'는 희망적이잖아요. 미국 사람들한테 배웠어요. 그런 데 해도 우리는 정직하게 '기아(棄兒)'라고 썼는데, 나중에 장성한 아이들이 그 단어를 보고 다시 상처를 받는다는 거예요. 제발 '어밴던(abandon·버리다)'이란 단어를 쓰지 않으면 안 되겠느냐고 해서 80년대부터 고쳐 쓰기 시작했지요.
─정년퇴임은 1993년에 하셨는데 왜 여태 홀트에 남아 계십니까.
"후임 의사가 오긴 왔는데 박봉에 노동 강도가 석 나 몇 개월 만에 그만뒀어요. 나는 퇴직한 뒤 아들 말 있는 캐나다로 가서 살려고 준비하는데 홀트에서 급히 전화가 걸려 왔지요. 다시 일해줄 수 없느냐고 그래서 15년을 '전(前) 원장'이란 직함으로 일하다 가 어깨가 너무 아파서 2008년에 완전히 청진기를 놓 화 큽니다. 빌딩 없으면 일산복지타운에 있는 장애 아들을 볼 수 없느니다. 딱 4개월만 도와주기로 하

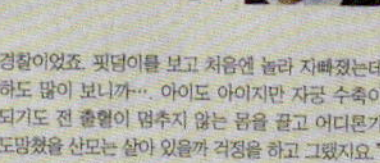

기사가 실린 신문지 위에
내가 그린 할머니 얼굴을 붙여 넣었다.

"우리가 간절히 원할 때 신神은 그 기도에 답한다."

의사이신 조병국 할머니가 50년 의료 일기를 기록한 책, "할머니 의사, 청진기를 놓다"에서 한 말이다.

서울시립 아동병원과 홀트 아동병원에서 버려진 아이들을 받아 돌보아 주고 치료해 주는 주치의로 50년을 바쳐 일해 온 79세의 의사 할머니. 아이들이 겁낼까 봐 흰 가운도 입지 않은 이분은 몸과 마음이 상처투성이인 아이들에게 산처럼 크고 바다처럼 넓은 품이다. 어린이 환자를 하루에 적게 80명, 100명을 보면 귀가 아파서 청진을 못한다면서도 최대로 223명을 본적도 있다고 한다.

조선일보 김윤덕 기자와 인터뷰하면서 조병국 할머니는 이렇게 말했다.

"의학이 스스로 한계를 인정하는 그 순간, 기적이 일어나지요. 과학하는 사람의 머리로는 도저히 이해할 수 없는 기적을 목격합니다. 깨어날 수 없을 것 같았던 사람이 깨어나고 살아날 수 없으리라 여겼던 사람이 살아나는 걸 봅니다. 나는 그 기적이 세상의 가장 낮은 곳, 버려지고 아픈 아이들이 모인 곳에 더 자주 일어나기를 바랐어요. 희망은 삶의 어느 모퉁이에선가 예고도 없이 불쑥 튀어나와요. 그 깜짝 선물을 받지 못하고 생을 포기한다면 얼마나 억울한가요."

아이의 입양서류에는 '—에서 버려졌음'이 아니라 '—에서 발견되었음'이라고 기록하기로 했다고 한다. "'버려진 아이'는 슬프지만 '발견된 아이'는 희망적이 잖아요." 하시면서.

고아로 자랐어도 당당하게 삶을 만들어 가는 이들이 우리 주변에는 너무나 많다. 그들 하나하나가 바로 낮은 곳에서 피어난 희망이고 기적이다. 우리는 그런 경우를 볼 때, 더욱 뜨거운 박수를 보내고 있지 않은가?

뇌성마비였던 영수는 미국으로 입양되었다가 재활의학 전문가가 되어 할머니를 찾아왔다. 그리고 딸도 낳아서 홀트 아동병원 창립자 헤리 홀트의 딸 말리 홀트와 조병국 할머니 이름을 따서 '말리 병국'이라고 이름 지었다며 좋아했다.

현군이는 정신지체와 발달장애로 천방지축 날뛰던 아이였다. 그러던 현군이가 달라지기 시작한 건 홀트 일산 복지 타운의 중증 장애인들로 구성된 합창단인 '영혼의 소리로'의 단원이 된 후부터였다. 일주일에 세 번, 합창 연습이 있는 날에는 누구보다 침착하게 집중력을 보였다. 악보도 못 보고 글도 못 읽지만 지휘자 선생님이 가르쳐 주는 박자와 음정을 곧잘 따라 했고 아이는 마침내 합창단의 솔로 solo가 되었다. 현군이가 '당신은 사랑받기 위해 태어난 사람'이라는 노래를 부를 때, 객석이 울음바다가 되었다.

할머니는 말씀하신다.

"목소리 외에는 가진 게 없는 현군이가 어떻게 저보다 많이 배우고 많이 가진 자들을 위로할 수 있는 걸까? 거칠고 척박한 마음들에서 어떻게 이토록 맑은 눈물을 끌어낼 수 있는 걸까? 생각했지요. 하나님, 참 공평하지요?"

절망의 아이들을 돌보며 가장 낮은 곳, 희망이라곤 없어 보여서 우리가 포기하려는 곳에서 간절한 사랑으로 희망의 끈을 놓지 않았을 때, 기적이 일어나는 것을 보신 이분은 절대로 쉽게 포기하지 않았던 것이다. 할머니의 한 생명에 대한 긍휼의 마음과 절망하지 않는 간절함이 극에 달해서 아이에게 전달되었을 때 아이에게 생명의 힘이 솟아났던 것이다. 바로 인간과 인간의 관계 속에, 더 넓게는 존재와 존재의 관계 속에 감응이 일어나서 만들어 내는 것, 이것이 기적이고 굳이 신이라고 안 해도 되겠지만 어쩌면 신은 그렇게 임하실 것 같다. 그러고 보면 희망이란 것도 어떤 거대한 것으로부터가 아니고 가장 작은 것으로부터 오는 것 아닐까. 절망하지 않는 간절함을 놓지 않을 때, 현군이처럼 최악의 조건을 극복하는 또 하나의 간절함이 기적을 만들어 낸다. 조병국 할머니표 희망은 이런 수많은 사례를 보며 또 다른 희망을 불러왔을 것이고 이런 기적의 현장에 계셨던 그분은 가장 행복한 분이었다. 나는 이분에게서 진정한 성공의 모델을 본다.

 우리가 살아야만 하는 이유는 무수하다. 조병국 할머니 말씀처럼, 언제 기적이 일어나고 기도에 답이 오고 깜짝 선물이 있을지 모르니까, 끝까지 희망을 붙들고 가야 한다. 잠시 눈을 감고 생을 응시해 보면 매일, 매 순간이 다 기적인 것을…. 얼굴도 모르는 독자께서 내 시시콜콜한 얘기를 이렇게 읽어 주는 것도 기적이고, 내가 한번 만나 본 적도 없는 조병국 할머니에 대한 존경과 감동을 이토록 길게 늘어 놓는 것도 기적이다. 낡은 돌 틈에 뿌리를 내리고 꽃을 피워 올린 민들레도 기적이고, 그 꽃에게 아! 하고 감탄하며 잠시 눈길을 주는 것도 기적이다. 이 세상은 온통 기적 아닌 것이 없다.
 예전에 한참 많이 듣고 따라 부르던 노래, 그 가슴 따뜻한 노랫말이 나도 모르게 흘러나온다.

내가 살아가는 동안에 할 일이 또 하나 있지
바람 부는 벌판에 서 있어도 나는 외롭지 않아
……
아아, 영원히 변치 않을 우리들의 사랑으로
어두운 곳에 손을 내밀어 밝혀 주리라.

– 해바라기 '사랑으로' 중에서

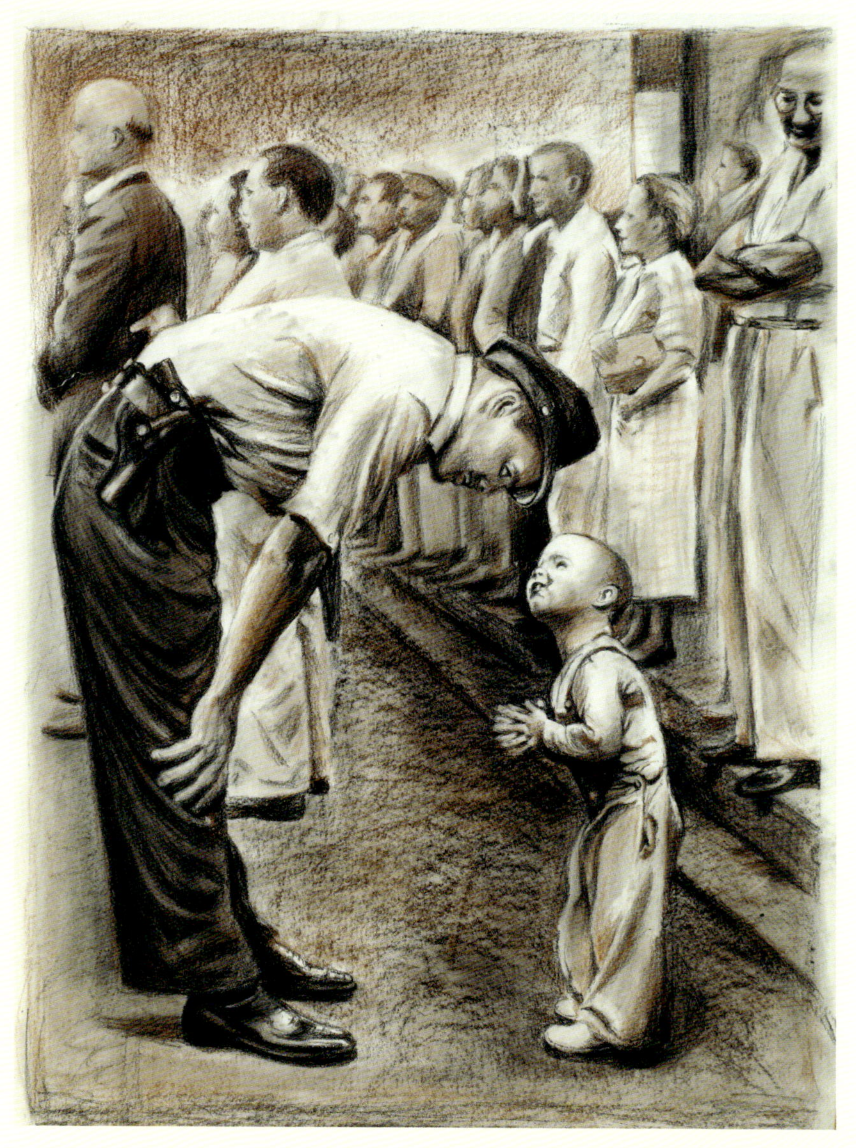

눈맞춤 2 | 44 x 60 | 종이에 파스텔

경찰관과 꼬마. 중국의 어느 거리를 전통 행사 행렬이 지나간다.
종이 사자가 춤을 춘다. "아저씨 좀 앞에 나가보면 안돼요?
풀리처Pulitzer 사진상을 받은 윌리암 비올William Beall의
작품을 보고 그리다.

박수를 보냅니다

–자유인 윈저공께

그들은 자유로운 삶을 택했으나, 결국 죽는 날까지 세상의 시선으로부터 자유롭지 못했다. 그러나 나는 세속의 왕관을 벗음으로써 자기 자신의 왕이 되고자 했던 한 남자를 오래도록 기리고 싶다. 자유인 윈저공께 박수를 보내 드린다.

윈저공과 심프슨 부인 ㅣ 53 x 53 ㅣ 검은색 종이에 흰 파스텔

윈저공의 시선이 재미있다. –유섭 카쉬의 사진 참조–

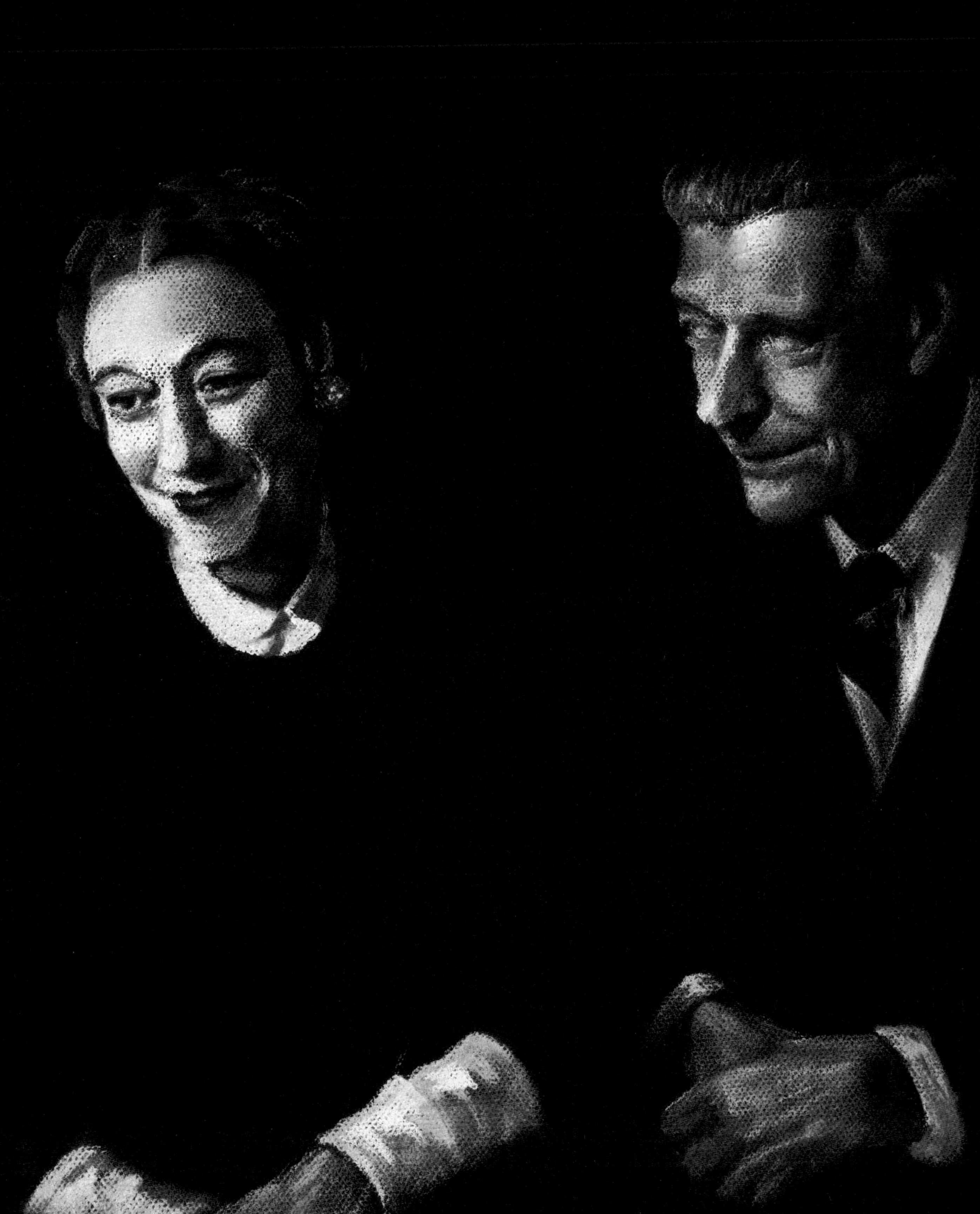

1936년 12월 11일 밤 10시, 영국 BBC라디오 방송을 통해 에드워드 8세의 비감한 목소리가 흘러나왔다.

"나는 사랑하는 여인의 도움과 지지 없이는 왕으로서의 의무를 다할 수 없고 그 무거운 책임을 짊어질 수도 없음을 알았다. 그러므로 나는 왕관을 벗는다."

왕이 된지 325일 만에 한 여인을 택하기 위해 스스로 왕관을 벗겠다고 선언한 것이다. 방송이 나가자 영국뿐 아니라 전 세계가 경악했다.

왕의 연인이었던 월리스 워필드는 미국인으로 귀족 신분도 아니었고 이혼 경력도 있으며, 왕과 교제할 때까지도 심프슨이라는 남자의 아내였으므로 심프슨 부인이라 불리었다. 이 여인을 왕비로 맞아들이는 것에 대해 영국 왕실은 물론 영국 국교회와 온 국민이 강력히 반대했다. 왕실법 상 왕족은 의회의 동의 없이 결혼할 수 없었다. 왕의 결혼 문제는 당시 총리였던 스탠리 볼드윈Stanley Baldwin이 나서서 강력히 반대하면서 왕과 내각 사이의 힘겨루기 양상으로 치달았다. 그러자 에드워드 8세가 차라리 왕관을 벗겠다고 공표公表한 것이다.

하야한 에드워드는 오스트리아로 떠나 그곳에서 새 왕인 조지 6세—에드워드 8세가 하야하자 왕위를 계승한 에드워드의 동생—로부터 윈저공작의 작위를 받았다. 심프슨 부인의 이혼 결정이 날 때까지 떨어져 지내다가 이혼이 결정되자 그해 6월 3일 프랑스의 외곽 교회에서 소박한 결혼식을 올렸다. 영국왕실에선 이들의 결혼식에 아무도 참석하지 않았다. 월리스 워필드—심프슨 부인—의 나이는 40세, 윈저공은 42세였다.

최근 한 보도에 의하면, 당시 총리 스탠리는 조지 5세—에드워드 8세의 아버지—에게 심프슨 부인이 나치의 스파이로, 주영 독일 대사이며 히틀러의 최 측근인 요아힘과도 교제 중이라고 보고했다. 조지 5세는 격노하여 에드워드에게 심프슨 부인과 헤어지지 않으면 왕세자 자리를 박탈하겠다고 엄포를 놓았지만 에드워드는 둘 다 놓을 수 없다며 버텼다. 그러는 중에 조지 5세가 1936년 1월 숨을 거두었고, 결국 에드워드 8세는 왕위에 올랐다고 한다.

지극히 오묘한 것이 남녀의 사랑이라지만 이들 두 사람만큼 화제를 뿌리며 사람들을 놀라게 한 예는 전무후무할 것이다. 영국은 그때까지 여전히 세계의 1/4을 지배하는 최강국으로 해가 지지 않는 나라라고 명명되고 있었다. 게다가 1차 대전을 치르고 난 당시 세계정세는 여간 혼란스럽지 않았다. 그런 정국에 왕이 왕좌를 버리고 한 여인을 택한 것이다. 온 세상 사람들이 놀란 것은 당연하다.

사랑이 부질없다고 생각하는 사람들에게는 그의 선택은 무모해 보였을 것이지만, 사랑의 힘을 믿는 사람들에게는 그의 선택이 무엇보다 찬란해 보였을 것이다.

최근에 공개된 에드워드의 편지를 보면 그는 확실히 사랑에 빠져 있었던 듯하다.

나는 당신의 그 모든 달콤함에서 헤어날 수가 없다. 당신에게 빠진 이 작은 소년은 오늘 오후 무척이나 행복하다. 매우 분주한 일이 산재해 있음에도 불구하고 어느 누구에게도, 어떤 것에도 신경 쓸 수 없다. 내가 당신을 얼마나 그리워하는지, 그래서 얼마나 슬픈지 깨달을 시간도 없다.

나의 소중하고 사랑스러운 프레디 웨디, 이 세상과 다음 세상에서 나에게 필요한 당신의 거룩한 사랑에 신의 은총이 있기를.

당신을 숭배하는 데이비드

나는 단숨에 불이 확 붙어 뜨겁게 타오르는 사랑을 경험해 보지 못했다. 중매로 선본 지 50일 만에 결혼했으니 연애를 할 만한 시간도 없었다. 우리 사이는 살면서 개미처럼 노력하고 견고하게 쌓아 올린 탑 같다고나 할까. 각기 주어진 의무에 충실한 덕분에 얻어진 믿음과 편안함이 사랑이 되었다. 서서히 쌓아 간 사랑은 대장간의 불화로처럼 꺼질 줄을 모른다. 어쩌자고 나는 그가 떠난 지금도 불화로를 꺼트리지 않고 있다. 그 불꽃 속에서 그의 부재不在는 그가 준 시간의 선물로 연금鍊金되어 나온다.

모든 것을 다 내던지고 얻는 사랑이 내 경우는 아니었지만 아름답게 보일 때도 많다. 내 기억 속에도 진하게 남아 있는 사랑 이야기들이 있다. 레마르크의 <개선문>에서 라비크와 조앙마두, 루이제 린저의 <생의 한가운데 Mitte des Lebens>에서 니나와 슈타인, 마르그리뜨 뒤라스의 <이게 다에요 C′est tout>에서 마르그리뜨와 얀 앙드레, 영화 만추晩秋의 혜림과 민기…. 그들을 통해 사랑의 다채로운 색깔을 보며 그 아름다움에 젖어든다.

대부분의 사람들이 윈저공의 선택을 불같은 사랑의 이야기로 생각하는데, 나에게 있어 윈저공의 얘기는 사랑보다 자유라는 모티브로 더 강하게 다가온다. 어쩌면 그는 사랑보다도 자유에 더 목말랐던 것은 아닐까? 혹시 그는, 사랑하는 여인과 결혼도 할 수 없는 왕이라는 자리, 그 허망한 자리에 대한 환멸을 참을 수 없어, 차라리 그까짓 허수아비 놀이를 그만두겠다고 선언한 것은 아닐까? 왕이 된 자기 동생의 건강이 악화되었을 때, 정부 각료를 지낸 공의 측근 쿠어시가 윈저공에게 왕위 복귀를 추진하겠다고 제안하자 공이 거절했다는 것을 보면 그럴 가능성이 큰 것 같다. 인간에게 지극히 사적일 수밖에 없는 사랑이란 감정마저도 통제되는 그 자리에 대한 저항 혹은 반란으로, 에드워드 8세는 왕관을 벗어던졌음에 틀림

없다는 생각이 든다. 그렇다. 이제 자유인 것이다.

 그러고 보면, 젊은 시절 내내 나도 자유에 대한 갈망이 컸었다. 맏딸인 나는 누가 시켜서도 아니건만 유독 맏이 의식이 컸다. 동생들에게 공부도 모범이 되고 싶었고 부모님께 아들같은 딸이 되어 용돈도 드리고 싶었다. 대학시절부터 오랫동안 거의 한달도 쉬지 않고 아르바이트를 했다. 가족을 지켜야 된다는 생각에 외국 유학은 엄두조차 내지 않았다. 그것이 내 기쁨이었지만, 동시에 스스로 만든 멍에가 되어 나를 조였다. 나는 늘 내 자유 시간에 목이 말랐고 스스로 부여한 책임감으로 항상 어깨가 무거웠다. 결혼해서 얻은 종부宗婦자리는 보통 만만치가 않은 큰 틀의 굴레였다. 대소사와 사람들에 둘러싸인 그 자리에서 우리 두 사람만의 자유는 감히 넘볼 수도 없는 환상이었다. 그와 나의 결속감은 같은 것을 갈구하느라 더욱 공고해졌을지도 모른다. 윗대 어른들이 떠나시고 나니 내가 어른이 되었고, 자유는 얻었으나 젊음은 가 버렸다.

 실제로 윈저공은 자유분방한 사람이었다. 위트가 뛰어났고 격식을 무시했다. 그의 멋진 옷차림은 신문, 잡지 또는 기록영화로까지 온 세계로 퍼져 나가 '윈저스타일' 이라는 이름으로 남성패션을 선도했다. 요즘 말로 트랜드 세터trend-setter였던 것이다. 넥타이 매듭을 크게 매는 방법을 고안해 '윈저노트Windsor knot' 라고 불리며 하나의 패션으로 고착되었고, 셔츠 위에 니트를 겹쳐 입는 방식도 바로 그에게서 비롯되었다. 무늬가 있는 옷을 겹쳐 입는 '패턴온 패턴룩' 역시 당시 영국의 신사들에겐 상상조차 할 수 없는 일이었는데 그는 과감하게 그렇게 입었다. 물론 심프슨 부인도 당대 일류 디자이너들의 드레스를 입는 패션리더fashion leader였다. 부인은 침착하고 지적이며 세련된 감각을 지니고 있었고 자주 화려한 파티를 열어 유럽 사교계를 주름잡았다. 그러나 영국왕실은 철저히 그녀를 무시했고 윈저공의 어머니 메리왕비—조지 5세의 왕비—는 더욱 철저히 그녀를 홀대했다고 전해진다. 그들은 결혼과 동시에 영국왕실로부터 배척을 당함으로써 망명객이 되어서 영국 본토로 돌아가지 못했다. 부인이 왕실가족으로 공식 행사에 참가할 수 있게 된 것은 결혼한 지 30년이 지난 다음이었고, 끝내 전하Royal Highness의 존칭은 받지 못했다. 윈저공은 두고두고 그것을 가슴 아파했다고 한다.

세기를 뒤흔든 로맨스의 주인공들은 결국 왕실과의 갈등, 왕실에 대한 섭섭함뿐 아니라 심프슨 부인의 외도설과 윈저공이 나치 지지자라는 오해에 시달리느라 그다지 평탄한 삶을 누리지도 못했던 것으로 보인다. 윈저공은 78세에 지병으로 생을 마감했고, 부인은 14년을 더 살다가 90세의 나이로 눈을 감았다. 누군가 부인에게 세기의 로맨스가 부럽다고 하니까, 부인은 미소 지으며 반문했다고 한다.
"그 세기의 로맨스가 얼마나 힘든 줄 아세요?"
그들은 자유로운 삶을 택했으나, 결국 죽는 날까지 세상의 시선으로부터 자유롭지 못했다. 그러나 나는 세속의 왕관을 벗음으로써 자기 자신의 왕이 되고자 했던 한 남자를 오래도록 기리고 싶다. 자유인 윈저공께 박수를 보내 드린다.

눈맞춤 3 | 58 x 88 | 한지에 수채

운보 우향 부부를 추모하며

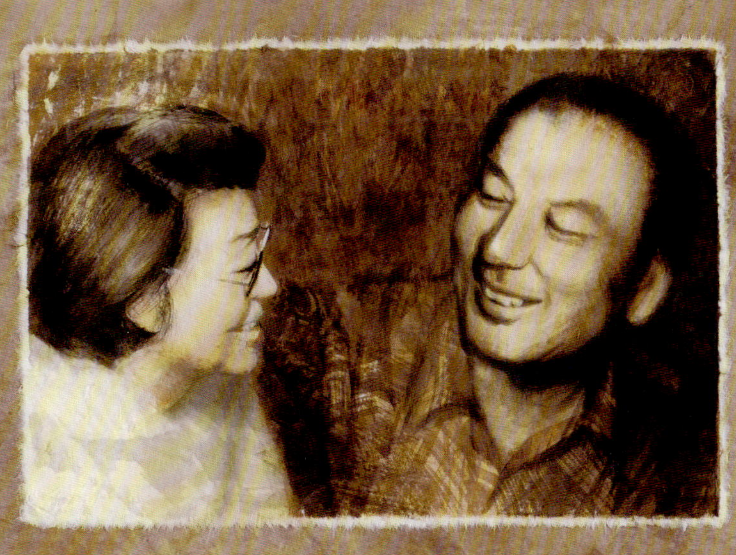

태양을 머은 새
끓어오르는 예술혼
운보, 우향과
손잡고
불사조로
날아 오르다

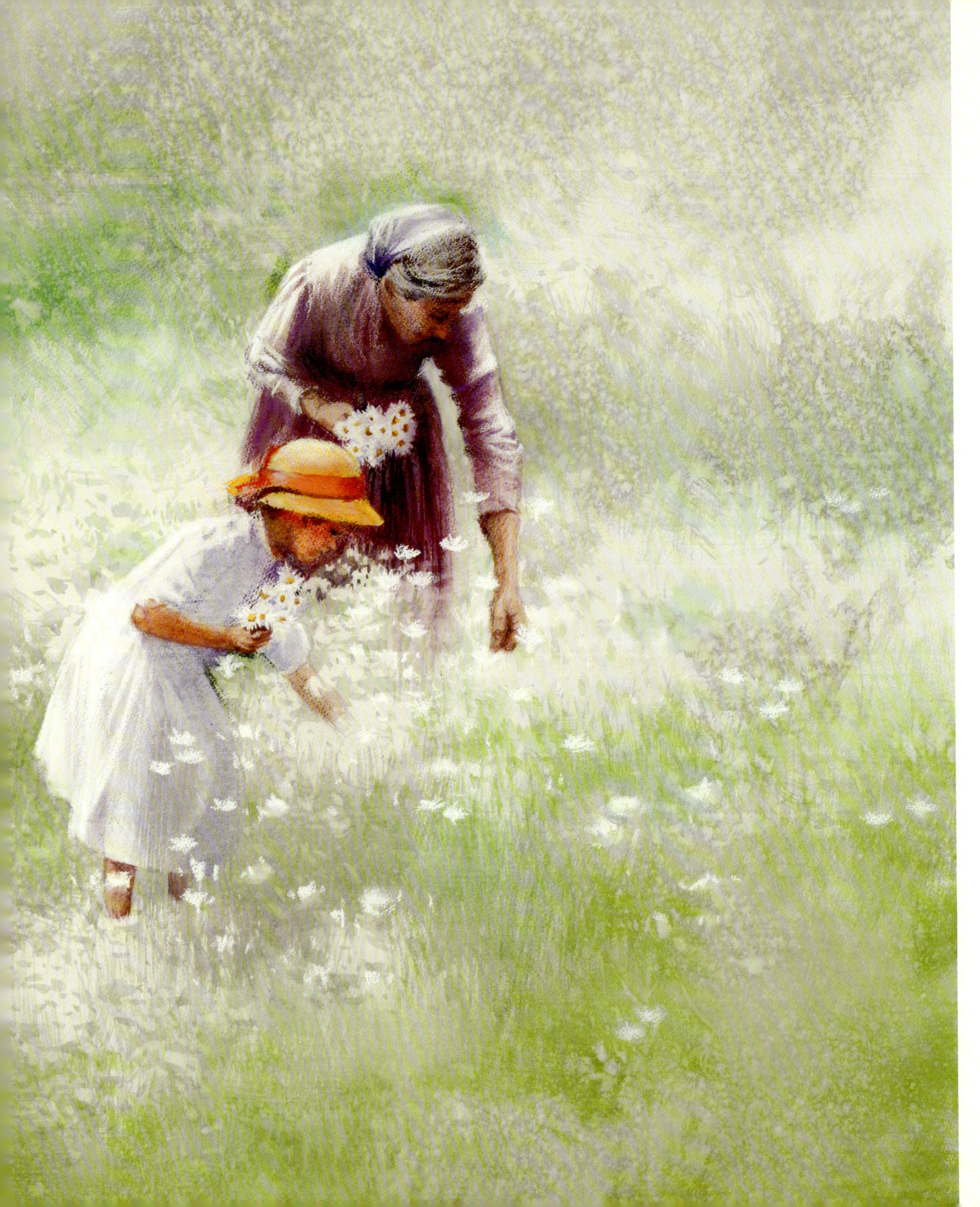

━ 도착했다. 지금 여기에

– 타샤 튜더 이야기

인생은 짓눌릴 게 아니라, 즐겨야 해요. 우리의 손이
닿는 곳에 기쁨이 있답니다. 기쁨을 누리세요. 우리가
바라는 행복이란 온전히 마음에 달려 있지요.

행복 ㅣ 53 x 65.2 ㅣ 종이에 파스텔

정원에서 손녀와 데이지 묶음을 만들고 있는 타샤

아침에 거실로 나와 내가 맨 처음 하는 일은, 거실 곳곳에서 무성하게 자라고 있는 식물들에게 하나 하나 눈길을 맞추며 말을 건네는 것이다.

"고마워. 나 믿고 이렇게 건강하게 잘 살아 주어서!"

베란다로 나가 화초들에게도 인사를 나누고 텔레파시를 보낸다. 너희들은 내 자랑이라고. 햇빛을 골고루 받으라고 화분을 조금씩 돌려 놓는다. 물론 음악도 틀어 준다. 나의 베란다 화단은 넓어봐야 두세 평이 안 된다. 그래도 어쩌다 만나는 이웃 분들은 인사말로 묻곤 한다,

"요즘도 꽃이 좋아요?"

그런데 30만 평의 정원을 가꾸어 지상에 낙원을 만든 분이 있다. 미국 버몬트 주의 타샤 튜더 할머니다. 그녀는 꽃과 나무를 심어 가꾸는 일 외에도 무엇이든 직접 자급자족하면서 새, 염소, 닭, 개들을 기르며 꽃동산 속에서 소박하게 살았다. 양초 하나도, 직접 만들어 불 밝혔고, 어린이들을 위한 동화를 쓰고 삽화를 그려 미국에서 가장 사랑받는 동화작가 중 한 사람이며, 삽화가이기도 하다. 지난 70여 년 간 100권이 넘는 그림책을 세상에 내어 놓았다고 한다. 그 부지런함과 자립심에 대해 존경하지 않을 수 없다. 그녀는 '행복은 자신이 만들어 가는 것'이라고 당당하게 말한다. 사진으로 보는 그녀의 굵은 손마디들이 그녀가 얼마나 부지런하게 모든 일을 손수 해왔는지를 말해 준다. 그야말로 '위대한 손'이다.

그녀가 들려주는 소중한 말들을 옮겨 본다.

- 인생은 짓눌릴 게 아니라, 즐겨야 해요. 우리의 손이 닿는 곳에 기쁨이 있답니다. 기쁨을 누리세요. 우리가 바라는 행복이란 온전히 마음에 달려 있지요.
- 봄의 말 : 2,30년간 기른 화초에서 새싹이 움트는 것을 보는 것이야말로 설레는 일이다. 옛 친구를 다시 만나는 기분이랄까.

- 여름 : 요즘은 사람들이 너무 정신없이 살아요. 카모마일 차를 마시고, 저녁에 현관 앞에 앉아 개똥지빠귀의 고운 노래를 듣는다면, 한결 인생을 즐기게 될 텐데!…

- 가을의 어떤 맑은 날, 편지함 옆의 흰 자작나무 위로 하얀 기러기 떼가 날아가는 광경은 숨 막힐 만치 아름다워요. 그리고 에프터눈 티tea를 즐기려고 떼어 둔 시간보다 즐거운 때는 없지요.

- 겨울의 말 : 눈 내린 후에 가장 아름다운 흔적을 남기는 것은 단연 새들이지요. 레이스lace같은 그들의 발자국을 보며 눈 위에서 얼음 위에서 자식들과 손자, 손녀들과 썰매나 스케이트를 타는 삶이 더 바랄 나위 없이 만족스러워요.

- 나는 자급자족하고 싶고, 내가 쓰는 물건을 어떻게 만드는지 익히고 싶다. 그래서 물레질, 뜨개질하고 베틀에 앉아 옷감을 직접 짜서, 그 천으로 옷을 지어 입는 그 성취감은 대단하다.

- 나는 다림질, 세탁, 설거지, 요리 같은 집안일을 하는 게 좋다. 직업을 묻는 질문을 받으면 늘 가정주부라고 적는다. 찬탄할만한 직업인데 왜들 유감으로 여기는지 모르겠다. 가정주부라서 무식한 게 아닌데. 잼jam을 저으면서도 셰익스피어 Shakespeare를 읽을 수 있는 것을.

- 나는 요즘도 귀한 골동품 식기를 일상생활에서 사용한다. 상자에 넣어 두고 못 보느니, 쓰다가 깨지는 편이 나으니까. 내가 1930년대 드레스dress를 입는 것도 그런 이유에서다. 하지만 왜 멋진 것을 갖고 있으면서 즐기지를 않는가? 人生은 짧으니 오롯이 즐겨야 한다.

- 사람들은 나를 장밋빛으로 본다. 보통 사람으로 보아주지 않는다. 내 본모습을 못 보는 것이다. 마크 트웨인의 말처럼, 우리는 달과 같아서, 누구나 타인에게 보여주지 않는 어두운 면을 지니는 것을.

내가 특히 박수를 보내고 싶은 구절은 "나는 겨울에 여름을 아쉬워하지 않는다."
이다. 셰익스피어도 그랬다. "5월의 새로운 환희 속에서 눈을 그리워하지 않듯이,
크리스마스에 장미를 갈망하지 않는다네!" 바로 그렇다. 시간은 촘촘하게 짜인
인연의 그물들, 우리는 시간 속을 지나는 나그네이니, 어제의 일에 발을 묶지 말
아야 한다.

이 시대의 성과成果주의는 미래를 위해 현재의 기쁨은 유보하라고, 현재의 희생
이, 지금의 고군분투가 미래의 기쁨을 가져온다고 외친다. 그러나 시각을 조금만
달리해도 얼마든지 그때그때 충만하게 살 수 있다, 탸샤처럼. 행복은 스스로 만드
는 것이 아닌가.

그녀의 정원에 비하면 턱없이 옹색한 나의 베란다지만, 나는 꽃들과 눈을 맞출
때마다 벅찬 무언가가 가득 차오르곤 한다. 피붙이처럼 정겹고 사랑스럽다.

'자세히 보아야 예쁘다./ 오래 보아야 사랑스럽다./ 너도 그렇다.'−나태주의 시,
'풀꽃' − 시인의 말이 아니어도 나는 습관처럼 날마다 아침이면 키 작은 꽃들을
오래도록 자세히 들여다 본다. 꽃들은 저마다 재잘재잘 제 얘기들을 쏟아 놓는다.
나도 그 애들에게 내 얘기를 들려준다. 간밤엔 어머니 꿈을 꿨단다, 오늘은 약속
이 있어 나가봐야겠구나, 등등. 그런 다음 아침 식사를 하고 차를 마시고......

자잘한 일상, 그 어느 것 하나 소중하지 않은 게 없다. 그 가운데, 하고 싶은 일에
푹 빠져 있을 때의 충만감! 오늘을 있게 한 지나온 시간들에 감사한다. 이 하루가
내 생의 완성이려니 하며 산다면, 이렇게 말할 수 있지 않을까?

아, 나는 도착했다. 지금 여기에!

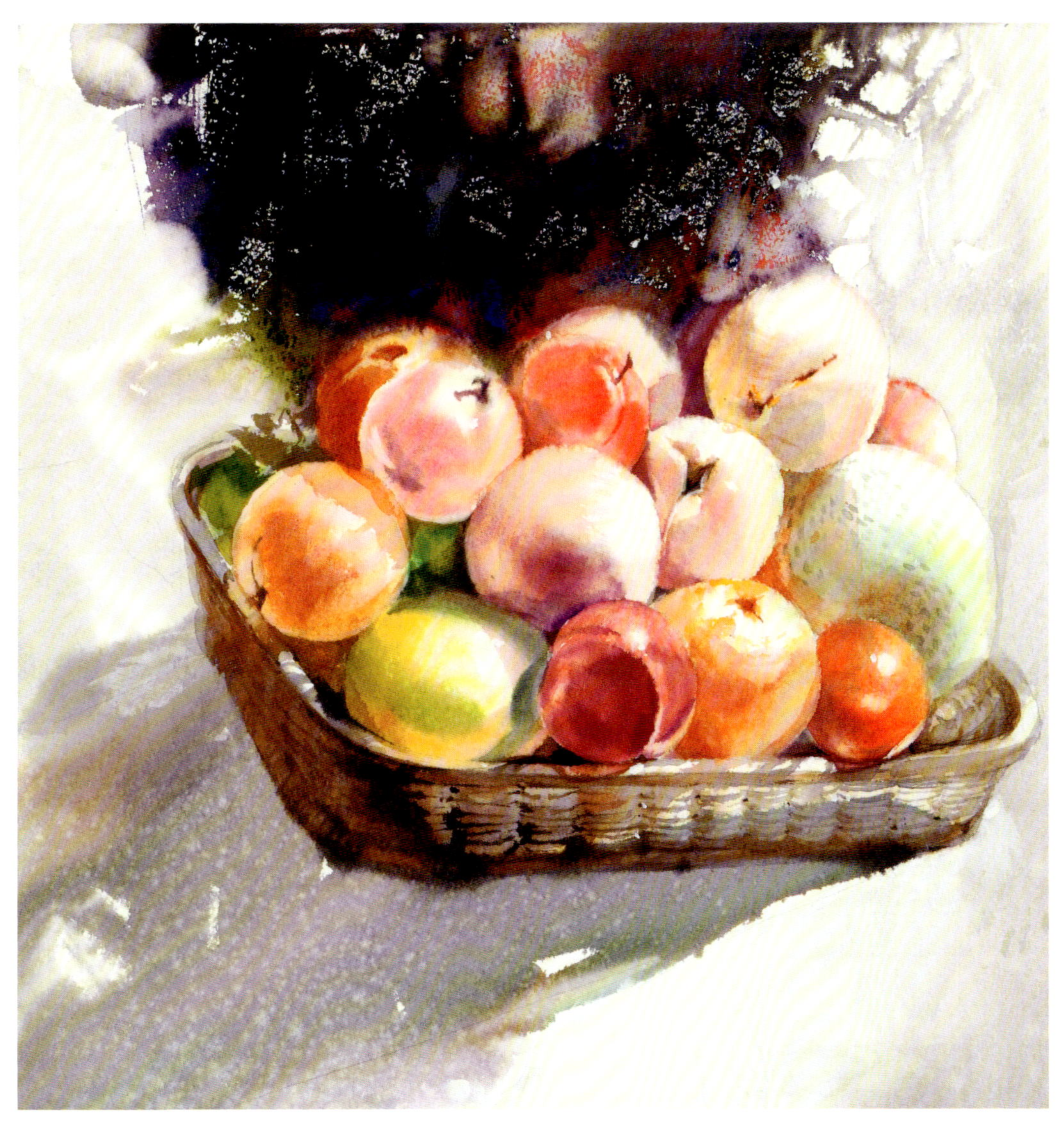

과일 1 | 41 x 48 | 종이에 수채

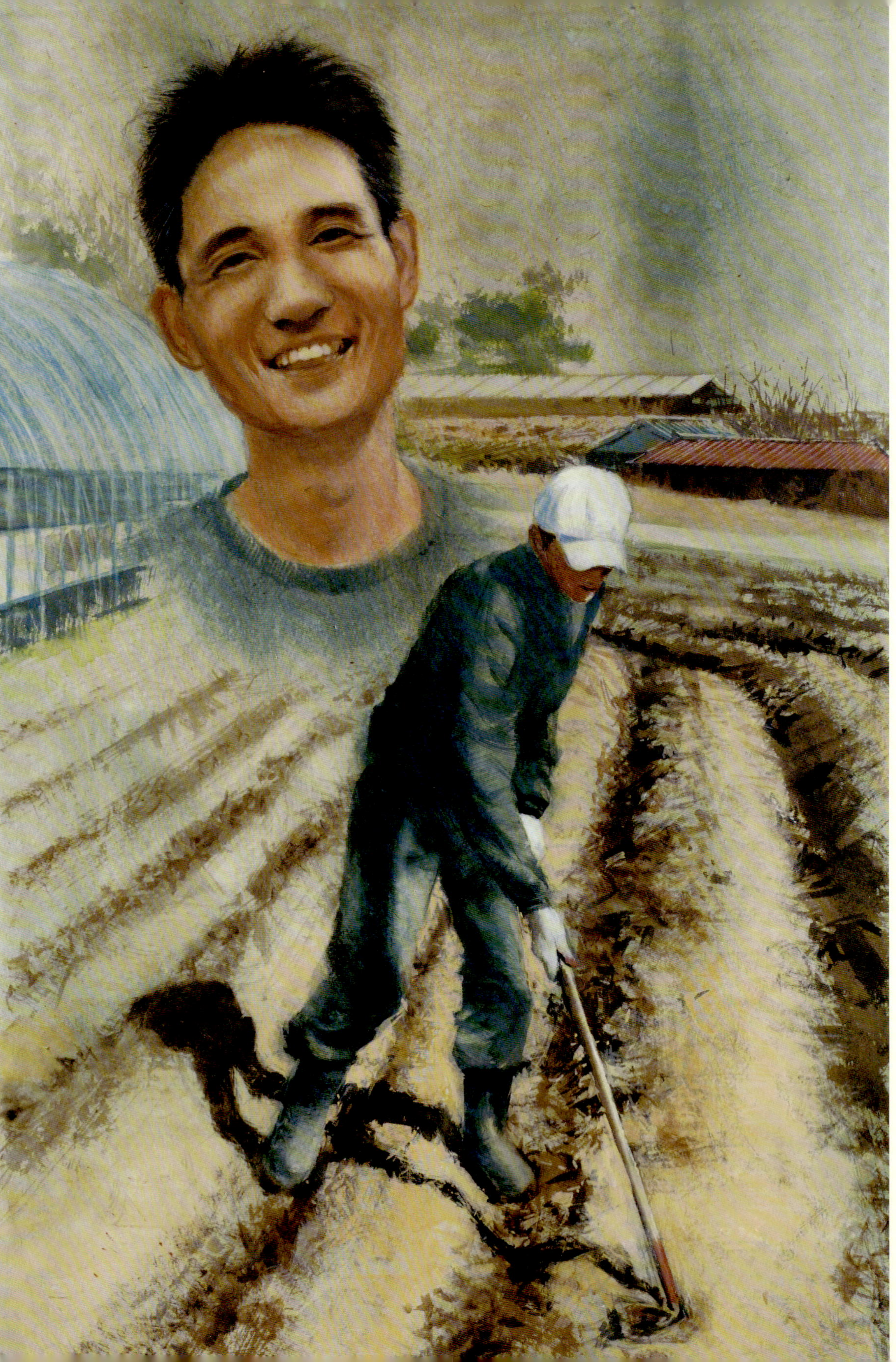

마음이 담긴 나눔 박스
– 행복한 농부 금창영 씨

진열대 위에서 비닐랩에 싸인 채 반짝이던 것이 아니
고 신문지 안에서 벌레 먹은 자리 숭숭 나 있는 채소들
이 더 반갑고 귀하다. 이것들로 차리는 내 밥상은 여왕
의 식탁이 부럽지 않다. 성실한 농부 금 창영씨 부부의
땀과 꿈을 받아 먹는 것이니까.

초록빛 웃음 | 58 x 88 | 초록색 한지에 수채

밭일하는 금창영 씨

택배로 받은 박스를 여는 내 손길이 급하다. 테이프를 뜯어내고 활짝 열어젖힌다. 미리 예고를 보았으니 이번 주에는 무엇이 올 것인지 알면서도 매번 어서 보고 싶은 것이다. 한 가지씩 신문지에 싸인 채소들을 풀어 보며, 이것들을 키우고 거두어 보낸 분의 수고와 정성을 만나는 이 순간을 나는 귀하게 여긴다. 늘 먹거리의 맨 위에는 농사 소식 겸 물품에 대한 설명의 말이 자상하게 적힌 소식지가 얹혀 있다. 나는 글을 읽으랴 물건 꺼내랴 눈과 손이 바빠진다. 다음은 양력 4월 18일에 보내온 물건들이다.

맨 처음에 고추 장아찌가 나온다. 바로 먹을 수 있는 음식으로 만든 것이 들어 있어 반갑다. 설명이 붙어 있다. 작년 가을에 딴 토종 고추로 담은 거란다.

껍질이 얇으면서도 아삭한 맛이 있고 제법 매콤하다고.

다음엔, 요구르트가 나온다. 유기농 요구르트다. 시중에서 판매하는 사료를 먹이지 않고 직접 키운 풀을 먹인 소에서 나온 원유로 만든거라 한다.

'담백하여 어른들도 좋아하십니다.' 이 문구로 마음이 따뜻해진다.

웬, 민들레가 들어 있네! 논둑, 밭둑에서 자란 민들레라고. 봄에 입맛 없을 때 좋은 먹거리라고 한다.

쪽파가 싱싱하다. 시금치가 아주 도톰하니 좋으네! 겨울난 시금치는 아주 달다고. 작년 1년, 거름을 안 한 곳에서 키워 건강하단다.

상추와 잎채소가 푸짐하다. 2년째 거름을 안 한 밭에서 키우고 겨울을 난 근대, 적근대, 비트 잎, 상추 등이 들어 있다.

돈나물, 어릴 때 물김치로 먹던 추억의 나물이다.

와, 딸기다! 토종이라 알이 잘고 귀엽다.

청국장, 2년간 거름을 하지 않은 밭에서 거둔 메주콩으로 만들었다고 보내왔다.

아욱, 지난 겨울을 하우스에서 난 아욱이란다. 올해의 것은 요즘 한창 씨를 뿌리는 중이라고.

이렇듯 대개 열 가지를 격주로 받고 있다. 매번 몇 가지씩 먹거리가 달라지는 변화도 즐겁다. 날씨가 더 따뜻해져서 식물들이 부쩍부쩍 잘 자라면 한 주에 한 박스가 올 것이다. 이들 품목을 보며 나는 철을 알게 된다. 아, 지금은 이런게 제철이구나! 마트에서 그때그때 입맛 당기는대로 사다 먹던 '철 모를 때' 생각이 나서 혼자 웃음 짓는다. 그리고 진열대 위에서 비닐랩에 싸인 채 반짝이던 것이 아니고 신문지 안에서 벌레 먹은 자리 숭숭 나 있는 채소들이 더 반갑고 귀하다. 이것들로 차리는 내 밥상은 여왕의 식탁이 부럽지 않다. 성실한 농부 금창영 씨 부부의 땀과 꿈을 받아 먹는 것이니까. 이분들이 충남 홍성군 월현리에서 자연 농법으로 농사를 지어, 그 물품들을 도시에 사는 회원들에게 나눔 박스로 판매한다.
이 댁의 상호는 '민재네 집'이다. 아들의 이름을 걸고 양심껏, 열심히 농사지어 공급해 주려고 귀농한지 6년째 된다고 한다.
이댁 가족은 남매인 민재, 나영이와 금창영 씨, 부인 장현숙 씨인데, 나는 몇 해째 이댁의 농산물을 받아 오며, 만나지는 못했어도 이들에게 시골의 친척 같은 정을 느낀다. 그리고 존경스럽다. 그들이 자기네 가족사진에 곁들인 글, '밭에서 김을 매고 있으면 모든 근심 걱정이 사라지는 무아지경에 이른다.'고 하니 얼마나 행복한 사람들인가. 이분들의 행복한 마음이 이 꾸러미들을 통해 나에게도 전달되고 있다.
지난 초봄의 어느 소식지에는 이런 글들이 실려 있었다.

'이제 바야흐로 농부의 시간이 다가옵니다. 나날이 즐겁습니다. 씨를 뿌리고, 빨래를 하고, 설거지를 하는 것은, 꿈이 있고 내일에 대한 희망이 있는 이가 할 수 있는 것입니다.....학교로 가는 아이의 뒷모습을 보며 내가 지금 하고 있는 농사가 정말 아이에게 부끄럽지 않은지 돌아보게 됩니다.'

'올해도 작년과 같이 100가지에 가까운 종류를 농사지을 테지만 그것이 모두 여러분의 식탁에 오르리라고는 그 누구도 알 수 없습니다. 그저 순간순간 열심히 할 뿐입니다.'

또한 민재 아빠가 2011년 3월 23일 나눔 박스를 받는 회원들에게 보내온 글 중에서 내가 소중하게 메모해 둔 몇 마디가 있다.

'자신이 세운 원칙을 어긴다는 것은 있을 수 없는 일이다.'

'결코 버릴 수 없는 자신과의 약속'

'농사에선 효율성, 생산성보다 우선하는 땅과 하늘과 작물에 대한 예의가 있다.'

머릿속으로 내일 점심 메뉴가 금세 짜여진다. 청국장 찌개 끓이고, 상추와 몇 가지 채소 합쳐서 겉절이도 무칠 거고.. 디저트로는 요구르트에 버무린 딸기가 있고... 와, 벌써 군침이 도네! 외식 약속이 안 잡혀 있어 다행이다. 내 입맛에 딱 맞는 호사스런 밥상을 차릴 생각에 미리 즐거워진다.

언제일지 머지않아, 나는 홍성행을 하려고 벼른다. 가서 행복한 농부 금창영 씨의 손을 잡아 보고, 부인 현숙 씨의 등을 두드려 주고 함께 잡초 하나라도 뽑는 일을 거들고 오고 싶다. 아, 참 ! 민재와 나영이도 안아 주고 와야지.

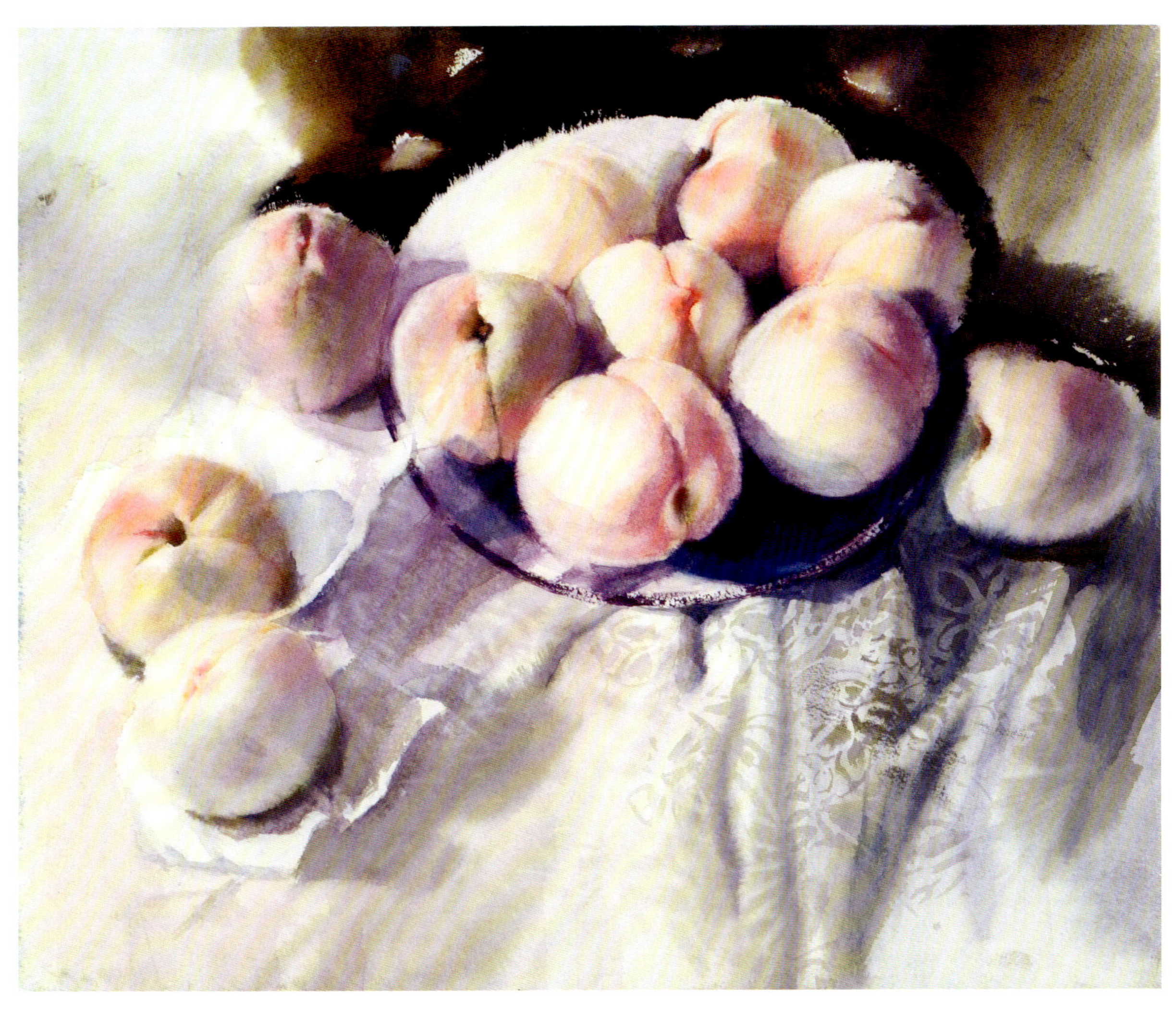

과일 2 | 45.5 x 38 | 종이에 수채

복숭아

열화지락悅話之樂

– 대학 동창들과 함께

시간은 우리를 지나 흘러가 버리는 것이 아니라,
우리 안에 축적되어지는 것이다. 우리의 우정과
추억과 신뢰는 시간의 선물이다.

나의 대학 동창들 ｜ 100 x 100 ｜ **종이에 수채**

알림장에 끌려 열화당이 될 곳으로 모여드는 이야기꾼들...
마음은 언제나 마로니에와 라일락 그늘에 머물고

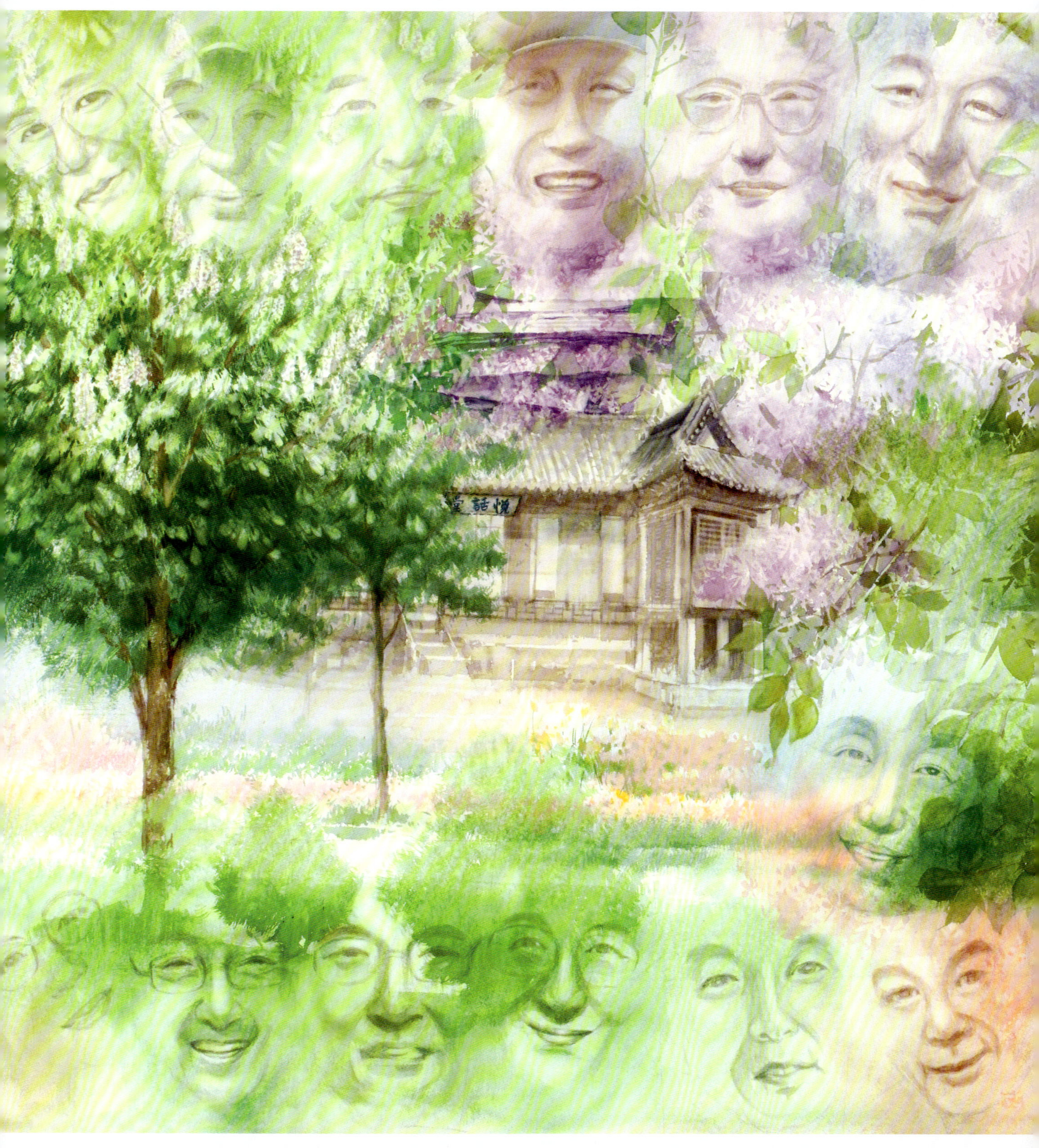

悅話堂

삶에 있어 제일의 낙은 무엇일까? 사람마다 사는 재미는 각기 다를 것이지만 조선왕조 초기의 인물인 김시습은 인생살이 제일의 낙은 '벼슬도 재물도 아니고 마음 맞는 사람들이 모여 기쁘게悅 이야기하는 것話' 이라고 했다. 강릉에는 선교장—세종대왕의 형인 효령대군의 11대 손인 가선대부嘉善大夫 무경茂卿 이내번李乃蕃에 의해 처음 지어졌다—이 있는데, 이 사랑채의 이름이 '열화당悅話堂' 이다. 대대로 선교장의 주인은 이곳에 손님을 초대하여 이야기하는 기쁨을 즐겼다. 공자 같은 현인도 '벗이 있어 멀리서 찾아와 주니 또한 기쁘지 아니한가 有朋自遠方來, 不亦悅乎!' 라고 하면서 인생삼락에 벗과의 만남을 꼽았다. 사람들은 이런 저런 인연을 따라 모임을 만든다. 이야기를 나누는 기쁨을 위해서일 것이다.

나는 모임 중에서도 학교 동창 모임이 가장 즐겁다. 학창시절에서 까마득히 멀리 와 있음에도 그 시절의 모습을 서로 기억해 주는 것이 고맙고 소중하기 때문인 듯 싶다. 대학을 졸업한 지 50년이 되어 간다. 남녀 공학이었는데 스물다섯 명 입학 정원 중에 여학생은 세 명뿐이어서 우리 셋은 필사적으로 붙어 다녔다. 게다가 나는 오빠도 없이 자랐으므로 그렇게 많은 외간 남자들 틈이 어찌나 불편했던지 하루하루가 힘들었다. 우리과 대표 남학생이 전달 사항이 있다고 앞에 와 서면 으레 반쯤 외돌아 서서 고개를 숙이고 들었다. 그런 나는 아주 멋없는 여학생이었음에 틀림없다. 늘 감색 교복 차림에 사전을 넣어 불룩해진 왕진 가방을 들고 다녔으니 멋이 날 리도 없었고, 멋을 낼 줄도 모르는 숙맥이었다. 여학교로 진학한 친구들한테 가 보면 그곳은 어찌나 자유롭던지, 늘 웃음꽃이 활짝 피는 별천지인 것만 같았다.

우리의 대학시절인 1960년대 초, 우리나라의 GNP는 $80 수준이었다. 대체로 많은 대학생들이 아르바이트를 해 가며 공부를 할 수밖에 없었으므로 청춘의

낭만을 즐길 여유는 없었지만 서로 힘든 모습을 숨기지 않았고 만나면 밥 한 끼라도 정겹게 나누어 먹으며 혈육같이 지냈다. 그런 정은 지금까지도 이어져서 서로를 아끼는 마음이 여간 돈독한 게 아니다.

졸업해서는 사회 각 분야로 나가 활동하다가 은퇴를 앞두고 모임을 갖기 시작해서 매달 한 번씩 만나기 시작한 것이 벌써 20여 년이 되어간다. 여학생인 내가 그 모임에 낀다는 것은 재학 당시로서는 상상도 못했던 일이다. 요즈음에 와서는 대학 당시 정원의 반 정도 모이게 되었지만 우리 모두 충성스럽게 개근을 한다. 나머지 사람들은 해외에 있거나 건강이 좋지 않거나 혹은 타계한 사람도 있다. 우리 여학생 중에서 가장 활달한 H가 고국 나들이를 오면 꼭 이 모임에 참석한다. 그런 날이면 우리 모두 가히 환호작약歡呼雀躍, 반가워 어쩔 줄을 모른다.

친구들 모두 사회생활하며 기여한 만큼, 이제는 다들 안정된 노후를 맞았고 덕분에 더 여유롭게 이 모임을 즐기는 듯하다. 화제는 늘 물 흐르듯 자유롭고 아무도 독단하거나 장악하려 하지 않는다. 서로를 존중하여 동이불화同而不和하지 않고 화이부동和而不同하니, 그들 모두 존경스럽다. S는 늘 특유의 유머로 좌중을 웃게 하고, J는 건강에 관련된 유익한 정보를 강의해 주고, L은 관현악 연주로 이따금 우리 모임에 우아함을 더해 준다. Y는 학구적인 그의 성향대로 가끔 프린트 물을 준비해 와서 공부를 시켜 준다.

오늘 Y가 가져온 시는 사무엘 울만의 청춘Youth이었다. 청춘이 그리워서인가, 우리도 마음만은 청춘이라고 위로하자는 걸까, 아니면 모리 교수—'모리와 함께한 화요일'의 주인공—의 말대로, '우리는 자기 안에 모든 나이를 갖고 있기 때문'인가. 나는 그 중 한 구절을 몇 번이나 되읊었다.

세월은 너의 피부를 주름지게 하지만

열정을 포기하는 것은 너의 영혼을 주름지게 한다

　우리를 이토록 화기애애하게 모이도록 하는 동인動因은 무엇보다 회장 R의 열정일 것이다. 그는 고교 교장을 오래 지냈고 우리의 고전 문학과 중국의 한시에 관해 해박한데다가, 사진 개인전을 열 만큼 프로 사진작가인데 자기의 모든 재능을 이 모임을 이끌어 가는 데에 아낌없이 동원한다. 아무래도 그를 대체할 인물은 없지 싶어서, 우리는 그에게 종신 회장을 부탁해 놓고 있다. —R, 부디 무병장수 누리시기를….— R이 우리를 정말 감동시키는 것은 그의 유능함보다도 이 모임을 위해 보여주는 애정과 성실함이다. 그는 매달 모임이 있기 전에 우리에게 알림장을 우송해 주는데 거기에는 자기가 미리 답사하고 확인해 놓은 장소, 즉 열화당이 될 곳의 위치가 씌어 있고, 시의적절時宜適切한 한시漢詩와 그 해설에 더하여 자신의 감회까지 곁들여 있다. 성실함과 인문학적 깊이가 돋보이는 그 안내장 한 장이 엄청난 자력磁力으로 매달 열두세 명의 노구老軀들을 한 지점으로 끌어당기는 것이다. 이만한 애정과 성실함에 더하여 인문학적 경륜이 겸비된 리더라면 모든 이의 마음은 이미 산 것이라는 생각이 든다. 우리는 나중에 이 알림장을 한 권의 책으로 출판해서 보존하고 다시 그에게 헌정하기로 했다.

　테네시 윌리엄스는 희곡 〈뜨거운 양철 지붕 위의 고양이〉에서 '사람은 한 일보다는 하지 않은 일로 더 후회가 많다'라고 했다. 대학 4년 동안 하지 않은 일로 후회스러운 것은 공부가 아니라, 내 곁에 있는 보물들을 몰라보고 알려고 노력도 안 했다는 것이다. 얼마나 좋은 사람들인지 알아보았더라면 그렇게 삭막한 대학생활을 하지 않았을 것이고 내 젊은 날은 보다 풍요롭지 않았을까. 이제야 '…우리가 젊었을 때…우리는 무지했었다’−예이츠Yeats, ‘오랜 침묵 끝에’ 마지막구절−라는 말에 절대 공감한다.

 그래도 다 같이 순수했던 그때, 마로니에와 라일락의 추억을 함께하며, 같은 것을 한 교실에서 공부했었다는 그 유대감은 수십 년의 시공時空을 넘어와 우정으로 쌓여 간다. 시간은 우리를 지나 흘러가 버리는 것이 아니라, 우리 안에 축적되어지는 것이다. 우리의 우정과 추억과 신뢰는 시간의 선물이다. ‘시간은 힘이다.’라는 말의 진정성도 이제야 깨닫는다. 영화배우 다니엘 데이 루이스를 일컬어 ‘그에게 있어 세월은 멋을 쌓아 주는 보석’이라고 하는 말을 들은 적이 있다. 나는 이 말을 우리 모임의 친구들 한 사람 한 사람에게 돌려주고 싶다.

“당신들의 주름진 얼굴은 경륜이며 멋입니다. 우리 다 함께 오래 만나며, 열화의 낙을 누립시다.”

오직 감사할 뿐입니다

– 11월의 기도

나는 지금 여기 있다! 바로 이 느낌, 내 육신의 모든 감
각을 현재에 집중할 수 있는 이 여유가 참 좋다. 어쩌면
지난 여름의 위대함이란 바로 이것일지도 모른다. 이
오롯한 실존을 위하여 여름은 그렇게 뜨겁게 나를 담
금질한 것인가.

마리아의 기도 | **31.8 x 41** | **종이에 수채**

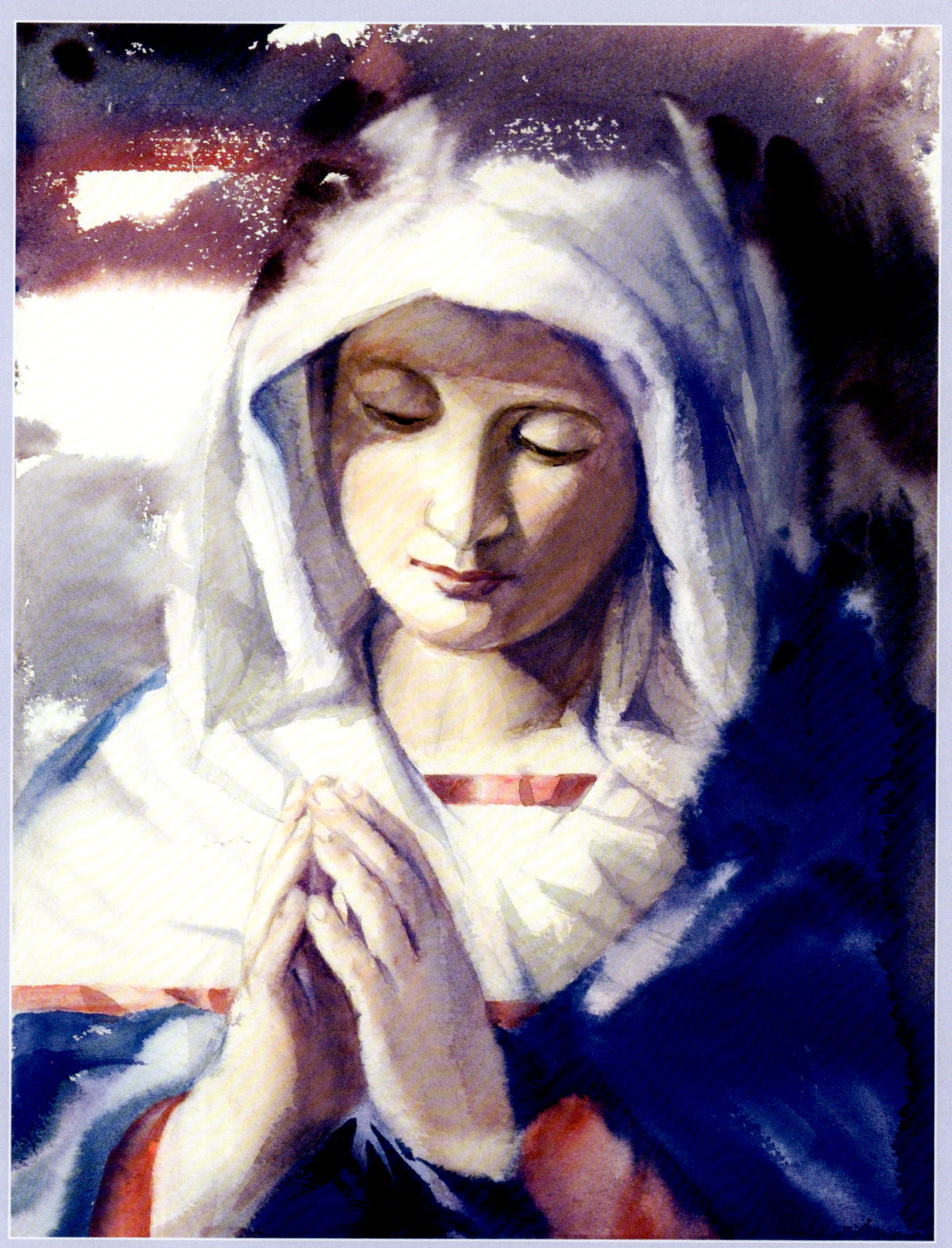

11월이다. 가을이 무르익어 간다. 눈길 닿는 곳마다 그윽하고 아름답다. 가을이 한창일 때 단풍색은, 불타는 듯 빨갛거나, 눈부신 황금빛, 고운 오렌지색 등으로 제각기 또렷하고 저마다 화려했다. 그러다가 11월이 되면서, 개성을 뽐내던 그 단풍잎들은 차츰 옆의 색에 물들거나 조금씩 자리를 내어 주고 있다. 드디어 모든 색이 서로 어우러지더니 한꺼번에 이차색二次色이 되어 간다. 아무 색도 나서지 않고 경쟁하지 않는 이 은은함, 푸근함이여 ! 11월의 단풍에서는 완숙한 화음和音이 들린다. 마치 노년老年들의 합창이 젊은이의 힘찬 솔로solo와는 또 다른 감동을 주듯이. 그 화음은 융융融融하다.

릴케Rilke는 가을날Herbstag이라는 시에서, 지난 여름은 참으로 위대했다고, 마지막 과일의 단맛을 위해 그 열매 위에 이틀만 더 남국의 햇살을 주십사고 신에게 노래했다.

찬탄할 만한 위대함이란 어떤 것인가. 나의 여름은 어떠했는지 생각해 본다. 결실을 위해 나는 여한 없이 뜨거운 햇살을 감내해 왔던가. 여름날 노역의 결과로 단맛 잘 든 과일을 거두어들일 수 있는지...

한 생애의 11월이라 할 이 나이에 이르니, 하루하루 살아가는 마음 자세가 각별해진다. '이틀만 더' 받고 싶은 햇살 한 줄기는 금싸라기 만큼이나 귀하고 간절하다. 한 장면도 무심하게 보아지지 않는다. 잠을 줄이고 책을 더 보고 메모 노트가 두께를 더해 간다. 내 온몸을 촉수觸手로 만들어 알뜰하게 생을 만끽滿喫하고 싶다.

앞산의 나무들을 바라보고 있는데 바람이 한차례 세게 분다. 나뭇잎들은 새 떼처럼 날아오르다가 흩어져 내린다.

　‘잎, 잎, 조그만 잎. 가을이 땅에 낡은 잎을 뿌리면 봄은 다시 새로운 잎으로 숲을 덮는다.’ ―마커스 아우렐리우스의 명상록 구절―

　가을은 결실의 계절이면서 동시에 조락凋落의 계절이어서 이 양면성이 우리를 곤혹스럽게도 철들게도 또한 깊은 상념에 잠겨 들게도 한다.

　벌써 잎들을 반 이상 떨구어 내기 시작한 나무들은 그 골격을 드러낸다. 나무들은 줄기를 뻗으며 제 한 생의 지도를 허공에 그려 놓았다. 나는 짐작해 본다. 어디쯤에서 바람에 세게 흔들렸는지 그래서 가지가 휘이고 비틀렸는지 어디쯤에서는 목이 말랐거나 고통스러워서 옹이가 생겼는지. 자세히 보면, 태양을 향해 춤추던 형상의 가지도 있고 어떤 것은 새들의 지저귐에 장단 맞추었을 것 같은 모습도 보인다. 나무에게 여름이 없었던들 찬란한 색깔의 단풍도 온갖 풍상을 이겨낸 저런 모습의 수형樹型도 이루어지지 않았으리라. 11월의 나무에서는 진면목이 고스란히 드러난다.

　나도 내 곁의 친구들도 우리 모두 여름날 저마다의 꽃과 잎들을 흔들어 대기 바빴다. 치기稚氣로 자존심 내세우고 부딪치고 경쟁하기도 했다.

　함께 나이 들어가다 보니 지난날 어디쯤에 어떤 아픔이 있었던지 서로 보아 오며 이제야 깨닫는다. 우리에게 여름이 없었던들 이런 가을을 맞을 수 없었을 터. 육신의 눈이 흐려진 이제야 11월의 숲이 서로 비슷한 색으로 물들어 가는 것이 보이고, 귀가 어두워 가는 이제야 11월의 숲에서 완숙한 화음이 들린다.

　나는 지금 여기 있다! 바로 이 느낌, 내 육신의 모든 감각을 현재에 집중할 수 있는 이 여유가 참 좋다. 어쩌면 지난 여름의 위대함이란 바로 이것일지도 모른다. 이 오롯한 실존을 위하여 여름은 그렇게 뜨겁게 나를 담금질한 것인가. 예이츠는 지혜는 시간과 더불어 온다고 했다. 이 오후의 한유閑裕가 지혜랄 것까지야 없겠지만, 어쩌면 지혜라는 것도 그렇게 거창한 것이 아닐지도 모른다. 이렇게 눈앞에 펼쳐진 광경이 새롭게 다가오는 것도 내 딴에는 꽤나 경이롭다.

　대기가 맑아진 드높은 가을 하늘 저 곳에, 그 어느 초월적 존재를 향해 나의 영혼 또한 드높아지고 순백해지기를 기원해 본다. 생애 처음으로 긴 고해성사를 하고 싶다.

　".. 이 나이에 이르도록 제가 알게 모르게 상처 준 분들께 무릎을 꿇고 용서를 구합니다. 저를 아시는 , 제가 아는 모든 분들께 머리 숙여 감사를 드립니다...그리고 저는 아무것도 아닙니다. 영 부실하고 한심하게 어리숙합니다..."

　편안해진다. 나를 치장해 오던 잎들이 곧 떨어져 버린 후 어차피 나목이 되면 다 드러나질 진면목이다. 나 또한 저 푹신한 낙엽 양탄자의 일부가 되었다가 귀토歸土하리라.흙이 되어 버린 내 육신 위에서 다시 새로운 잎들이 돋아나겠지...
　나의 11월의 기도는 내 생의 마지막 날 편안하게 긴 잠에 드는 것이다. 잠 들면서 담담하게 이런 말을 할 수 있다면 더 바랄 나위가 없겠다.
　"신이시여, 저에게 허락하신 시간들, 참으로 고마웠습니다!"

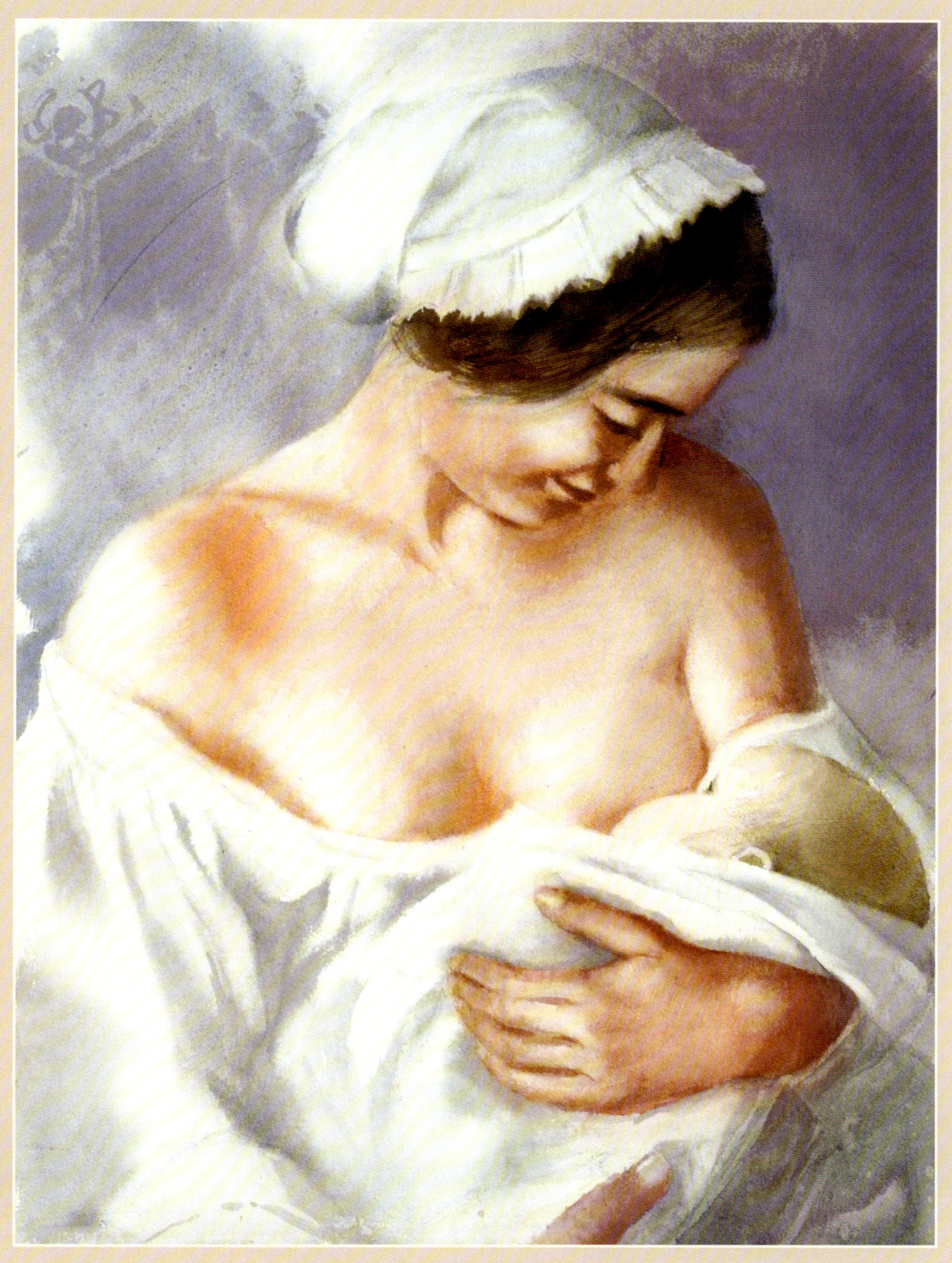

눈맞춤 4 | 46 x 61 | 종이에 수채

엄마와 아기

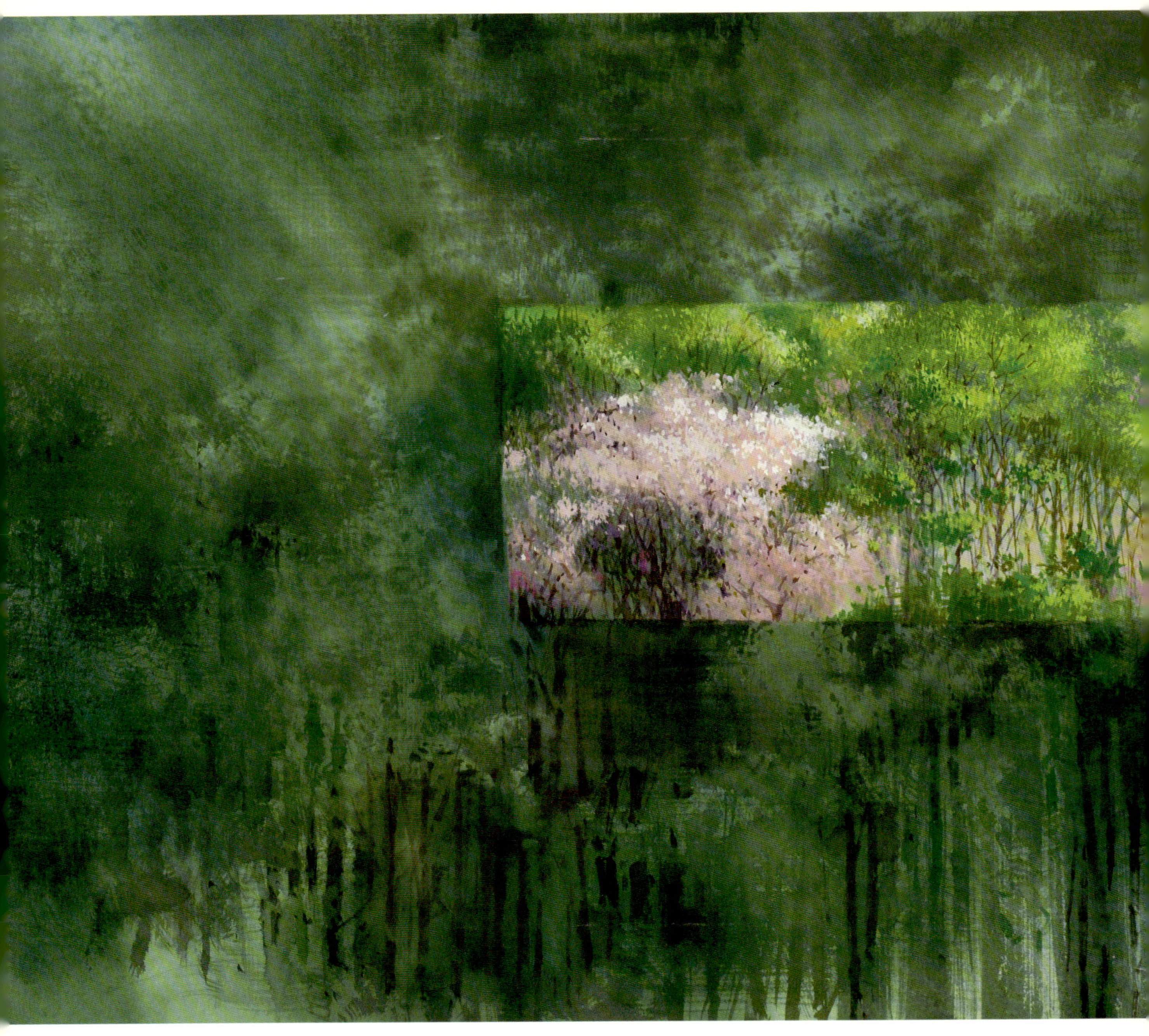

여름 숲 ㅣ 72.7 x 60.6 ㅣ 초록색 한지에 수채

봄 잎이 자라, 봄 꽃이 이울어 녹음이 되고

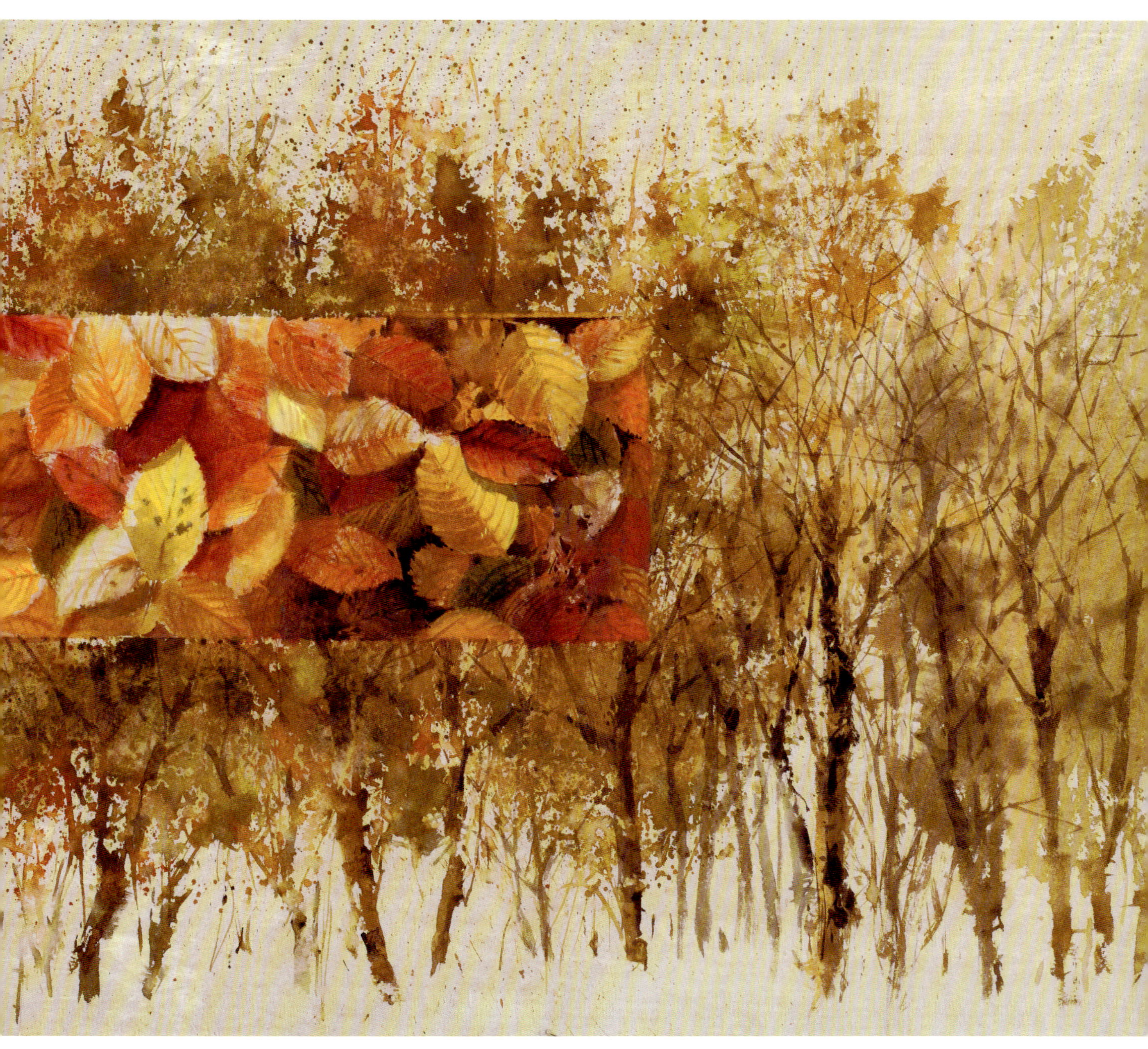

가을 숲 | 72.7 x 60.6 | 연갈색 한지에 수채

초록이 단풍으로, 또 화음으로

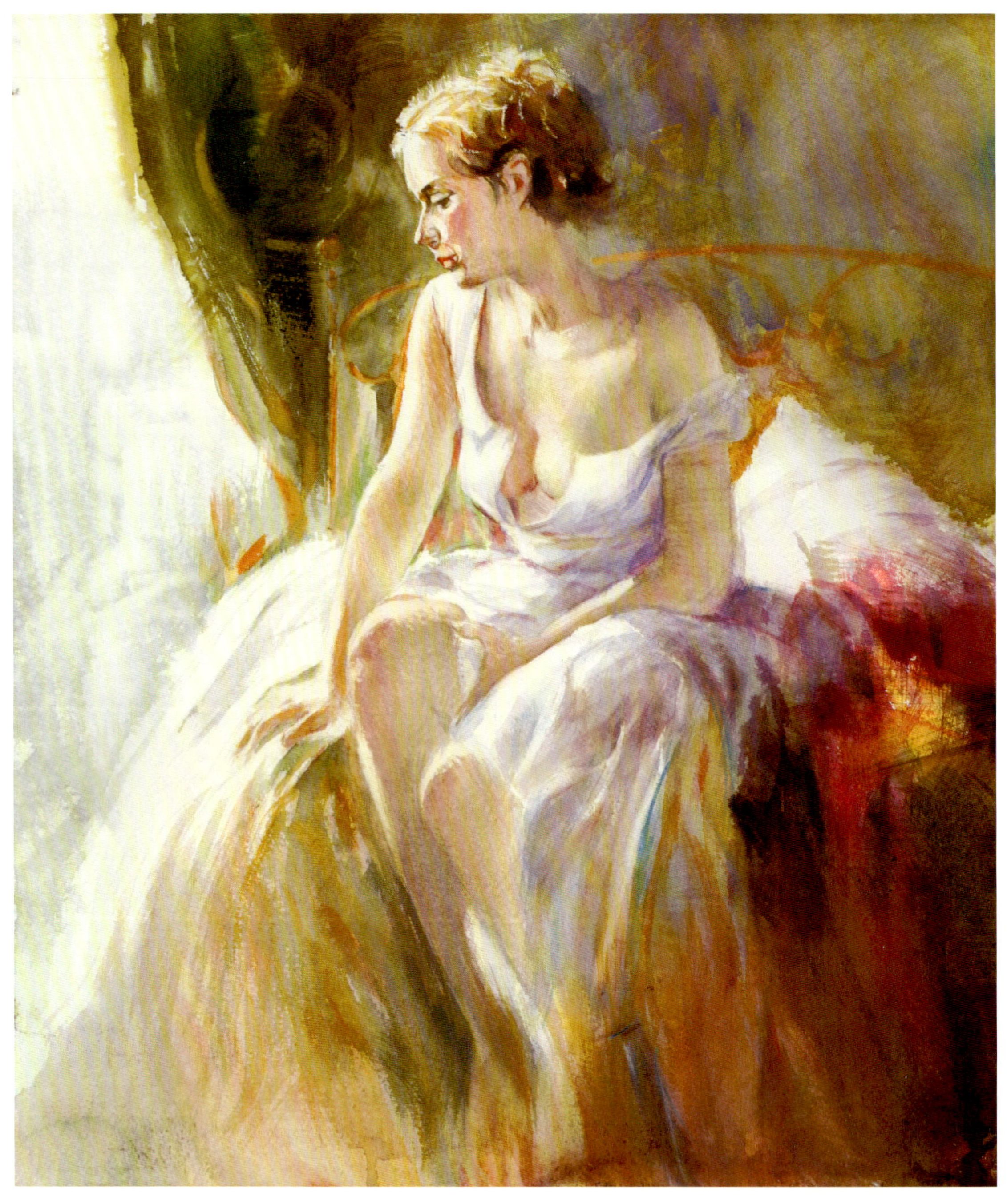

피노Pino 의 그림 '여인의 아침' 에서 색감을 공부하다.

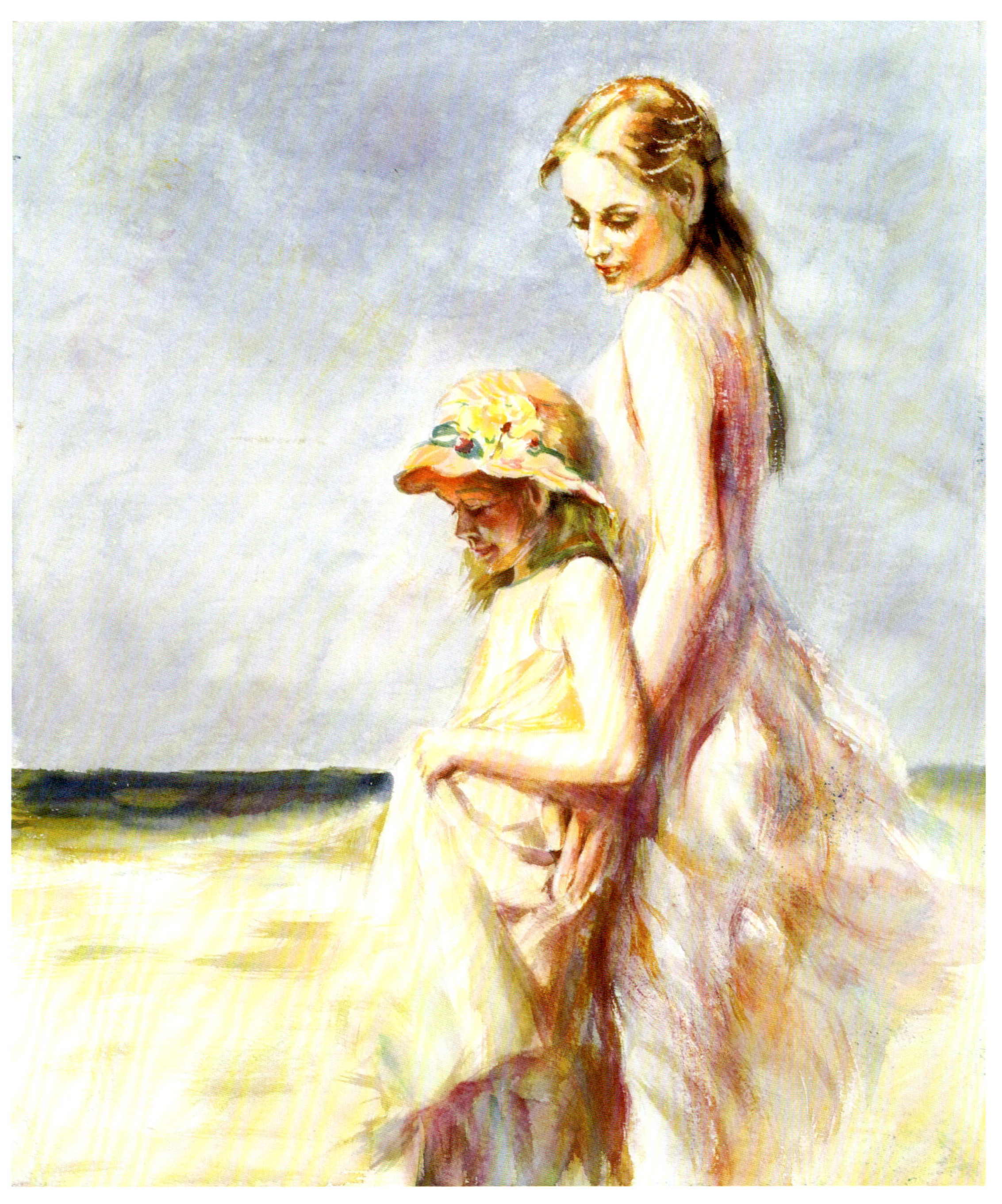

피노Pino 의 그림 '해변의 자매' 에서 색감을 공부하다.

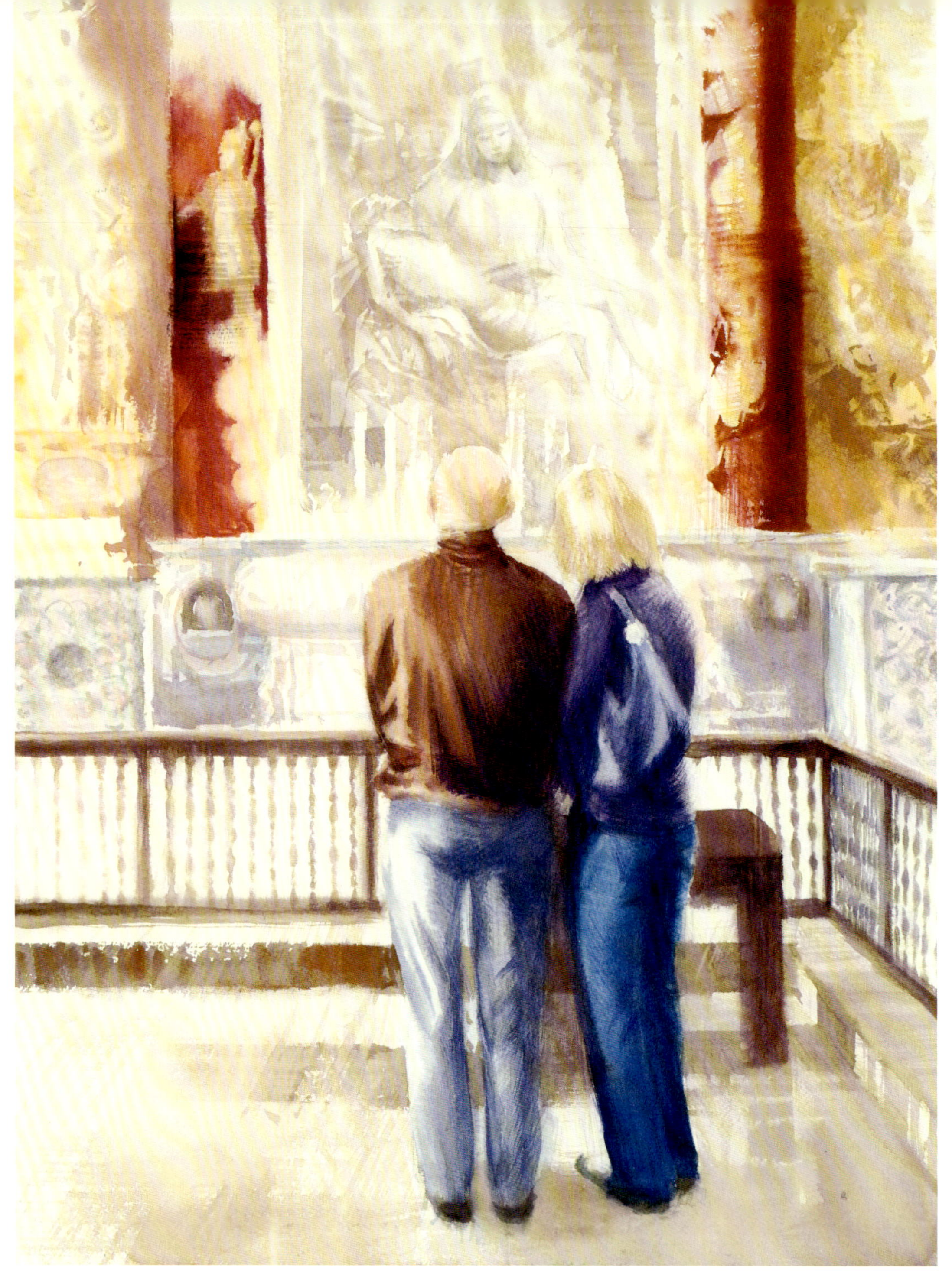

뒷모습 2 | 46 x 61 | 종이에 수채

남 프랑스의 어느 성당에서 피에타 앞에 선 부부. 그들의 뒷모습에서 경건함을 보았다.

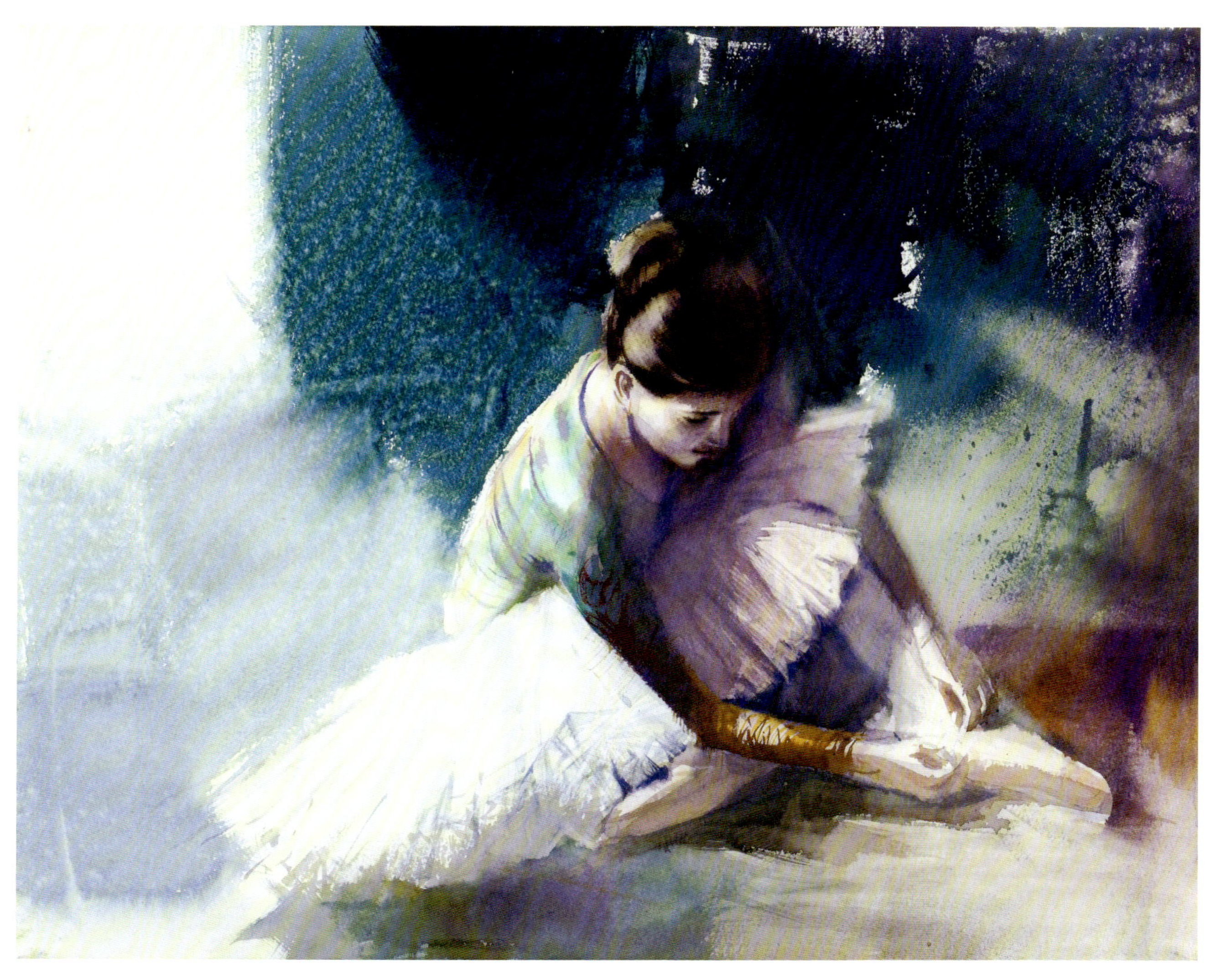

날다 1 | 53 x 41 | 종이에 수채

비상을 위하여

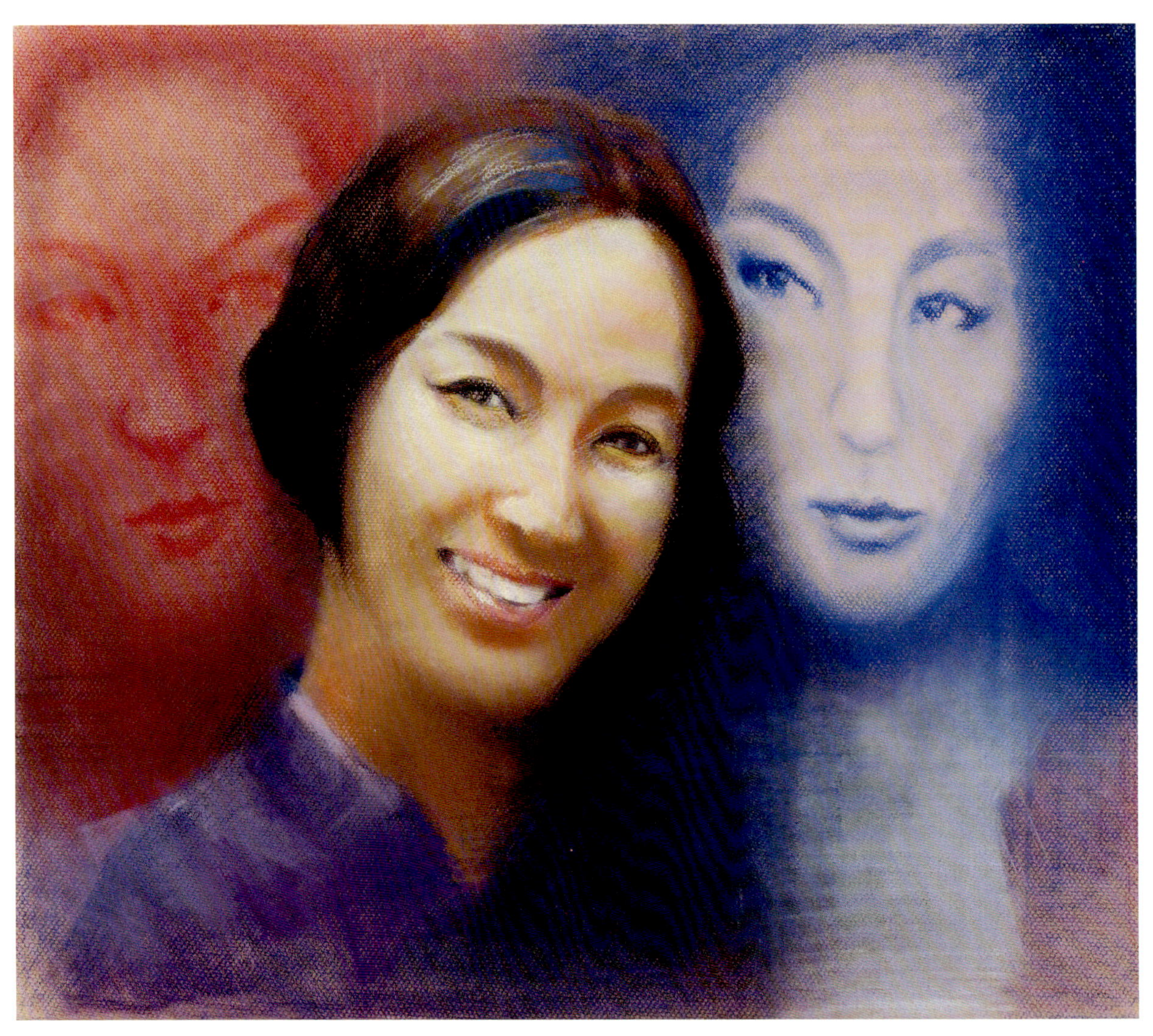

얼굴 ｜ 45.5 x 53 ｜ 종이에 파스텔

연극 '헤다 가블러'를 보고 우리의 내면을 떠올려 보았다.

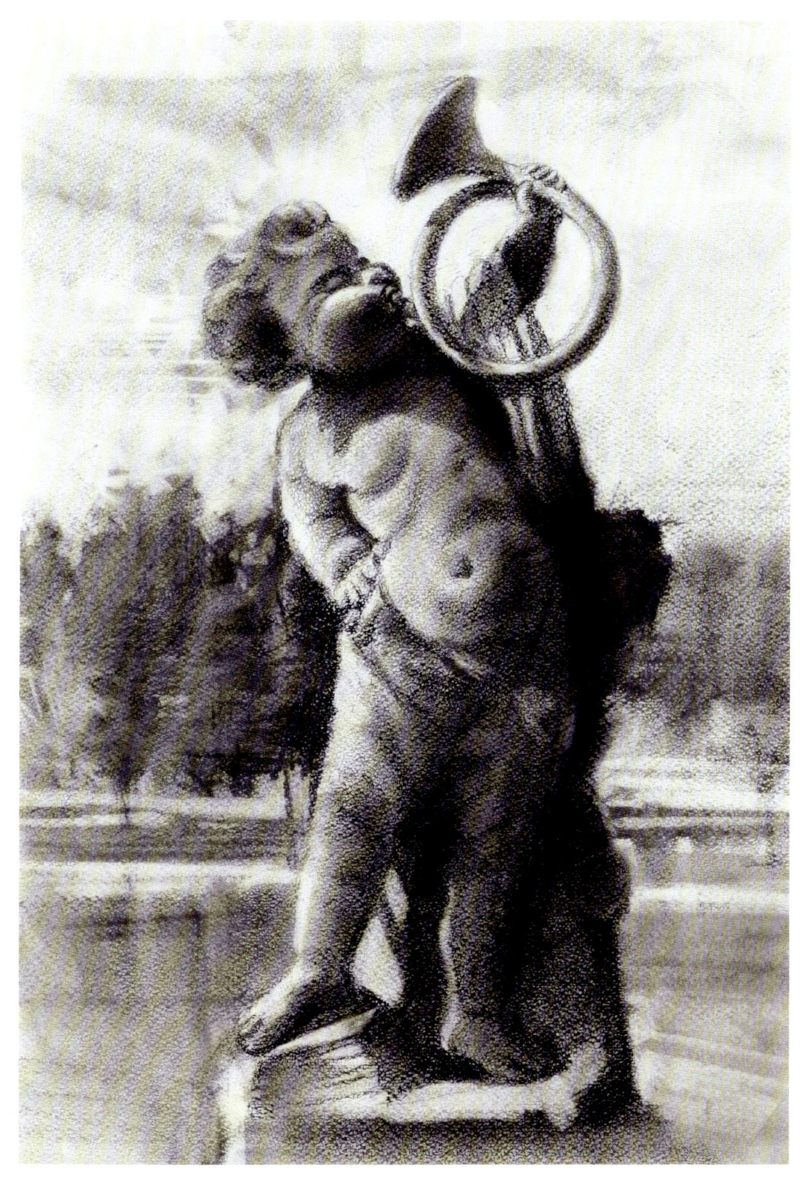

나팔 부는 소년 | 29 x 42 | 종이에 연필

독일 여행 중에 본 길가의 조각상. 볼과 배가 불룩하게 힘껏
나팔을 분다. 무엇을 세상에 알리고 싶을까?

참고한 책들

<One Hundred Flowers>. Georgia O'keeffe. Barnes & Noble

<나의 빛이 되어라Come Be My Light>. Mother Teresa & Brian Kolodiejchuk. 오래된 미래

<마더 테레사의 아름다운 선물In the heart of the world>. Mother Teresa. 이해인 옮김. 샘터

<The Story of My Life>. Helen Keller. 문예출판사

<상대성 이론 / 나의 인생관>. Albert Einstein. 동서문화사

<마음의 침묵>. 방혜자. 여백

<마음의 빛>. 윤난지. 풀잎

<빛의 숨결 Souffle de Lumière>. 방혜자. Editions Cercle D'art

<바보 눈썹>. 박명성. 월간 문학

<Les Fleurs>. Louise Bourgeois. 국제 갤러리

<Le Thoronet Abbey>. Nathalie Molina.

<The Private World of Tasha Tudor행복한 사람, 타샤 튜더>. Tasha Tudor. 공경희 옮김. 월북

<연애의 사생활>. 김정미. 다산초당

날다 2 | 100 x 100 | 종이에 수채

즐겁게 놀고 마음껏 날거라.

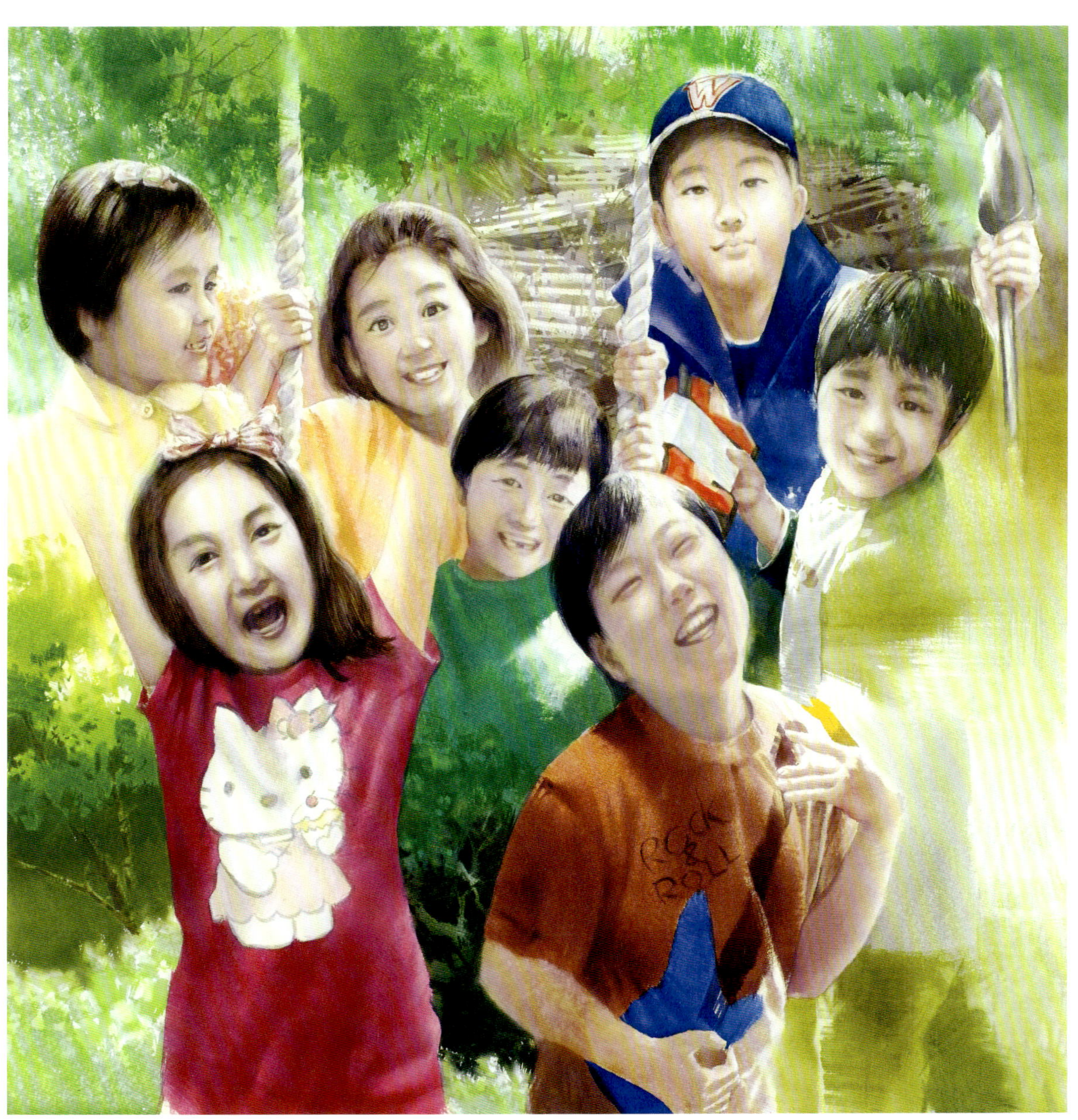

W
ROCK
ROLL

만남을 쓰고 그리다

선물로 온 사람들

초판 2쇄 발행	2014년 1월 25일
글 · 그림	이조경
발행인	이상미
발행처	도서출판 도반
편집팀	이상미, 김광호, 고은미
번역	전수진, Kelly Barber
사진	이준호
대표전화	031-465-1285
이메일	doban0327@naver.com
주소	경기도 안양시 만안구 안양로 332번길 32 (안양2동 689-212번지)
ISBN	978-89-97270-10-1(03810)